诗词里的中国

诗词里的田园耕读

刘蟾 著

陕西师范大学出版总社
西安

图书代号　WX24N1093

图书在版编目（CIP）数据

诗词里的田园耕读 / 刘蟾著. -- 西安 : 陕西师范大学出版总社有限公司, 2024. 9. -- ISBN 978-7-5695-4602-6

Ⅰ. I267

中国国家版本馆CIP数据核字第2024J4H480号

诗词里的田园耕读

SHICI LI DE TIANYUAN GENGDU

刘　蟾　著

出版统筹　刘东风
选题策划　郭永新　焦　凌
责任编辑　姚蓓蕾
责任校对　高　歌
封面设计　微言视觉 | 沈　慢
封面绘图　克　旭
出版发行　陕西师范大学出版总社
　　　　　（西安市长安南路199号　邮编 710062）
网　　址　http://www.snupg.com
印　　刷　中煤地西安地图制印有限公司
开　　本　710 mm × 1020 mm　1/16
印　　张　21
插　　页　2
字　　数　240千
版　　次　2024年9月第1版
印　　次　2024年9月第1次印刷
书　　号　ISBN 978-7-5695-4602-6
定　　价　88.00元

读者购书、书店添货或发现印装质量问题，请与本公司营销部联系、调换。
电话：（029）85307864　85303629　　传真：（029）85303879

自序

一

“耕织传家久，经书济世长。”这条朴素的古训，经常被古人刻在门柱上或挂在厅堂中，是他们对自我理想生存状态的凝练表达——至今在一些老宅子门前还能看到。与之相伴的还有一块木匾，上面写着四个大字——“耕读传家”。

所谓“耕读”，是农耕和读书的合称，是中国传统社会里最普遍的一种生活状态和价值追求——“耕读并举”“半耕半读”。当然这里的“耕”，不仅仅指农耕，而是泛指各种农业活动，比如渔、樵、殖、织等等；“读”，也不仅仅指读书，其内涵是围绕读书而展开的各种文化活动，比如教育、科举、丧葬、祭祀等等。

“传家”，则是祈愿式的词语，希望这种宁静快乐的生存状态，能够世代相传，延续下去。

《论语》说“学而优则仕”。读书获取功名是古人晋身士阶的最好途径。但是，并非所有家庭都有经济条件可以保障孩子全力读书，大多数家庭生活还是相对艰苦，他们正期望靠孩子的功成名就来改善家庭状况和社会地位。所以，最初的生产劳动是极其必需的。

于是，“耕”为“读”做物质保障，“读”又反过来促进“耕”，两者形成良好的互动状态。时间一久，“耕读”的文化就形成了。

“耕读传家”这四个字，把温情脉脉的礼俗社会、伦理规范的中国古人，以及在那块普通得再不能普通的土地上所发生的或大或小的各种事迹，向我们一点一点呈现出来。如同一卷胶片，拆开封套，你就看到了五光十色的世界。

二

耕读并举的生活方式可以追溯至很久之前。

耕不用说，中国历来是农业社会，耕种是最日常的生活内容。

那么读呢？在西周时期，就已经有了周王官学——专门教育王室贵族子弟的机构。按《周礼·保氏》所说，“养国子以道，乃教之六艺：一曰五礼，二曰六乐，三曰五射，四曰五驭，五曰六书，六曰九数”，教育的内容就是我们常说的“六艺”。当时，耕种和学习的关系为“三时务农，而一时讲武”（《国语·周语上》）——还是以生产务农为主，毕竟那时候太久远了，文明肇兴，生产务农才是最重要的。

因此，此时的耕读生活只是作为周王室教育的内容，和普通大众没有什么关系。普通大众只有耕，根本没有读的机会和条件。

春秋时期，随着分封制的发展，周王室权威丧失，官学下移，原来只掌握在周王官学处的知识，也随之下降到诸侯大夫家中。而孔子，是以私人身份把王学的内容传授给普通子弟的第一位伟人。

从此，底层百姓才有了学习知识的机会。耕读并举的社会条件开始具备了。此后几百年，耕种、读书，一直是社会的普遍状态。两汉、魏晋南北朝，都是农业不断发展、知识不断普及的时代。不过当时社会阶层界限太过明晰，即便是地主大族，也明确分为士族、庶族阶级，阶层之间宛若鸿沟，任你做何种努力，基本无法跨越。

所以即便人们越来越意识到农耕和读书之间的重要关系，比如颜之推在《颜氏家训》劝子弟“当稼穑而食，桑麻以衣”，但是耕读的社会意义，还没有充分展现出来。

三

隋唐两宋是耕读文化的飞跃发展期。究其原因，和新的人才选拔机制——科举制的实行有密切的关系。

汉代的人才选拔机制主要为察举制和征辟制。察举制是由各级地方官员推荐德才兼备的人才，由州推举的称为茂才，由郡推举的称为孝廉。征辟制则是征召名声显赫的人士出来做官，皇帝征召称“征”，官府征召称“辟”。

魏晋之六朝，实行九品中正制——等于改良了的察举制。只是把推荐的人才细化为九个品级。不过由于士族的势力太大，九品中正制成了士族世袭垄断显赫职位的途径。

而隋唐时期，在人才的选拔上，废除了察举推荐制度，采用科举取士。这样，即便寒门子弟，只要认真读书，通过考核，也能有出头之日。因此科举制的产生，大大增强了农耕子弟读书的动力。耕读之间的关系呈现出前所未有的密切，耕读并举也成为多数家庭的生活选择。

到了宋代，耕读并举的观念更是深入人心。这和北宋劝农劝读的科举制度有关。胡念望先生在《读可荣身，耕以致富：耕读文化》一文中精辟地说道：

> 到了宋代，耕读文化由于科举制度的演进而得到改造与加强。北宋仁宗皇帝的几条科举政策有力地推动了耕读文化的发展：一是规定士子必须在本乡读书应试，使各地普设各类学校；二是在各科进士榜的人数上，给南方各省规定了优惠的最低配额；三是规定工商业者和他们的子弟都不得参加科举考试，只准许士、农子弟参加。这大大地激发了普通人家对科举入仕的兴趣，连农家子弟也看到了读书入仕、光耀门楣的希望。

宋仁宗的这项政策，大大促进了私学教育的发展，同时把士人和家乡土地紧紧拴在一起。从此，耕读并举成为古人日常生活的普遍状态，耕读传家遂成为被社会推崇的理念，深深扎根于中国文化之中。

四

耕读传家的思想在明清时代盛极一时，原因有两方面：一方面是科举制的进一步发展；另一方面是高度发达的基层自治——宗族制度的完善规范。

梁启超先生在《先秦政治思想史》里曾说："中国古代的政治是家族本位的政治。"这种以家长制为核心、以血缘关系为纽带的社会制度，早在先秦时期就已经普遍存在。但是由于经济原因，长期以来对农村的影响并不是很大。宋代以后，宗族制度才在基层社会发挥了极大的管理作用。加之宋明理学的影响，明清时期的乡村管理，基本就靠宗族制度和族长士绅。这样一来，基层乡村形成一定实力的经济体，就更加有能力保障农耕子弟的读书学习了。

物极必反，盛极而衰。事物发展鼎盛的时期，往往就会埋下衰亡的种子。明清繁荣的商品经济，就在不断地撼动着农业文明下耕读传家的根基。

商人地位提高，人们开始“弃农弃儒而就商”，这个现象的出现首先和人口增长有密切关系。余英时先生在《中国近世宗教伦理与商人精神》一书中指出，明代的科举名额（包括贡生、举人和进士）并没有随人口增长而相应增加，士人获得功名的机会越来越小。所谓：“士而成功也十之一，贾而成功也十之九。”这自然就会导致许多士人放弃科举，改为经商。同时，由于耕种的获利也远远小于经商，更加使得大量农人尝试经商。

所以，在明清两代会出现徽商、晋商等集体性的商业团体。商人们往往在外经营，留老小在家乡务农读书。如果有子弟读书为官自然最好，可以帮助自己扩大经营；如果不能举仕也无所谓，还可以小本经商，一样能生活得滋润舒适。

五

清朝一度闭关锁国，耕读思想重新占据主流。不过经济规律是阻挡不了的，清朝的商品贸易很快兴盛起来。清朝末年，西方文化大范围入侵，紧接着鸦片战争爆发，中国面临着“三千年未有之大变局”，这“变局”的核心，就是农业经济和科举制度面临前所未有的冲击而迅速衰落。

光绪三十一年（1905），清朝举行最后一届科举取士。自此，从隋朝大业元年（605）开始，延续了一千三百年的科举制度，就此画上句号——这意味着只凭借耕作、读书、考试就可以飞黄腾达的时代，已成为历史。

伴随科举制的废除，新式学堂兴起。在新教育体制下，学堂顺着由高到低的等序向大城市递推，加上城市农村严重对立的二元经济结构，习惯了城市生活、接受西式教育的知识分子不愿意再回到乡村社会，这就带来了知识分子与农村的逐渐疏离。知识分子疏离了农村社会，与之相对应的，农村人则视知识分子为异己——直到今天，依旧如是。

传统士大夫“进为仕宦退为农”的耕读时代，也就一去不复返了。

中国的耕读文化历史悠久、内涵丰富，想要表达完整非常不易。笔者学识鄙陋，仓促之际未能尽善，还请朋友们不吝赐教。

目录

I

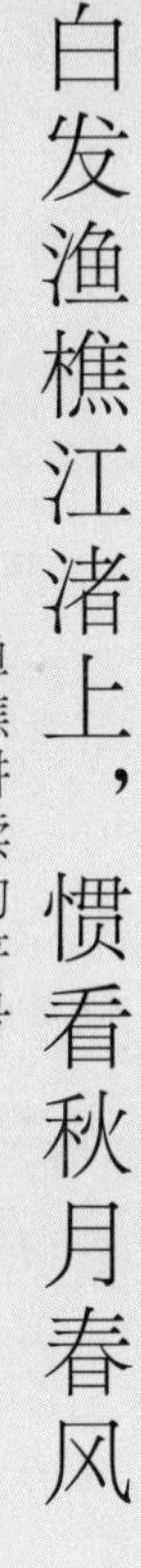

白发渔樵江渚上，惯看秋月春风

渔樵耕读的符号

中国的耕读文化中，“耕”是农业生活的代称。除了耕之外，还有渔、樵、牧，都是农业文明里重要的生存方式。那些既渔樵牧耕又不放弃读书的人，就被看作大大超越普通人的特殊人物。因为，读书总有出头的一天，渔樵牧耕只是他们暂时的生存手段，甚至更有可能是高级知识分子掩人耳目的方式。因此，渔父、樵夫、牧童和隐居而耕者，成为传统文化里的特殊符号，常用来比喻志向高洁、超凡脱俗的蛰龙、隐士。

一

浪花有意千重雪，桃李无言一队春。　　一壶酒，一竿纶，世上如侬有几人？

这是南唐后主李煜的名作《渔父》。

词中描绘了一个无忧无虑、逍遥自在的渔父形象。李煜用极其羡慕的语气说“世上如侬有几人？”——尽管夸张了些，但在中国文化中，渔父的形象绝对是超然世外、睿智达观的。

中国文化中的渔父形象，和《离骚》《庄子》密不可分。

《离骚》中的渔父明显不是常人。首先他一眼就能认出屈原，问“子非三闾大夫欤？”一般普通打鱼人是不可能关心并认识国家重臣的。两人一番交流，耿直愚忠的屈原明显不合渔父胃口，于是渔父“莞尔一笑”，还优哉游哉唱出那曲千古名句：

沧浪之水清兮，可以濯吾缨；
沧浪之水浊兮，可以濯吾足。

屈原《楚辞·渔父》

而《庄子·杂篇》中的渔父，更是直接借孔子之口夸赞渔父为“圣

〔明〕萧云从 《三闾大夫卜居渔父》

人”！这个渔父把孔子、颜回、子贡都说得灰溜溜的，哑口无言，并且教导孔子治国之道在于“各安其位”，以及“法天”“贵真”“不拘于俗”。

《离骚》和《庄子》里的渔父，不是“白头波上白头翁，家逐船移浦浦风。一尺鲈鱼新钓得，儿孙吹火荻花中”（郑谷《淮上渔者》）这种普通的以打鱼为生的人，而是有学识有文化的读书人，而且是圣贤级别的大人物。他们洞察事实、睿智达观，但是在乱世中，却选择了披上渔父的外衣明哲保身。这也是后代渔父的基本形象。

比如，史书就给文韬武略、助越灭吴，最后抱得美人归且功成身退的范蠡安排了“一叶扁舟、泛游五湖”，以渔父的形象逍遥余生。所谓“五湖渺渺烟波阔，谁是扁舟第二人”（王十朋《范蠡》）。

文化符号往往需要物化在具体的事物上，才更容易被大众接受，宗教的神灵就是这样产生的。“渔父+读书人”的历史形象，就在东汉人物严光身上具象化了。

严光，字子陵，后人更习惯称他严子陵。他少有才名，年轻时游学长安，结识了一帮好友同学。其中有两个人非常重要，一个叫侯霸，另一个叫刘秀，就是后来的东汉开国之君。

当时王莽篡汉，为延续国祚而广罗英才。同学三人选择不同。侯霸趁机应举做官；刘秀参加绿林义军，起兵光复汉室；严子陵则隐居浙江，做了一名垂钓江上的渔翁。

公元25年，刘秀复兴汉室，建都洛阳，史称东汉。侯霸以长安同学之谊，高居司徒之职。刘秀深知严子陵的才学，怀念旧情，四处寻找，可就

是不见其踪迹。几年后，浙江一带有人上书说：“有一男子，披羊裘钓泽中。”（《后汉书·严光传》）

一般的渔翁，哪里会没事披个羊皮袄呢？人们觉得奇怪，这才上书郑重其事地说给皇帝听。

当然，关于严子陵穿羊皮袄垂钓这事，后人评价不一。比如李白就说：“只因天子诏书晚，不是严君爱钓鱼。”宋代有诗人讽刺说：“一着羊裘不蔽身，虚名传诵到如今。当时若着蓑衣去，烟水茫茫何处寻。”就是说，干吗没事大热天穿羊皮袄垂钓，故意让人注意到你呢？要是像普通渔人一样身着蓑衣，去哪里能找到你呢？

陆游也有“时人错把比严光，我自是无名渔父”（《鹊桥仙·一竿风月》）这样的句子，认为严光穿羊皮袄垂钓是故作姿态，自己要做就做个无名渔父。

或许那时候严子陵对政治还心存一定幻想吧。但是后来发生的事，让他彻底断了这个念头。

刘秀听到这个消息，隐隐感觉此人就是严子陵，便立刻派人相请。多次邀请之后，严子陵来到洛阳。当年的侯霸担心严子陵的到来会威胁自己的地位，就故意推托公务缠身，没有像朋友一样来真诚欢迎。严子陵看到这种情况，立刻看透了权力的本质，就放弃了从政的念头。

刘秀倒是很欣赏严子陵，还与他彻夜长谈，同榻而卧。第二天，太史奏说夜观天象，有客星犯主。原来，严子陵睡相不好，夜里把脚伸在了刘秀肚子上。

嚴先生
先生名光字子陵餘姚人少與光武
同游學及即位隱身不見帝思其
賢令物色訪之後齊國上言有一男
子披羊裘釣澤中帝疑是光遣使
聘之三反而後至帝曰咄咄子陵不可
相助爲理邪光不應良久乃熟視曰
昔唐堯著德巢父洗耳士故有志何
至相迫乎因共臥以足加帝腹上明日太
史奏客星犯御座甚急帝笑曰朕故
人嚴子陵共臥耳歸而釣於富春江

〔清〕金古良编绘 朱圭刻 《无双谱》

后来严子陵始终未仕，隐居垂钓富春山，终老一生。其垂钓处，时为后人凭吊。范仲淹在《严先生祠堂记》里写道："云山苍苍，江水泱泱，先生之风，山高水长。"

世人都热衷权力，严子陵却能洞悉权力和人心本质，于是坚决辞仕，以渔父身份终老，也真是难能可贵。杨万里《读严子陵传》说："早遣阿瞒移汉鼎，人间何处有严陵！"就是喟叹像严子陵这样能拒绝权力诱惑的智者实在太少了。

二

严子陵是中国正史上记载的第一个拒官归隐的"渔父+读书人"的人物形象。从此，古人常说的"渔樵耕牧""渔樵耕读"中的"渔"，就被具象为严光了。

当然，以文学形象出现，最后使"渔父+读书人"形象更为饱满的，则要归功于明朝许仲琳的小说《封神演义》。

大家对《封神演义》再熟悉不过了。它同《西游记》《镜花缘》《绿野仙踪》齐名，并称中国四大神魔小说。此书以姬周代商为背景，写了大量神魔鬼怪、民间传说，对中国老百姓的民间信仰影响极为深远。

书里面就有一个著名的大渔父——姜太公。

历史上的姜太公，姓姜名尚（一名望），字子牙，是杰出的军事家、政治家。在姬周代商过程中，姜子牙功勋卓著，后来封地于山东，是齐国的第一任国君。当然，我们更熟悉的是小说中能呼风唤雨、撒豆成兵的昆仑山仙人姜子牙。

〔清〕戴进 《渭滨垂钓图》

小说写道，姜子牙下山后，虽满腹经纶，却以渔父身份出现，在渭水磻溪垂钓。他钓鱼很特别，整日待在水边，并不着急，且用直钩垂钓，不时引来众人嘲笑。

书中有两首诗，借姜子牙之口说出，把古代“渔父+读书人”的所思所想，淋漓尽致地表现出来。

其一

宁在直中取，不在曲中求。
不为锦鳞设，只钓王与侯。

其二

短杆长线守磻溪，这个机关那个知。
只钓当朝君与相，何尝意在水中鱼。

“垂钓”意味着静心等待，“直钩”则象征着高贵独立正直的品格，而“意在王侯”则是古代读书人最终的梦想：“只钓当朝君与相，何尝意在水中鱼。”古代以渔父形象示人的读书人，除了生活所迫外，所要静静等待的，又何尝只是那几尾锦鳞呢？

姜子牙的渔父形象，是无数置身渔父队伍中的读书人的理想人格。唯一可叹的是，他八十岁才遇到周文王，显然富贵来得晚了些，但是，这何尝不是读书人对美好未来自信的象征？

唐代岑参也写过《渔父》一诗，其中有“世人那得识深意，此翁取适非取鱼”的句子。“世人那得识深意”确实大有深意。总之，一心只为鱼的渔父，肯定是普通渔人；有理想的渔父，一定“非取鱼”。

作为文化符号的渔父身上还有一个品格，那就是孤傲和抗争。

柳宗元在《江雪》中如是写道：

千山鸟飞绝，万径人踪灭。
孤舟蓑笠翁，独钓寒江雪。

这首诗借渔父的形象，活脱脱写出了柳宗元的孤傲之气。当天地之间白茫茫一片，连一个人影甚至一个鸟影都没有的时候，渔父傲然独坐孤舟，垂钓满江寒雪。这里的渔父有着胸怀天下的气度，却透露出报国无门、孤寂忧愤的耿介之情。

安史之乱后，唐朝皇帝不再相信大臣，转而信赖宦官。唐朝中晚期，宦官干政成患。当时有大量的诗歌反映这一现状，比如杜甫写道：“邺城反覆不足怪，关中小儿坏纪纲。”（《忆昔二首》其一）其中“关中小儿”指的就是大太监李辅国。李辅国是唐肃宗时期人，以宦官身份手握兵符，权倾一时，以致朝纲大乱。这还不算，再后来唐德宗年间的窦文场、霍仙鸣两个大宦官，更直接担任神策中尉，执掌兵权。

唐顺宗永贞元年（805），士大夫们发起一场改革，意图扫除积弊，驱除宦官，恢复朝纲，这就是著名的“永贞革新”。可惜这场改革只持续了几

柳宗元像

个月就宣告失败。士大夫受牵连者极多，柳宗元就是其中一名。

这年九月，柳宗元被贬为邵州刺史，十一月，在赴任途中，又被加贬为永州司马。此后他在永州生活达十年之久。正如司马迁所说“大抵圣贤发愤之所为作也”，柳宗元在永州十年，思想文章大有进益，著名的《永州八记》就写于此时。其《柳河东全集》的五百四十多篇诗文中，有三百一十七篇居然创作于永州。这首《江雪》就是被贬永州后的作品。

士大夫的改革竟然败在一群把持朝政、无恶不作的宦官手中，柳宗元对黑暗官场的绝望可想而知。但是他对正义又充满了信心，所以在困苦的环境下，其铮铮傲骨愈发明显。故而他笔下的渔父即便有“欸乃一声山水绿”（《渔翁》）的潇洒自由，却也更多是《江雪》里那样的冷峻、孤傲，以及不与败坏纲纪者同流合污的大义。

三

渔父的形象逐渐饱满以后，越来越多的读书人用渔父自况，无论是出于生计考虑，还是休闲式生活的选择，甚至是避世，“读书+垂钓”都成了他们最理想的生活状态之一。

浮生多变化，外事有盈虚。
今来伴江叟，沙头坐钓鱼。

这是白居易《垂钓》一诗的后四句。明显可以看出，在经历了官场沉浮之后，借渔父生活来写自己的生活状态。事实上，这首诗是他的晚年之作，早年的意气风发早已不在，出尘避世的念想越来越明显，所以才有“今来伴江叟，沙头坐钓鱼”的句子。轻快潇洒中隐含着深沉的苦闷，自我排遣后，无奈中透露出几分达观。

而同在唐朝，同是晚年，同是官场失意后，又同以渔父面目出现的王维，却表现出明显的不同：

言入黄花川，每逐青溪水。

随山将万转，趣途无百里。
声喧乱石中，色静深松里。
漾漾泛菱荇，澄澄映葭苇。
我心素已闲，清川澹如此。
请留盘石上，垂钓将已矣。

《青溪》

这首诗充满恬淡宁静的气息，似乎官场得失对王维的影响并不是很大，他能全然扑到大自然的怀抱中。面对好山好水，人们会顺理成章想做个垂钓的渔翁。这情感和想法是如此自然，使读者读来非常有代入感。这种心境由内而外流出，不带一丝矫揉造作的痕迹，可能和王维多年奉佛有莫大关系。

对渔父有特殊情结且最著名的历史人物，当属元代大画家、书法家、诗人吴镇。吴镇与黄公望、王蒙、倪瓒齐名，是“元四家”之一，为国画史上之翘楚。他一生画了很多画，其中有大量关于渔父题材的，如《渔父图》《洞庭渔隐图》《秋江渔隐图》等。

吴镇为什么对渔父有如此特殊的情结呢?

元朝蒙古人入主中原，对国民划分等级。当时第一等人是蒙古人；原来居于文化圣地、长江以南的汉人，被称作“南蛮”，被列为第四等人，再加上元朝粗暴的治国方针，知识分子被划分为最低等的阶层，所谓“七匠八娼九儒十丐”是也，汉族知识分子的尊严遭到严重践踏。在这种社会背景下，大量汉族读书人都采取了不与元人合作的态度。于是，清高、避世、逍遥的渔父形象成了文人艺术家寄托情感的载体。所以这时候的大文人如赵孟頫、管道升、黄公望、王蒙等，都有和渔父相关的诗文画作流传后世。吴镇则是其中的代表。

吴镇是周室正裔，世居江南。祖父吴泽是抗金名将，家中历代巨富，迭时望族。元人问鼎，吴镇家道中落，一度生存窘迫。但是士大夫的傲骨依然，他宁可卖卜，也不攀缘社会权贵。由于吴镇从未仕元，所以对官场进退毫无感觉。他笔下的渔父都是达观逍遥的、潇洒自由的。这和姜子牙“不为锦鳞设，只钓王与侯”的渔父形象不同，吴镇的渔父形象是“兰棹稳，草衣轻，只钓鲈鱼不钓名”（《题洞庭渔隐图》）。

所以，吴镇的笔下，渔父才会真正与世无争、放怀高歌。他在《临荆浩渔父图》中，写下一组节奏明快、清新畅丽的题画诗：

其二

重整丝纶欲棹船，江头新月正明圆。
酒瓶倒，岸花悬，抛却渔竿和月眠。

其八

月移山影照渔船，船载山行月在前。
山突兀，月婵娟，一曲渔歌山月边。

〔元〕吴镇 《渔父图》

〔元〕吴镇 《洞庭渔隐图》

相比之下，写得最妙的要算吴镇的另一首《题秋江渔隐图》了。在这里，人们才能真正体悟到渔父自然恬淡又不失情趣的自由生活：

云影连江浒，渔家并翠微。
沙鸥如有约，相伴钓船归。

孔子说“道不行，乘桴浮于海”（《论语·公冶长》），时代不同，“渔父+读书人”的选择也不同。不过，无论进退，渔父形象所传达出来的达观、孤傲、自由的姿态是一致的，这也是所有读书人的尊严之所在。所以，渔父和读书就紧紧捆在了一起，成为中国古代耕读传统中一道潇洒出尘的风景。

四

在《论语·雍也》篇中，孔子说：“知者乐水，仁者乐山；知者动，仁者静；知者乐，仁者寿。”

山水的静、动特征，给大众带来一系列的联想，如“仁爱、智慧”“快乐、长寿”等，这种比拟经由孔子之口说出，立刻赢得更为广泛的认可和支持。或许是这个原因，近水的渔翁也显得达观睿智，而入山的樵子也显得忠义厚实。

如同将渔父具象化为严光一样，樵子也有个具象化的历史人物——朱买臣。

朱买臣是西汉人，年幼家贫，只好以打柴为生。但是他同样不是普通的樵夫，而是怀有远大理想抱负的知识分子。《汉书》说他“担束薪，行且诵书”，就是挑着柴担子还手不释卷，边走边读书。西汉人才选拔主要是察举制。如果没有人举荐、考核，你就只好一直做普通人。而朱买臣又不懂经营之类，所以他到了四十多岁还没变化，每日依旧打柴、读书。

古人读书往往是诵读，就是高声吟诵出来。乡亲们见朱买臣穷得叮当响，还担着柴担子大声读书，纷纷嘲笑他。于是其妻多次阻止他别边走边读书。而朱买臣不管这些，读书的声音更洪亮。其妻觉得太丢人了，就要求离婚。朱买臣对妻子说：“我年五十当富贵，今已四十余矣。女（汝）苦日久，待我富贵报女（汝）功。”（《汉书·朱买臣传》）

可是他的妻子怎么会相信呢？怒道：“你这样慢慢等，我肯定要被饿死到沟里，怎么可能富贵！”坚决要求被休。于是，朱买臣只好一个人生活，继续担柴负薪，且行且读。

果然没几年，在同乡严助的举荐下，朱买臣被汉武帝召见，以精通《春秋》《楚辞》而被重任为中大夫。

接下来的事就比较戏剧化了。朱买臣衣锦还乡之日，见到了自己的前妻和她的丈夫，并把他们安顿在府邸。前妻越想越愧，没多久就上吊自尽。这段故事被后代许多文人写入诗中。比如左思《咏史八首》其七有“买臣困樵采，伉俪不安宅”的句子，白居易的“富贵家人重，贫贱妻子欺”（《读史五首》其五）也是同情贫贱时期的朱买臣。但是最有名的还数李白在《南陵别儿童入京》中所写的：

会稽愚妇轻买臣，余亦辞家西入秦。
仰天大笑出门去，我辈岂是蓬蒿人。

一直到宋代，朱买臣始终以正面形象示人。关于妻子离他而去，大家都比较同情朱买臣。可是出于故事需要，朱买臣在民间的形象被慢慢演绎为猖狂、刻薄的得志小人。"覆水难收"这个成语就和民间的朱买臣形象有关。

说朱买臣衣锦归乡，妻子前来请罪，请求重新收容。但是朱买臣却泼了一瓢水到地上，说如果你能把这水重新收回来，我就收纳你。妻子受辱羞愧，自尽身亡。于是人们转而同情其妻，宋元间诗人徐钧就说：

长歌负担久栖栖，一旦高车守会稽。
衣锦还乡成底事，只将富遗耀前妻。

《朱买臣》

这基本影响到后人对朱买臣的认识，元杂剧还有一出名叫《朱买臣休妻》的戏，专门讲的这个故事。

当然，人们也叹息朱买臣富贵太迟，要是早一些就不会有这样的悲剧了。比如吴伟业《过朱买臣墓》悲叹："行年五十功名晚，何似空山长负薪。"买臣负薪、五十晚贵，也就成为怀才不遇、大器晚成的代称。

明代高启《死亭湾》诗中就说：

翁子昔未逢，妻去耻负薪。
五十非晚贵，不能待终晨。

这首诗感叹的，是朱买臣的妻子。当年朱买臣还没有发达的时候，他妻子因朱买臣是个樵子就觉得羞耻离他而去。结果朱买臣五十岁发迹，还不算太晚啊，可惜其妻子不能随其享受荣华富贵了。

朱买臣的故事被世人千古传颂。后代读书人不得志的时候，往往以朱买臣为模范。假如这位读书人比较勤奋，他的妻子受不了清贫而要离去的时候，社会舆论几乎是一致性地倒向穷书生。

大书法家颜真卿，在当抚州刺史的时候，就以朱买臣夫妇的事迹为依据，处理过这么一件类似的案子。

抚州县里有个叫杨志坚的人，酷爱学习，可是久未及第，家里贫困，同乡村民也不理解他。他的妻子忍受不了，就向他要休书。杨志坚写了一首诗作为休书，送给妻子：

当年立志早从师，今日翻成鬓有丝。
落托自知求事晚，蹉跎甘道出身迟。
金钗任意撩新发，鸾镜从他别画眉。
此去便同行路客，相逢即是下山时。

大意是说，我现在生活落魄，自知事情不能挽回，只恨我时运不济、通达得太迟。今天我们的缘分到头了，以后你改嫁为别人装点打扮，也和我无关。从此你我分道扬镳，即便同行也是陌路过客了。“下山”是个典故，古诗中有“上山采蘼芜，下山逢故夫”的句子，后来就用 “下山”借指被丈夫遗弃的妇女。

这首诗的意思很明显，只是书生不忘文雅，即便写休书，也要用一首七律，以示斯文。

于是他的妻子拿着诗，到州里去办理官府的公文，以便改嫁。不想，颜真卿为此动怒。他在判决的公文《案杨志坚妻求别适判》上写道，杨志坚立志钻研儒家学说，颇有诗名，只是目前没有显达而已。他愚昧的妻子嫌弃他没有功名，竟然不想再和他一起生活下去，想学朱买臣的妻子讨厌并抛弃自己的丈夫。这样的女人，给家乡带来耻辱，败坏道德教化，如果不给以惩罚警诫，怎么能制止这类轻浮的行为呢？应打妇人二十板子，任凭改嫁；秀才杨志坚，资助他粮食布匹，让他暂时随军任职。人们听说了这件事，大为诚服。从此当地的女子，再也不敢轻易因嫌弃丈夫而要求改嫁。[1]

五

可能和元杂剧中朱买臣刻薄的形象有关，慢慢地，有个更符合儒家道德且又有文化的樵夫，其知名度远远高过了朱买臣。

《列子·汤问》中记载了一则中国人耳熟能

1 见《唐诗纪事》。杨志坚后为“临川八大家”之一，此《送妻》一诗被收入《全唐诗》中。

详的故事：

> **伯牙善鼓琴，钟子期善听。伯牙鼓琴，志在高山。钟子期曰：“善哉，峨峨兮若泰山！”志在流水，钟子期曰：“善哉，洋洋兮若江河！”伯牙所念，钟子期必得之。**

这就是高山流水遇知音典故的来历。伯牙是晋国上大夫，而钟子期只是山中樵夫。音乐对常人来说，既亲近又遥远，能真正听懂音乐的人并不多，因为这需要极高的文化素养。古琴更是如此。刘长卿感叹说，“泠泠七弦上，静听松风寒。古调虽自爱，今人多不弹”（《听弹琴》）。而樵夫钟子期居然能听懂伯牙琴音中的所想所言，又岂是一般的乡野樵夫呢？后来，钟子期不幸早死，伯牙“乃破琴绝弦，终身不复鼓”（《列子·汤问》），作为对朋友、知己的回报。“借问人间愁寂意，伯牙弦绝已无声”（薛涛《寄张元夫》），从此，世间再没有那样绝妙的琴音，也再没有那样重义气的好朋友了。

世人交朋友都太功利，只有像伯牙、子期这样的，才算真正对得起朋友的义气。可是面对现实，品行高贵的人毕竟是少数，所以人们也只有一边呼吁“人生结交在终始，莫为升沉中路分”（贺兰进明《行路难五首》其五），一边怀念伯牙、子期了。

钟子期的身世，历史只有寥寥数笔，记载实在太少。但是从他精通音律来看，也绝非常人，必是隐身山林的高人。所以，后代人提及渔樵耕读的

〔元〕王振鹏《伯牙鼓琴图》

“樵”，也往往会想起这个神秘一现的传说人物。

中国古代文人，是兼受儒、道两家文化影响的。往往进取、得意时，充满儒家的锐气；失意、悠闲之时，又遨游在道家神秘广阔的文化中。所以，在文人心中，读书的樵子，不仅有朱买臣这样发迹的大臣形象，还有钟子期这样品德高尚且重朋友义气的形象，同时更少不了神仙方术长生不老的仙人形象。

因为樵子入山，而山中，往往就是仙人待的地方。

八十翁翁著绣靴，踏开幽洞笑呵呵。
傍人指点忘归路，不觉腰间烂斧柯。

释法全《颂古十九首》其十六

这是宋人的颂古诗。“柯”就是斧头柄，坚硬的斧柄都腐烂了，可见时间过去之久。这正是古人“天上方一日，人间已数年”时间观的体现。

“烂柯”的故事有好几个版本，但基本大同小异，都是樵子入山遇到仙人，稍经盘桓再回去，人间已经过去几百年的故事。比较著名的是六朝《述异记》中记载的王质遇仙的故事。

晋朝樵子王质特别喜欢围棋。有一次入山砍柴，正巧看见几个童子在下棋，就前去观看。黑白厮杀正酣，不觉腹中饥饿。童子给他一枚枣，吃后感觉很饱。童子问他为啥不走，他才想起返身。离开棋枰之时，才发现腰间斧柄已经朽烂了。

其余几个版本大同小异，有的把地名替换，有的把人名更改，有的把下棋童子替换为老人或老妪。总之，“烂柯”首先就有了时间流逝的含义，如陆游《东轩花时将过感怀》写道：“还家常恐难全璧，阅世深疑已烂柯。”由于这故事和围棋紧紧相关，“烂柯”也就成了高妙棋局的代称，如孟郊在《烂柯石》中写道：“双棋未遍局，万物皆为空。樵客返归路，斧柯烂从风。”更有许多棋谱，就直接以“烂柯”冠名。

精通围棋且又能遇仙的樵夫，不用说，也是古代读书人想象中的自况了。

渔樵的生活方式，是除农耕以外读书人最容易选择的生活方式——无论是出于生存还是隐居的目的。长久以来，渔樵加读书，已经成为耕读文化中的重要内容了。

就像山水形影不离一样，渔樵所具有的特殊意义，使两者独立出来，也成为固定组合，以渔樵问答为题材的各种艺术形象频频出现，共同寄托了中国古代读书人的理想人格。

明代文学家杨慎的一首《临江仙》，就借经历人生、洞穿世事的渔父樵子之眼光，表达了自己豁达大度的历史观：

滚滚长江东逝水，浪花淘尽英雄。是非成败转头空，青山依旧在，几度夕阳红。　白发渔樵江渚上，惯看秋月春风。一壶浊酒喜相逢，古今多少事，都付笑谈中。

其他文化领域也是一样。一如前文所说，南宋衰微，蒙古人南下，汉族文人个个心存亡国之恨，渔父、樵夫自然成为他们隐遁的重要身份。

临安城被破后，宋末元初音乐家毛敏仲隐居涂山，作了一首《渔歌》，又作了一首《樵歌》，来寄托心中的愤懑感情。《渔歌》以柳宗元的《渔翁》为基本内容，表达孤傲归隐之趣。而《樵歌》又名《归樵》，表达的也是类似主题。

《小兰琴谱》题解《樵歌》道：

宋毛敏仲之所作也。时因元兵入临安，隐遁不仕，故作是歌以招同志者。音律潇洒脱尘，有振衣千仞之态；恬静和雅，具有苍松老柏之韵。其亦风兮之亚欤?

而据说曲中所描写的樵子，就是荷担诵书的朱买臣。

六

在农业文明社会中，相比渔、樵、耕来说，牧显得更为边缘一点，是作为耕种的附属方式而存在的。因为农耕需要费很大力气，而大型牲口特别是牛，则是主要的出力对象。

中国古人豢养大型家畜的历史很早。据推测，中国驯养普通牛的历史可达六千年。在距今三千五百年前的大汶口遗址，发现了作为家畜的黄牛和水牛的骨骼。甲骨占卜会用到牛肩胛骨，祭祀更是少不了牛的出现——“牺牲”

二字，就都有“牛”字旁。

至于用牛来帮人耕田，一般认为始于春秋。殷墟甲骨文中就有“犁”字，字形特别像牛拉犁翻土的样子。自此，耕牛就和华夏先民结下了不解之缘。许多出身贫寒的读书人，要么农耕之余自己牧牛，要么直接为别人牧牛。

牧牛人逆袭成功的第一个例子，是帮助齐桓公成就霸业的重要谋臣——宁戚。

宁戚的名字可能很多人不熟悉，但是如果提及《论语·公冶长》中的一段：“子曰：‘宁武子，邦有道则知，邦无道则愚。’”想来很多朋友就知道了。这段话中，孔子夸赞的宁武子，就是宁戚。

宁戚出生于卫国乡下的贫困家庭，空怀经国济世之能，却没有施展的机会，只能暂时委身于牧牛的职位。一次，当他夜宿于城门外，恰逢齐桓公出迎宾客。宁戚正在喂牛，远远望见桓公，百感交集，便敲击牛角，高歌抒怀：

南山矸，白石烂，生不逢尧与舜禅。
短布单衣适至骭，从昏饭牛薄夜半。
长夜漫漫何时旦？

《古诗源·宁戚〈饭牛歌〉》

就是说“我这么好的才华，怎么就没碰到尧帝舜帝那样的贤明君主呢？整天在这里凄惨地牧牛，这样的苦日子什么时候才到头啊？”

齐桓公一听，一般牧牛人哪里知道什么尧啊舜啊，这肯定不是普通人。

他赞叹说："异哉，歌者非常人也！"（《淮南子·道应训》）于是，宁戚登上了历史舞台。宋人叶适在《题贾偲不忘室》中就提到这件事："每识饭牛下，有作宁戚歌。"

宁戚是敲打牛角当作伴奏，并得到了谒见的机会，所以"扣角"就成了读书人谋取仕途的代称。"常为扣角歌，不作穷途哭。"（顾炎武《哭归高士》）就用了这个典故。

当然，在农耕时代，青壮劳力都要下田干活，牧牛这样相对轻松简单的事，一般会交给小孩子做。所以，我们在古诗文中见到的，更多是可爱天真、无拘无束的牧童。最典型的，就是宋代雷震《村晚》中的小牧童：

草满池塘水满陂，山衔落日浸寒漪。
牧童归去横牛背，短笛无腔信口吹。

还有写得更顽皮、更传神的：

牧童骑黄牛，歌声振林樾。
意欲捕鸣蝉，忽然闭口立。

袁枚《所见》

这两首诗中的牧童应该都是绝大多数可爱孩子中的一员。但是，总有特别有志气、比较早慧的孩子，还在当小牧童的时候就已经知道读书的重要性了。

〔宋〕李迪 《风雨牧归图》

七

建安十二年（207），曹操北击乌桓胜利班师。路过山东临淄时，又大摆筵席，宴请当地名士同来庆贺。当地名士纷纷前往，曹操自然高兴，因为这都在他意料之中，然而又叹息道：“其不来者，独有邴祭酒耳。”（陈寿《三国志·魏书·邴原传》）

这个“邴祭酒”，就是大名鼎鼎的早慧牧童——邴原。

邴原小时候家里很穷，别家小孩都在上学，他交不起学费，就只能给别人牧牛。有次路过村里学堂，听见琅琅读书声，就哭起来。老师听见，出来问他为啥哭啊，他说家贫没法读书，又想读书，因此哭泣。老师大为感动，就免他学费，准他入学。邴原不负厚望，成为全班学习成绩最好的学生，后来成为一代宿儒。

这就是“邴原泣学”的故事。后世有关牧童上不起学又爱读书，最后读书成才的故事，都是从邴原这儿衍生而来的。

曹操认为邴原不会来，没想到邴原竟然来了！把曹操激动得语无伦次，说“圣人的心真是没法揣测啊”，并诗兴涌动，拉着邴原的手，当场作了著名的《短歌行》：

青青子衿，悠悠我心。
但为君故，沉吟至今。
…………

月明星稀，乌鹊南飞。
绕树三匝，何枝可依？
山不厌高，海不厌深。
周公吐哺，天下归心。

足见其求才之心切。

因家贫做牧童且不放弃读书的另一个著名例子是元代文学家、画家王冕。王冕的经历和邴原类似，史书说他“七八岁时，父命牧牛陇上，窃入学舍听诸生诵书”（宋濂《宋学士全集·王冕传》），“或骑黄牛，持《汉书》诵读”（徐显《稗史集传》），后来终于成才。他画的墨梅是国画史上的绝品，而他写的《墨梅》《白梅》两首诗，也同样是冠绝古今的佳作：

吾家洗砚池头树，个个花开淡墨痕。
不要人夸好颜色，只流清气满乾坤。

《墨梅》

冰雪林中著此身，不同桃李混芳尘。
忽然一夜清香发，散作乾坤万里春。

《白梅》

其实在耕读并举的时代，无论贫富贵贱，大家都是离不开农业生活的，放牧可以看成是童年的自然经历，属于多数人都有的生活常态，不能算作生存的职业，所以许多大文人小时候都有过放牧的经历。比如黄庭坚小时候就做过小牧童，而且在七岁的时候还写了一首颇具气势的诗：

骑牛远远过前村，短笛横吹隔陇闻。
多少长安名利客，机关用尽不如君。

《牧童诗》

虽然出自七岁小儿之口，却显示出娴熟的诗文功底，并且思想成熟，不能不令人惊诧，无怪乎后来成为有宋一代的大家，诗文书法皆冠绝古今——这是有先兆的！

在刘克庄编的《千家诗》里还记载了另一个牧童的诗。这首诗一样思想老到，足可与七岁牧童黄庭坚的媲美。诗名叫《答钟若翁》。钟若翁，名叫钟傅，是宋朝人，因此可以推断这个小牧童也是宋朝人。

钟傅当时镇守平凉，当地有个道士给他引荐了一个会作诗的牧童。小牧童见了钟傅，就送了他一首诗：

草铺横野六七里，笛弄晚风三四声。
归来饱饭黄昏后，不脱蓑衣卧月明。

该诗对仗工整、意趣高远、境界清明。用牧童自在的生活委婉劝诫身居高职的钟傅。可惜钟傅正热衷名利，也就不能体会牧童诗的用意了。无论从诗还是从故事来看，都很难让人相信这是小牧童智慧的结晶。

不过即便是杜撰的故事，也反映出古人的一些认识——只有天真无邪的孩子，才更有可能灵台清澈，才有着洞穿人生的可能。

从这方面讲，早慧的牧童也和渔翁、樵子一样，是古代读书人理想的寄托。而读书人对牧童形象的喜爱，恐怕既是出于成年人怜爱孩童的心理，又是对自己童年经历的怀念。

八

耕读一体的生活方式自古就有。而随着文化教育的普及，越来越加重了“读”的分量。耕读并举至少在唐代就被人们广泛接受，并习以为常。而作为同属农业劳作的其他几种方式——渔、樵、牧，也在人们心中占有重要位置。唐代诗人李白有一首《笑歌行》，刚好可以为本文做结尾：

> 笑矣乎，笑矣乎！君不见曲如钩，古人知尔封公侯。君不见直如弦，古人知尔死道边。张仪所以只掉三寸舌，苏秦所以不垦二顷田。笑矣乎，笑矣乎！君不见沧浪老人歌一曲，还道沧浪濯吾足。平生不解谋此身，虚作《离骚》遣人读。笑矣乎，笑矣乎！赵有豫让楚屈平，卖身买得千年名。巢由洗耳有何益？夷齐饿死终无成。君爱身后名，我爱眼前酒。饮酒眼前乐，虚名何处有？男儿穷通当有时，曲腰向君君不知。

猛虎不看几上肉，洪炉不铸囊中锥。笑矣乎，笑矣乎！宁武子，朱买臣，扣角行歌背负薪。今日逢君君不识，岂得不如佯狂人？

诗中用了大量典故、历史人物，几乎把古代耕读并举的所有生活方式，全都写了进去。

诗中提到的“曲如钩”“直如弦”，用的是姜太公垂钓的典故，“沧浪老人”就是《离骚》中的渔父，这是指“渔”；“背负薪”是朱买臣，指“樵”；“扣角行歌”指宁武子，是“牧”；“伯夷叔齐”采薇而食，“许由巢父”隐居不仕，是“耕”；张仪、苏秦，发奋读书，纵横七国，是“读”。

“渔樵牧耕读”，尽在其中矣！

惟歌生民病，愿得天子知

耕作对士人的影响

耕与读结合得如此紧密，两者之间必然是相互影响的。农耕体验，可以让读书人有机会更真实地了解生活，从而影响到他们的思想和审美；读书人的参与，又必然会给农耕生活带来翻天覆地的变化——农业科技的进步，基本都是耕读并重的知识分子完成的。

本篇主要分析耕作对知识分子的影响。通过解读王安石、欧阳修、梅尧臣、李绅、陆游、辛弃疾、张籍等士人的政治经历、文学风格、诗词作品，来探讨农耕社会的苦难，以及对知识分子思想和审美上的冲击，从而深入理解耕读文化传达的内涵。

一

茅檐常扫净无苔，花木成畦手自栽。

一水护田将绿绕，两山排闼送青来。

王安石《书湖阴先生壁》其一

写完这首诗后，王安石捻着胡子——他应该有胡子，因为胡子在古代是美男子的标志之一，而王安石就是个美男子——并且笑眯眯地读了一遍又一遍。大概他太满意自己这首诗作了，尤其“一水护田将绿绕，两山排闼送青来”这句。史料记载，后来黄庭坚拜访他的时候，他就把这首题于壁上的诗指给对方看。[1]

屋外是如卷绿荫，杂着玄武湖水气的风，沿葱翠的钟山，贴着一路的田垄菜畦、花丛果树、茅舍木墙，顺窗棂间隙窜上书案，散在墨迹未干的诗稿中。此时的王安石，已经退淡了当年革新的锐气，身上具有的，是长者的睿智谦和、平淡豁达。同一个器物世界，因各自不同的学识、经历而感触不同。有些东西，恐怕只有具备了相应的条件才能觉知。晚年的王安石正好具备享受宁静自然的能力。不同于屈原的愤懑、陶渊明的无奈，半隐半官的田园耕读生活给王安石带来了无限乐趣。

那一天，他就很开心。因为好邻居、好朋友湖阴先生携美酒佳肴来访，拜托王安石为他

1 《苕溪渔隐丛话》前集卷三十三记载，黄庭坚云：“尝见荆公于金陵，因问丞相近有何诗？荆公指壁上所题两句‘一水护田将绿绕，两山排闼送青来’，此近作也。”

王安石像

写首诗，以便挂在家中。写诗这种事，对王安石而言自是举手之劳。他不假思索，就从邻居家门外的景色入手，简单凝练地写去，于是这首《书湖阴先生壁》就问世了。

古人除了名、字之外，还有号。今天很多人也喜欢取个号。从给自己取的名号就能区分出来这人是真雅士还是假风流。真雅士的名号要么自然率真，要么用典贴切、高古；假风流因为读书不多，又偏偏喜欢用典，所以只好从人人皆知的诗文古句中化出——比如动不动就飞龙堂、知行斋、抱朴斋等等。

而“湖阴先生”就叫得自然随性。山南水北谓之阳，山北水南是为阴。大约这位先生住在南京玄武湖南边，所以自称“湖阴”。能叫这种雅号，多半也不是凡夫俗子。据考，湖阴先生名叫杨德逢，是位情趣高洁的隐士。熙宁九年（1076）十月丙午日，五十五岁的王安石因为变法，被二次罢相，贬为判江宁府（今天的南京）。两年后，他为自己在钟山附近选了一块好地方，营建小别墅，准备安享晚年。而湖阴先生，就是他这时候认识的好朋友。

既然是经常来往的邻居，自然少不了深入了解。写完第一首，王安石感觉意犹未尽。于是稍作停顿后，《书湖阴先生壁》其二随之问世了：

桑条索漠楝花繁，风敛余香暗度垣。
黄鸟数声残午梦，尚疑身属半山园。

桑条抽枝，柳絮飞繁，东风越过矮墙，把春的气息带到湖阴先生的院子中来。美景让王安石产生错觉，好像躺在那里睡午觉的是自己——枝上的黄莺啼叫惊扰了午梦，一时间，恍惚以为还住在半山园老宅中。这些事物带给他的美好感受，全部都写在王安石半醉半醒的脸上。

二

传统中国是农业社会。出于生存的要求，生活在农田上的人们，更需要讲究公平正义的社会原则。这使得人们生来亲近自然，并且悲悯善良。儒家所说的“仁者爱人”“恻隐之心”等核心价值观正由此而来。

读圣贤书、受儒家思想影响的士人，如果再有农耕的体验，知道生存在社会底层的不易，深明不公平、暴力所带来的危害，那么公平、善良等，简直就可以成为他们毕生信奉、丝毫不用怀疑的理想信条。所以耕读并举走出去的士子，恻隐之心始终存在。他们为之努力终生的，是为弱者谋取福利，不自觉地成为农民的代言人、最大限度争取公平的理想主义者。

因此笼统地说，在政治问题上，大凡为了加强集权、巩固暴政的，基本是老牌贵族；而愿意为底层百姓说话的，多是受农耕生活影响的，具备仁心、善心的儒家读书人。

这种悲悯之情，无关乎知识学问，乃源自生活的体验。

王安石就是这样一个儒生。

王家不是贵族出身，往上几代，都是耕读并举的读书人。到他父亲王益才通过科考，跻身仕途。王安石和他父亲一样，都是善良的理想主义者，在他的生活体验中，明确知道底层农人的艰辛不易，这也成为他终生的政治基调。故而，无论在朝在野，王安石作品里都不时显露出乡村生活的影子。

比如《题西太一宫壁》：

柳叶鸣蜩绿暗，荷花落日红酣。
三十六陂春水，白头想见江南。

这首诗写于熙宁元年（1068），当时王安石应诏入京，打算一展政治抱负。可他并没有“春风得意马蹄疾，一日看尽长安花”（孟郊《登科后》）的喜悦和自信，只是独自闲逛。在汴梁（今河南开封）城西，看到著名的西太一宫，又不由自主想起自己的根本——农村老家来。诗里诗外，都是浓浓的恋乡之情。

苏东坡后来看到了这首诗，站在诗前，瞩目良久，喟然一笑："这老兄真是个老狐狸！"他认为王安石表明自己的"恋乡"情怀，是政治手段中的障眼法。

苏东坡开王安石的玩笑，是带有善意的。因为他清楚王安石的想法——对乡村农人的关怀始终是王安石政治方略的出发点。而在这一点上，他和王安石并没有不同。所谓"此心同，此理同"，他们都是心存悲悯的儒生。早在苏东坡年轻的时候，看到人们祭祀黄牛庙里的神牛，就写过《黄牛庙》一诗。

诗中说，山上的黄牛作为神灵，是"庙前行客拜且舞，击鼓吹箫屠白羊"，什么都不干却接受大家的膜拜，而真正干活的黄牛呢？"山下耕牛苦硗确，两角磨崖四蹄湿。"用命运截然不同的黄牛做对比，饱含着对苦难大众的同情。苏东坡写这首诗的时候，才二十二岁，刚刚从眉山老家出来，偕同弟弟，随其父苏洵进汴京。这种悲悯的情怀，同样贯穿苏东坡的一生。

说到耕牛，有个挺有趣的现象——王安石时代的文人十分流行歌咏农具，水车、秥辘、铁犁等都成了歌咏对象，产生了大量的农具诗，这在中国诗歌史上比较罕见。这大概和该时期许多优秀的士大夫都有农耕体验有关系吧。

耕读体验让他们感慨农事的繁重，进而产生相似的政治观点。他们之间，以农具为比兴内容，诗文唱和，借以表达思想和政见。这批耕读并举的诗人中，梅尧臣写的作品最多，也最有名。

梅尧臣年长王安石二十岁，对底层农人的关心似乎更为直接。他有一首流传极为广泛的诗歌，就是满怀悲悯地写底层穷人的：

陶尽门前土，屋上无片瓦。
十指不沾泥，鳞鳞居大厦。

《陶者》

此诗情真意切，言简意赅，很多小学课本都选用了。一首小诗，用极为鲜明的对比手法，写出“陶尽门前土”的陶工和“十指不沾泥”的贵族之间的天壤之别。前者屋无片瓦，后者泰居大厦。社会的不公平性，穷人的悲惨生活跃然纸上。

梅尧臣咏农具的系列诗作共有十五首，其中第十首所咏的对象是耕牛。其中有两句描写得很生动：“夜归喘明月，朝出穿深谷。力虽穷田畴，肠未饱刍菽。”（《耕牛》）

和苏东坡类似，梅尧臣笔下的耕牛命运非常凄惨。辛苦一天，夜晚回来抬头看见月亮，以为天亮了又要干活，就习惯性地大喘气起来；还没休息多久呢，黎明又被赶出去干活，为人耕作使尽力气，最终却连饱饭都吃不上一顿。

而作为后学晚辈的王安石，也和了梅尧臣十五首咏农具的诗。不过，王安石笔下的农具都被赋予了强烈的情感色彩，是个人心迹的明确流露。关于耕牛，王安石是这样写的：

朝耕草茫茫，暮耕水潏潏。
朝耕及露下，暮耕连月出。
自无一毛利，主有千箱实。
睆彼天上星，空名岂余匹。

《耕牛》

这首诗的重点，不仅赞叹了耕牛的勤劳，还赞扬了它的无私奉献精神。读这首诗，很自然地会想到王安石的性格特点和从政经历。咏物以言志，王安石何尝不是借笔下的耕牛以自况？

此时，王安石的新政已经开始推行。他正好借着歌咏耕牛，来表明自己大公无私的心志，特别是他的变法得到了宋神宗的大力支持。

所谓士为知己者死。古代知识分子最理想的人生目标，就是自己做个贤相，又能遇到一位支持自己的明君！而王安石觉得自己就遇到了这么一位“明君”，他的感激之情，也借着歌咏农具，一露无余：

百兽冬自暖，独牛非氄毛。
无衣与卒岁，坐恐得空牢。
主人覆护恩，岂啻一绨袍。
问尔何以报，离离满东皋。

《和圣俞农具诗十五首·牛衣》

所谓牛衣，就是草编的、覆盖在牛身上帮助牛取暖的东西。诗中说道，百兽都有厚厚的体毛来保暖，牛却没有，所以到了冬天，牛就会感到非常寒冷。幸亏牛的主人对牛精心爱护，编了牛衣给牛盖上以抵御严寒，助牛过冬。王安石最后感慨地自问自答："应该怎样回报主人呢？只有努力耕地，来报答这份恩情了。"

北宋初年，土地兼并十分严重。全国有三分之一的自耕农的土地被大地主兼并掉了，自耕农沦为佃户。而大地主们又隐瞒土地的实际数额——这样就能省免很多赋税。土地兼并的后果，是富者越富，穷者越穷，国库赋税严重不足。

出身农耕家庭的王安石，太清楚实际情况了。他改革的方略，就是从最质朴的角度出发，怎么能减轻农民负担、避免大户逃税就怎么来。所以，就有了均输法、青苗法、免役法（又称募役法）、市易法、方田均税法等对策。

改革，说白了就是利益的重新划分。能够分得利益的当然支持，损伤利益的当然反对。王安石要动的，恰恰是大地主、大士族的利益。而这个阶层，无一不是手握实权的大官僚——编纂《资治通鉴》的司马光就是反对党的领袖。可想而知，王安石改革的阻力有多大。

然而，王安石变法还是推行了。因为他幸运地遇到了一个有政治抱负的皇帝——宋神宗。

神宗早有改革之意，但是苦于朝中臣子都没有实干能力。当他看到王安石所呈的关于改革的奏章时，高兴地连看了好几遍，并即刻召王安石进京。见到王安石后，他也丝毫不掩饰自己的喜悦，兴致满满地让王安石说出改革方案。

听完王安石的面奏，神宗大喜，并说：

此皆朕所未尝闻，他人所学固不及此。能与朕一一为书条奏否?

（《续资治通鉴长编拾补·卷三上》）

于是，熙宁二年（1069），王安石拜右谏议大夫参知政事，实际上行宰相职权。

变法刚一开始，就立刻招来反对的声音。

比如御史中丞吕诲，就控诉变法的十大过失；韩琦上疏规劝神宗停止实施青苗法。一时间，朝野应和。然而，神宗还是最大限度地支持变法。所以，尽管阻力重重，王安石的新政还是缓缓地推行了。

王安石为报宋神宗的知遇之恩，就自况“耕牛”，勤勉尽力；而神宗对他的保护和支持，不就是《牛衣》里的“覆护恩”吗?

变法阻力越来越大——当然，这和改革派的具体实践方法不当有关，所以一开始农民也受了不少罪，所谓“眼枯泪尽雨不尽，忍见黄穗卧青泥”，“卖牛纳税拆屋炊，虑浅不及明年饥”，“官今要钱不要米”（苏轼《吴中田妇叹》）等等。但是，王安石坚信这只是治疗大病的阵痛而已。

新法推行五年后，到了熙宁七年（1074），天有大旱，有人绘《流民图》呈上，神宗有些动摇。司马光又上《应诏言朝廷阙失状》，甚至连神宗的祖母曹太后和母亲高太后，也向仁宗哭诉“王安石乱天下”。迫于各方面的压力，王安石被罢相。

不过在第二年，王安石又重掌相权。变法继续。

时间稍微一久，新政的优势逐渐显露，国库充盈了，农民的生活也好了不少。[2]

熙宁九年新年初一，爆竹四起，意气风发的王安石望着窗外、听着爆竹、沐着春风、喝着屠苏酒，新政带来的喜悦感油然而生。他随口吟出四句诗，便是直到今天都还脍炙人口的《元日》：

爆竹声中一岁除，春风送暖入屠苏。
千门万户曈曈日，总把新桃换旧符。

虽然天气依旧寒冷，却分明感受到了春的气息。新政给百姓带来了看得见、摸得着的好处，余粮充沛，可以过踏实年，不用操心来年没有粮食吃。家家户户都忙着打扫庭院，换新桃符，以期除旧迎春，再迎个新的丰年。

三

王安石受惠于耕读并举，而他终生为之努力的则是反哺农耕。他变法的内容、改革的方式，千古之下，自有公论。不过，农耕生活的经历对王安石政治生涯的影响，却是显而易见的。

熙宁十年，王安石被二次罢相。加上爱子王雱（字元泽）病逝，他遂志气消

2　据《文献通考》记载，改革前的国家税收，景德时为6,829,700石，皇佑中降到338,457石，治平中回升到12,298,700石，而改革后的熙宁十年（1077）剧增到52,101,029石，即使与治平时相比也增长了三倍。中央积蓄的钱粟，“数十百巨万”，作为户部的经费，“可以支二十年之用”，这个变化实在是巨大的。

磨、退居金陵，不再积极问政。这一年，王安石五十七岁，卜宅钟山，潜心学问，闲来侍花种菜。经过半生的大起大落，他最终还是选择重新回到他熟悉的农耕生活之中：

石梁茅屋有弯碕，流水溅溅度两陂。
晴日暖风生麦气，绿阴幽草胜花时。

王安石《初夏即事》

初夏天气正好，石桥和流水围拱着自己的茅屋。小麦快要熟了，混着生草味道的香气，远远都能闻到，苍绿的树，幽深的草色，又哪里是春花烂漫所能比得上的？

明白人还是有的。王公之心，青史可鉴。比如七百多年后的清人蔡上翔在《王荆公年谱考略》中就曾说："公自熙宁九年归金陵，至元丰天下太平。"

"天下太平"四字，已经给了王安石新政最高的褒扬。

四

农耕的生活体验，影响到知识分子的思想和理念，进而影响到国家政策。王安石一生的经历，就是这个规律的典型体现。

王安石、苏东坡等人是幸运的，他们有能力和机遇实践自己的政治理想，去改变农人的生活现状。还有一些士人，未能高居相位，农耕生活对他们的影响，就更多地表现在文学作品上。他们也是幸运的。由于对苦难有深刻的体会，他们可以打破犬儒无病呻吟、自怨自艾的小情调藩篱，把目光从臆想拉到现实，成长为一流的大诗人。

比如杜甫。

杜甫被后人尊为“诗圣”，他的诗被称为“诗史”。他的诗歌透露着沉郁肃穆的气息，无论是“朱门酒肉臭，路有冻死骨”（《自京赴奉先县咏怀五百字》），还是“三吏”“三别”，处处都在描述农人的悲惨和命运的不公。那句“安得广厦千万间，大庇天下寒士俱欢颜”（《茅屋为秋风所破歌》）早已成为千古绝唱。

杜甫终其一生都在写诗反映民间疾苦。而浪漫如仙的李白，目睹纤夫生活，写下了《丁都护歌》，哀叹贫民的艰辛。“一唱都护歌，心摧泪如雨。万人系磐石，无由达江浒。君看石芒砀，掩泪悲千古。”慷慨悲歌，令人动容。

同样伟大的，还有白居易。

一个冬云沉沉的早上，唐长安城里冷冷清清，家家户户都紧闭大门、拥被围炉。整整八年的安史之乱，让大唐帝国满目疮痍，能有现在的安宁已属不易，哪里还敢奢望盛唐时期的摩肩接踵、灯火通明呢？一连几日的大雪，被北风裹挟着放肆地从天上冲下，打在一座又一座破旧的房屋上，加重了长安城的孤寂和落寞。

城南市场的一个墙角，停靠了一辆老牛车。坐在车辕上的，是一个瘦骨嶙峋、“两鬓苍苍十指黑”、“可怜身上衣正单”的白发老人。车厢里装满了木炭，上面用枯草掩盖着。一看就知道，只有烧炭、卖炭者，才会在这个时候出现在街面上。虽然老翁只着单衣，可是“心忧炭贱愿天寒”——他巴不

白居易像

得天能再冷些，好让自己的辛苦能多换点口食衣裳钱。

渐渐风动云开，太阳升起。老翁可能愈发开心——尽管已经疲惫不堪。因为雪停人出，他的上好木炭也就快要卖出去了。

突然，“翩翩两骑”由远及近，当看清如同瘟神的来人之时，已经太迟了！宫里的太监“黄衣使者”，及其犬牙“白衫儿”，以“皇宫”的名义，强行“买走”了那重达千余斤的木炭，所给的报酬，却是不成比例的“半匹红绡一丈绫”。

《卖炭翁》是白居易新乐府诗中最杰出的代表作，他以极其洗练平实的语言，用卖炭翁做例子，揭露唐代“宫市”强取豪夺小老百姓的恶行。无论思想性还是艺术性，都达到了完美统一。

安史之乱虽然已经平定，但是唐王朝已必不可免地走向衰落。士人们饱受苦难，目睹战争给国家、百姓带来的伤害。而唐王朝的统治者们，却昏庸腐朽之极，苛征暴敛，祸害至深，民众苦不堪言。

心怀大义的士人们，不甘心被命运摆弄，他们希望尽自己的绵薄之力，为帝国续命、为农人谋福。方法之一就是一改靡绮华丽的文风，恢复“文以载道”的传统，用诗文唤起人们的良知，去教化百姓、督促帝君。

于是，以白居易和元稹为首的士人，在诗歌领域发起了一场名为“新乐府”的运动。

新乐府运动的特点是诗歌要文辞朴实、反映苦难、针砭时弊，让读者从诗歌中察觉现实、反躬自省，所谓“惟歌生民病”“句句必尽规”，期望可以起到“补察时政”“泄导人情”的作用。《卖炭翁》就是其中的杰作。读完全诗，读者心里清楚，在黑暗和不平之下，有此悲惨际遇的岂止这一位老翁？

元稹，就是写“曾经沧海难为水，除却巫山不是云”（《离思》）的元才子，也有诸如《田家词》《织妇词》等名篇。光看“六十年来兵簇簇，月月食粮车辘辘”（《田家词》）这一句，恐怕想不到这是风流倜傥、能写出“海楼翡翠闲相逐，镜水鸳鸯暖共游”（《初除浙东，妻有阻色，因以四韵晓之》）的元才子的作品吧。

农耕体验对诗人的影响之大，恐怕超乎一般人的想象。

新乐府运动中最有名的作品，当属李绅的《悯农》二首。

李绅和白居易同岁，都是新乐府运动的主要参与者。他出身名门，是中书令李敬玄的曾孙，其父李晤也做过县令，按理说体会不到最底层民众的疾苦。

可惜命运的安排，注定让李绅成为一个大诗人。

李绅幼年丧父，由寡母抚养带大。寡母教育是教育学中很有趣的一个现象。尤其在中国传统社会，一般提及圣贤之辈，大多会宣传他被寡母抚养、教育的背景。比如孔子、孟子、范仲淹、欧阳修、岳飞等等。或许是因为女性天生的慈悲，加之寡母生存的不易，这类环境下的孩子都比较早熟，并且多有悲悯情怀。

李绅就是这样。由于家中贫穷，底层农人的疾苦对他来说是感同身受的。相传，他因贫穷，还寄宿在无锡的一座寺庙读书。正因如此，同其他诗人相比，李绅才能以最悲悯的感情、最简练的语言，写出《悯农》这样的千古绝唱：

春种一粒粟，秋收万颗子。
四海无闲田，农夫犹饿死。

春天种下的一颗种子，到了秋天能收获很多，而且“四海无闲田”——到处长满了庄稼，可是居然还有饿死种田人的惨事！李绅没有进一步分析原因，他几乎带着哭腔把这个现象勾勒出来，达到很强的艺术效果。

《悯农》的第二首，更是冠绝古今，早已成为绝对的经典和不朽的作品。现在的蒙学教育恐怕就是从背诵这首诗开始的：

锄禾日当午，汗滴禾下土。
谁知盘中餐，粒粒皆辛苦。

诗中几乎没有太多的修辞，就是凝练的描述，可是又分明体会到作者悲悯的情怀，以及谆谆的劝导。可以想象，如果没有对农耕的切身体验，是绝对难以写出这样的作品的。

同样反映农人苦难、秉承新乐府精神的，还有很多诗人，中唐往后，诸如张籍、皮日休、聂夷中……他们的作品一扫靡丽涣散的风气，换之以刚健清新，并能为千古传颂。

张籍也是耕读出身的知识分子，加上目睹一系列战乱，对下层农人疾苦也有很深体会。因此他诗歌的审美取向就偏向沉郁悲壮、愤世刺时的杜甫诗。

据冯贽《云仙散录》记载，张籍为了学习杜诗，就把杜甫名篇抄来烧掉，然后用蜂糖拌纸灰吃掉，希望能学到杜诗的精髓。这个公案无从考据真假，但是张籍诗歌的风格，确实是以沉郁悲壮为主的。

他有一首名作《野老歌》，也是写下层贫农凄惨生活的：

老农家贫在山住，耕种山田三四亩。

苗疏税多不得食，输入官仓化为土。
岁暮锄犁傍空室，呼儿登山收橡实。
西江贾客珠百斛，船中养犬长食肉。

贫苦可怜的老农种着三四亩薄田，可是收获的粮食只够交税。快到年终，实在没办法维持下去，就带着儿子摘橡子充饥。最后笔锋一转，和摘橡子的老农形成强烈对比：西江客商们富得流油，连养的宠物狗都能顿顿吃肉！而老农一家连饭都吃不饱，就更别谈吃肉了。

底层农人的生活，连显贵们所豢养的狗都不如！

比张籍、白居易、李绅等人更晚的聂夷中，也写了一首反映农人疾苦的名篇《伤田家》：

二月卖新丝，五月粜新谷。
医得眼前疮，剜却心头肉。
我愿君王心，化作光明烛。
不照绮罗筵，只照逃亡屋。

其中“医得眼前疮，剜却心头肉”一句成为绝唱，甚至化为俗语，经常出现在我们耳边。而这经典名句，本来是对农人迫不得已生活的形象比喻。

阴历二月，蚕还未结茧；五月稻子，尚处青苗期。然而，贫苦的农民迫于生计，为解燃眉之急，竟不得不以新丝、新谷做抵押，借上“驴打滚”的高利贷。可想而知，农民绝对到了山穷水尽、骨枯髓干的地步，否则，谁会这么干呢？这就是《伤田家》中所说的“二月卖新丝，五月粜新谷”。这种明显吃亏却又无可奈何的事，难道不像为了医治眼前的疮，而要在心尖割肉一样吗？

五

范仲淹，又一位深受农耕影响的士人典范。

范仲淹两岁丧父，寡母被逼无奈，抱着他改嫁朱氏。朱氏是山东淄州长山县河南村人，典型的耕读之家。范仲淹学习精进，生活却极其艰苦。据说每天只煮一碗稠粥，等粥凉了以后沁成膏状，他就把粥划成四块，早晚各取两块，拌几根韭菜，吃完继续读书。于是，后世便有了“划粥断齑”的美誉。

这样的生活经历，无疑让范仲淹深深地体会到农耕士子的艰辛。所以，他为官之后清廉爱民，关心农人疾苦，又耿介正直，始终是一位可亲可靠的长者。

王安石还是范仲淹的晚辈。二者相比，范仲淹“文武兼备”“智谋过人”，更多参与到地方政治的一线。因此，范仲淹对农耕反哺所做的贡献都是具体可见的。

范仲淹政治主张之一，就是养民、顺民、济民。他在《王者无外赋》中说“育兆民而道”，养育万民、让百姓过得好，才是符合大道的。在他主政期间，发起“庆历新政”，其中就有“厚农桑”和“减徭役”两项政策。在

范仲淹像

知任庆州时，还有过一首《劝农》诗：

烹葵剥枣古年丰，莫管时殊俗自同。

太守劝农农勉听，从今再愿诵《豳风》。

就是说，别管那么多风俗不同，好好耕作才是王道。作为地方官长，我要努力劝导农民，要大力倡导重农之风。《豳风》是《诗经》十五国风之一。豳，在今天陕西彬县、旬邑一带，是周代先民耕作发展农业之地。《豳风》收录的七首诗，基本上都是关于农业田园的诗歌。

农事以水利为先。范仲淹出任泰州时，用了五年时间，与民工同吃同住，以“修围、浚河、置闸”为思路，重修捍海堰。这个堤坝对农业生产发挥了重大作用，被人称为“范公堤”，遗址迄今犹存。南宋至元、明的两浙太守，都依照范仲淹的模式去整治水患。明末诗人吴嘉纪用《范公堤》“海水有时枯，公恩何日已”的诗句来赞叹范仲淹的功业。

范仲淹深知耕读并举的重要性，“兴学”是培养人才、救世济民的根本手段，所以开筵讲学、引领两宋学院风气之先的也是范仲淹。庆历年间，范仲淹以参知政事之职主政，地方学堂如雨后春笋般涌现，时谓“盛美之事”。

范仲淹还写过一组《四民诗》。分别以《士》《农》《工》《商》为题，借以表达其政治理念。其中《农》写道：

伤哉田桑人，常悲大弦急。
一夫耕几垅，游堕如云集。
一蚕吐几丝，罗绮如山入。
太平不自存，凶荒亦何及？
神农与后稷，有灵应为泣。

〔宋〕佚名《蚕织图》（局部）

农人的生活状态是可怜的，范仲淹深有体会，所以他为“伤哉田桑人”而哀伤。诗的最后还稍带夸张地说，农业的祖先——神农氏和后稷，如果知道现在农人的惨状，也会为之哀泣的。对农人的同情和悲悯，是范仲淹的情感基础，一切政治理念、行为都从此出。

所以，他能写出“江上往来人，但爱鲈鱼美。君看一叶舟，出没风波里”（《江上渔者》）这样的诗歌来，也就在情理之中了。

经常同范仲淹的《江上渔者》并列提及的，是北宋学者张俞的《蚕妇》。

张俞是个奇人。屡试不第，后来被征举做官，他却让出自己的官位给父亲做，自己跑到青城山，在朋友的帮助下办了一所半耕半读的少愚书院，搞教育，教化一方百姓。他可谓是把耕读融为一路，身体力行的实践家。他的《蚕妇》写道：

昨日入城市，归来泪满巾。
遍身罗绮者，不是养蚕人。

与梅尧臣的《陶者》、范仲淹的《江上渔者》类似，这首小诗也是用对比手法，来强调养蚕的农人和显贵的区别。不同的是，这首小诗好像讲了一个小故事。

一位蚕妇去城里办事，回来后泪流满面。为什么呢？她说她在城里看到那些遍身绫罗绸缎的，没有一个是养蚕的农人。诗人对弱者的同情之心，溢于言表。

农耕经历，带给知识分子的，不仅是生存长养之功，更是灵魂深处的洗礼。无论是身居要职、努力改革的王安石、范仲淹，还是挽国家于危难、寄希望于诗文的新乐府诗人们，或者像张俞这样不愿为官的知识分子，都具有强烈的悲天悯人的情怀和为弱者呐喊的冲动，因此他们的作品都闪烁着人性的光芒。

古有神农学，今传氾胜书

士人对耕作的反哺

中国是农业文明的古国，重农思想由来久矣！

然而，农耕是有规律可循的，普通大众受教育程度不够，他们有的只是丰富的农耕经验，而将这些零散的经验整理、总结、发展，并升华为思想体系的，则要归功于有耕种经验的读书人了。贾思勰说“顺天时，量地力，用力少而成功多；任情返道，劳而无获”（《齐民要术》）。经历过耕读生活的知识分子有理论修养，有农业生产经验，有条件完成从农业到农学思想再到哲学思想的提升。士人是社会的精英阶层，其号召和倡导往往对农耕有更直接的影响。

农耕哺育了大量的读书人，而读书人则借助自己的优势，反哺农耕。就在这一哺一反的循环中，耕读成为中华文明不可或缺的内容。

一

《论语·微子》中有一段小故事：

> 子路从而后，遇丈人，以杖荷蓧。子路问曰："子见夫子乎？"丈人曰："四体不勤，五谷不分，孰为夫子？"植其杖而芸。子路拱而立。止子路宿，杀鸡为黍而食之，见其二子焉。明日，子路行以告。子曰："隐者也。"使子路反见之，至，则行矣。

说的是子路跟孔子出游，掉队了，就去问一个耕种的老农，见没见自己的老师。结果老农责难道："（孔子）四体不勤，五谷不分，怎么算是夫子？"这段小故事非常有名，以至于"四体不勤，五谷不分"这八个字成为读书人头上的印记，几千年来挥之不去。

不过仔细分析，这实在是以偏概全的谬见。中国古代的读书人，大多数是从农耕环境中出来的，又怎么会"五谷不分"？至于"四体不勤"，这是人的通病，读书人一旦登上"天子堂"，自然要比耕种舒服多了。但是客观而言，耕作的农民有实践经验，功劳当然不可抹杀；而"朝为田舍郎，暮登天子堂"的读书人，对农耕的发展，也绝对起到了不能忽视的作用。

劳苦大众是农耕的实践者，而把实践思想体系化，并提出来重新指导大众行为的，则是知识阶层。比如，对时间规律的把控正是农耕最重要的环节。而最早系统提出这个思想并影响到耕作大众的，则是诸如《月令》《吕氏春秋》等上古典籍。《吕氏春秋》说，“夫稼，为之者人也，生之者地也，养之者天也”“是故得时之稼兴，失时之稼约”——《吕氏春秋》正是大批士人合力编纂的。

说到时间和耕种的关系，中国古人很早就注意到了，并一直努力探索。相传夏代的历法制度，也是儒家重要经典的《夏小正》[1]，已经把简单的天象、物候、气象和相应的农耕活动有规律地联系在一起。其形成早于汉代的二十四节气，是先民长期关注这一规律的丰硕成果。

无论从二十四节气的名称，诸如“芒种”“谷雨”等，还是与之相关的民谚来看，其诞生都是为农耕服务的。二十四节气民谚众多，这里摘录一首如下：

立春梅花分外艳，雨水红杏花开鲜；
惊蛰芦林闻雷报，春分蝴蝶舞花间。
清明风筝放断线，谷雨嫩茶翡翠连；
立夏桑果像樱桃，小满养蚕又种田。
芒种玉秧放庭前，夏至稻花如白练；
小暑风催早豆熟，大暑池畔赏红莲。
立秋知了催人眠，处暑葵花笑开颜；
白露燕归又来雁，秋分丹桂香满园。
寒露菜苗田间绿，霜降芦花飘满天；

1 《夏小正》为中国现存最早的科学文献之一，也是中国现存最早的一部汉族农事历书，原为《大戴礼记》中的第四十七篇。《礼记·礼运》记载：“孔子曰，我欲观夏道，是故之杞，而不足徵也，吾得夏时焉。”司马迁认为孔子所指的“夏时”就是《夏小正》，《史记·夏本纪》说：“孔子正夏时，学者多传夏小正云。”

立冬报喜献三瑞，小雪鹅毛片片飞。
大雪寒梅迎风狂，冬至瑞雪兆丰年；
小寒游子思乡归，大寒岁底庆团圆。

从中看得出，这首二十四节气歌，几乎就是农时指南——小满养蚕种田、夏至稻花盛开、处暑葵花成熟等等。

二十四节气，是根据太阳运行周期而等分的，属于太阳历的重要内容。历法的完善需要大量的实践观察和精密的数学计算，即便在今天，也是非常专业的知识，更不要说文化尚未普及的古代了。秦汉是中国天文学发展的高峰期，二十四节气完善于此时，显然在情理之中。

随着历法的完善和普及，和农耕有密切关系的众多天文现象，才逐渐被农人掌握并应用起来——来年的丰收永远是百姓最关心的内容。[2]

以下这首诗是孟浩然的《田家元日》：

昨夜斗回北，今朝岁起东。
我年已强仕，无禄尚忧农。
桑野就耕父，荷锄随牧童。
田家占气候，共说此年丰。

孟浩然是和王维齐名的唐代田园诗人，一生都在半耕半读的状态中生活，连李白

2 上古时期，许多和农事有关的天文现象也被大家熟知，但是肯定不如后来的详细缜密。顾炎武说：“三代以上，人人皆知天文。‘七月流火’，农夫之辞也；‘三星在天’，妇人之语也；‘月离于毕’，戍卒之作也；‘龙尾伏辰’，儿童之谣也。”这种说法有一定道理，但是显然有点美化古人了。顾炎武提到的“七月流火”“月离于毕”等，都是《诗经》中的诗句。首先，这些诗句也多是三代贵族所作；其次，人们对这些天文现象也只是进行了粗浅的观测，无法对农耕有更精细的指导。

都是他的忠实崇拜者，曾写诗说“吾爱孟夫子，风流天下闻”（《赠孟浩然》）。孟浩然时运不济，仕途不畅，所以他的诗作大多和农耕田园有关。此诗是他青壮年时期的作品，据考证，写作时间正是入长安应试的元日。当时的元日就是今天所说的农历元旦，即大年初一。

在中国古代天文历法的制定中，北斗七星有着重要的坐标意义。古人发现，北极星几乎在天中央，而附近非常明亮的北斗七星，恰恰围绕北极星转动，一个太阳公转年刚好“走”一周天，于是北斗七星就成了最基础的一个计时坐标。《鹖冠子·环流》云：“斗柄指东，天下皆春；斗柄指南，天下皆夏；斗柄指西，天下皆秋；斗柄指北，天下皆冬。”

北斗星“走”一周天的时间，和太阳“走”一周天的时间是一样的，因为它们都是恒星。不过除此之外，古人还通过观测月亮的盈亏变化来计时，这就是阴历。

通过月亮的亏盈周期及地球自转的关系，人们发现，十二个阴历月并不等于一个完整的太阳公转期，所以就有了加闰月来平衡时间的方法。如何置闰，在古代是个长期争论的问题，该问题在汉代得到了比较圆满的解决。

所以，在实际观测中，北斗星重新回到原点、斗柄指向正东，且能碰到阴历的正月初一是不多见的事。这就意味着日月同步、节气时间丝毫不爽，也进一步意味着来年丰收的可能性要更大一些，这就是古代历法的初级应用，也就是“占候”。《周礼·春官·保章氏》说：“以五云之物，辨吉凶、水旱、降丰荒之祲象。”

所以，诗中写的“昨夜斗回北，今朝岁起东”就是对这一星象的描述。

而末句“田家占气候，共说此年丰”是写田头农夫们看到这个星象占验未来，都说来年一定会大丰收，这就是对这些知识的掌握和应用了。

可见，复杂的历法经由士人的推算，并经过长时间的简化普及，深深浸入广大百姓的生活中，确实对农耕的发展产生了不可估量的影响。

二

虽与人境接，闭门成隐居。
道言庄叟事，儒行鲁人余。
深巷斜晖静，闲门高柳疏。
荷锄修药圃，散帙曝农书。

这是王维《济州过赵叟家宴》一诗中的前四句。所写的赵叟是一个隐居小镇的儒士，即所谓“儒行鲁人余”。而“荷锄修药圃，散帙曝农书”正是对主人日常生活的描述——没事去种药养花，闲来翻看农书。

农书，就是和农业知识有关的书籍。农耕生活哺育了一代一代读书人，而读书人反哺农耕的最显著方式便是编著农书。这些农书都是对零散农耕经验的记录总结、系统整理，有的还提出自己的精到见解，大多能嘉惠后人。

南宋诗人刘克庄，在《田舍即事十首》其八中写道：

浅甽须穿浚，荒畦要粪除。

何尝舍耒出，亦或带经锄。
古有神农学，今传氾胜书。
野儒曾涉猎，未可议空疏。

这其中提到的神农，就是传说中的神农氏。相传他尝百草辨药性，又教民稼穑，种植五谷，是农业的祖神。而氾胜书，指的就是中国第一部农书——《氾胜之书》。

《氾胜之书》原名是《氾胜之十八篇》，是西汉末年学者氾胜之所著。关于氾胜之，据《汉书・艺文志》注，他曾在汉成帝时当过议郎。又曾在西汉京师地区指导农业生产，《晋书・食货志》谓："昔者轻车使者氾胜之督三辅种麦，而关中遂穰。"可见，他有非常丰富的农耕经验，这也是他作《氾胜之十八篇》的基础。

很显然，有丰富农耕经验的学者写的农书，自然十分有用。东汉时期《氾胜之书》就已经非常有名了，许多经典的注释中涉及农业问题的，都会引用这本书中的内容。

这是典型的理论从实践中来，又反过来指导实践的例子。

《氾胜之书》后来散佚，好在清代学者多方辑录，今人才得以窥其面貌。

《氾胜之书》以后，最著名的农学著作当属北魏贾思勰的《齐民要术》了。《齐民要术》借鉴了《氾胜之书》的很多内容，当然，《齐民要术》的内容也更为系统。

齐民，就是老百姓的意思，古诗有"齐民逃赋役"（韩愈《送灵师》）

凡耕之本在于趣時和土務糞澤早鉏穫春凍解地氣始通土一和解夏至天氣始暑陰氣始盛土復解夏至後九十日晝夜

的句子；要术，就是必要之术。言下之意，这本书是百姓农耕之术的大集成之作。今天来看，《齐民要术》就是一部农业大百科全书。全书正文分十卷，收录了当时耕种、园艺、蚕桑、植树、酿酒烹饪、储备治荒等方法，甚至还有教人如何相马相牛、养猪养鸡，以及治疗六畜疾病的方法。达尔文研究进化论时曾参考过一部中国古代百科全书，有说此书正是《齐民要术》。

如果说氾胜之、贾思勰的农耕体验还不够的话，那两宋之际《陈旉农书》的作者陈旉，则称得上是一辈子半耕半读、又耕又写的典型代表了。

陈旉生于公元1076年，卒年不详。平生喜读书，不求仕进，一生耕读不辍。早年在真州（今江苏仪征市）西山隐居耕读，种药治圃以自给。自号“西山隐居全真子”“如是庵全真子”，完全是人间散仙的样子。《全宋词》中还收有他的一首词作：

明月双溪上，胜景号金华。当年此夕，多少鸾凰杂云霞。共拥飘飘仙伯，来作人间英杰，王谢旧名家。纶綍妙文采，帷幄富忠嘉。　圣天子，形梦寐，眷尤加。麒麟阁上，早晚丹陛听宣麻。鼎轴无穷勋业，岁岁薰风日永，萱秀北堂花。潋滟绮筵酒，寿算等河沙。

《水调歌头》

北宋破于金国，陈旉亦随之南渡避难长江。长期的耕作经验加之南迁生活，让他对水稻耕作有深刻体会。于是他亲自实践种植水稻，并于七十四岁时写成《陈旉农书》。这是中国第一本反映南方水田农事的专著。

古有神农学，今传氾胜书

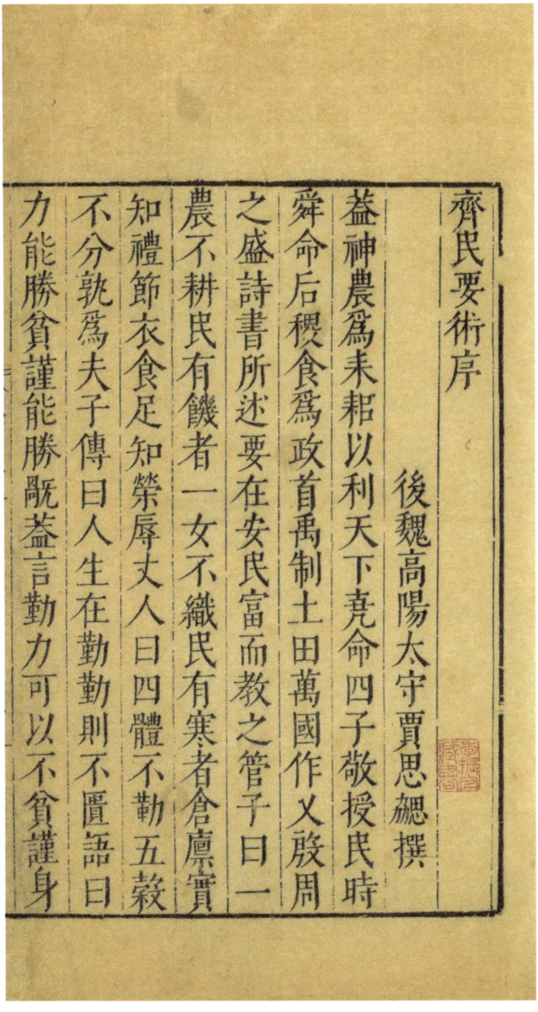
齊民要術序

後魏高陽太守賈思勰撰

蓋神農爲耒耜以利天下堯命四子敬授民時舜命后稷食爲政首禹制土田萬國作乂殷周之盛詩書所述要在安民富而教之管子曰一農不耕民有饑者一女不織民有寒者倉廩實知禮節衣食足知榮辱丈人曰四體不勤五穀不分孰爲夫子傳曰人生在勤勤則不匱語曰力能勝貧謹能勝禍蓋言勤力可以不貧謹身

《齐民要术》书影　明崇祯汲古阁刊本

此前，长江流域的发展整体上落后于黄河流域。所以江南耕作的稻农在诗人笔下大多艰辛，并不像我们想象的那样富足。比如唐代张籍在《江村行》里写道：“南塘水深芦笋齐，下田种稻不作畦”“水淹手足尽为疮，山虻绕身飞飏飏”“江南热旱天气毒，雨中移秧颜色鲜”……此时的江南乡村并非绿荷白稻、蛙声一片的惬意景象，而是穷苦萧条的生活状态。

到了北宋，整体经济处于平稳期，南方的情况有所改观，交易顺畅。引进的一些新稻种，使水稻的产量、品种都有丰富的变化。范成大《劳畬耕》中说道：

吴田黑壤腴，吴米玉粒鲜。
长腰匏犀瘦，齐头珠颗圆。
红莲胜雕胡，香子馥秋兰。
或收虞舜余，或自占城传。

占城，即今天越南一带。诗中说南方有丰饶的黑色土地，所种植的水稻颗粒饱满像玉一样，有“长腰”“齐头”“红莲”“香子”等好几类上佳品种。有的是尧舜时代就传下来的种子，有的则是自占城引进的新品种。

在这些好听的稻米品类中，长腰米是品相最好的。陆游赞道：“但有长腰吴下米，岂需细肋大官羊。”（《书意》）有了好吃的长腰米，连浑身瘦肉的大官羊都不稀罕了，可见当时长腰米受人追捧的程度。南方毕竟不是政治文化中心，所以前代农书所载都以黄河流域物候农物为核心，涉及南方农耕的专门农书几乎没有。而《陈旉农书》的出现恰恰填补了这一空缺。

《陈旉农书》共分三卷：上卷主要讲述水稻的种植技术，以及大量改造各种田地的方法；对于南方耕田的得力帮手水牛，书中辟中卷专门论述；下卷讲植桑种麻，还特别推荐桑麻的套种，很有现代农业精神。

陈旉这种耕读并举的生活方式，是读书人反哺农耕的典型例子之一。《陈旉农书》一经刊印，立刻受到重视，明代收入《永乐大典》，清代收入多种丛书。18世纪还传入日本，影响深远。

三

元代有一部比较特殊的农书——《王祯农书》，在众多农书中别具一格，值得一说。

蒙古灭金之后，中原半壁河山又入蒙古人之手。在很长一段时间里，蒙古贵族还是以游牧方式统治中原。大量耕地被圈为牧地草场，并一度施行驱口买卖（即奴隶交易），北方农业严重受损；宋元长期战乱，南方农业也遭到严重破坏。

中统元年（1260），忽必烈即位建立元朝，着手恢复生产，遂昭告天下：“国以民为本，民以衣食为本，衣食以农桑为本。”（《元史·食货志》）又多次颁发禁令，不许扰民圈地，并积极劝农。多措并举，农业生产逐渐恢复。

而汉族知识分子的选择，就面临两条路——与元朝政府合作，或是归隐。

陶宗仪的《南村辍耕录》记载了一个故事：许衡和刘因都是当时的大儒。忽必烈征召许衡入京为官，许衡欣然应赴。刘因问："公一聘而起，无乃太速乎？"许衡答曰："不如此，则道不行。"后来刘因不受集贤学士之职，有人问他为何拒绝朝廷应征，他回答说："不如此，则道不尊。"

两位大儒，分别从彰显儒道、尊贵儒道的角度或进或退，都从个人角度上延续了汉文化的种子。

王祯就做了起而显道的选择。他仕元为官，目的是延续儒家文化，故而勤政爱民、清廉简朴。为官期间，捐俸给地方兴办学校、修建桥梁道路、施舍医药，给百姓做了不少好事。时人颇有好评，称赞他"惠民有为"（《旌德县志》）。和我国古代无数知识分子一样，他也继承了传统的农本思想，认为国家从中央到地方政府的首要政事就是抓农业生产。这正是王祯著述农书的直接原因。

《王祯农书》有两个显著特点：一是绘有详细的农具图谱，这在历代农书中是首例，使百姓一看就懂；二则是每一章之后，附有一首诗，这也是以前的农书不曾有过的。

比如关于镬头。他在镬头的图谱之后，详细记录了镬头的用法、制作方法，后又附了《镬头》一诗：

鋈柄为身首半圭，非锋非刃截然齐。
凌晨几用和烟斸，逼暮同归带月携。

已斫灵苗挑药笼，每通流水入蔬畦。
更看功在盘根地，办与春农趁雨犁。

同样的，还有《铲》《镰》《土鼓》《拖车》等等，都是以农具为题材的诗歌。

另外，在介绍各种田地形制之后也附有诗歌。比如《田制门·梯田》后的《梯田》一诗：

世间田制多等夷，有田世外谁名题？
非水非陆何所兮，危颠峻麓无田蹊。
层蹬横削高为梯，举手扪之足始跻。
伛偻前向防颠挤，佃作有具仍兼携。
…………
可无片壤充耕犁，佃业今欲青云齐。
一饱才足及孥妻，输租有例将何赍，惭愧平地田千畦。

《王祯农书》写得极其平实，怕农耕百姓看不明白，甚至画出图解。但是这些诗歌却写得古雅艰涩，显然不是给普通老百姓看的。他为什么会给文后附这样的诗歌呢？

有学者考证分析得出结论：王祯作为汉族儒生，看到元朝统治者虽然表面提倡农耕，但生活习惯还是游牧方式，并不能真正接受农耕文明。所以，

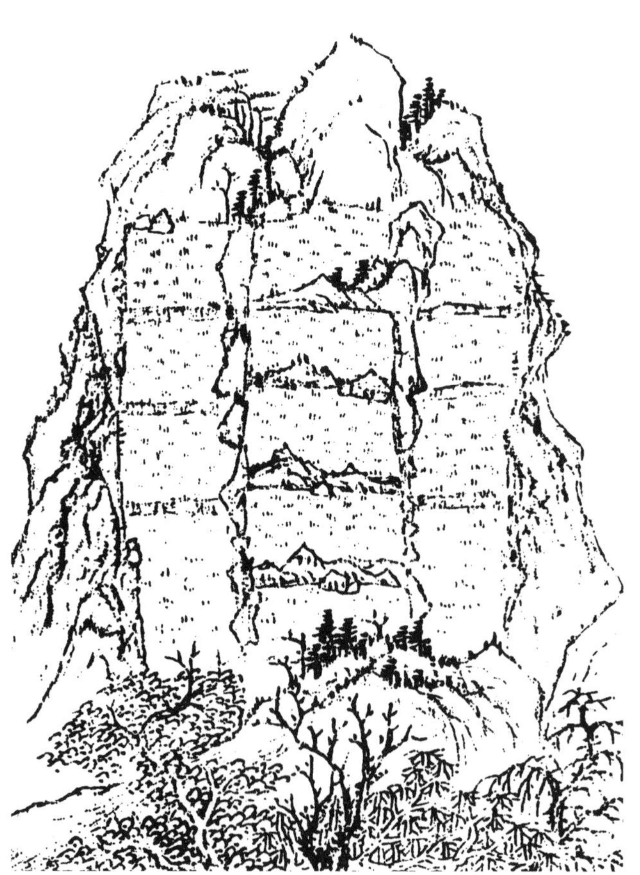

《王祯农书·农器图谱一·田制门·梯田》

王祯在农书后写诗，一方面是抒怀，另一方面，这些诗其实是呈给和他一样的、直接接触民众的汉儒知识分子看的。在王祯看来，异族问鼎，他们更需要担负起以儒治国、弘扬农耕文化、延续耕读并举的重大责任。

不如此，则道不行！

四

和王祯在《王祯农书》后写给儒士的诗不同，作《便民图纂》的邝璠，则可谓"农业大众诗"的先驱。

邝璠是明朝人，弘治七年（1494）进士，官至瑞州（今江西高安县）知府、河南右参政。他编的《便民图纂》属于农业通书。该书涵盖的内容庞杂博通，为百姓提供了日常生活方面需要的各种技术。不仅有农耕知识、医药处方，还有家庭备用品的制作维修，气象预测，等等。一如钱曾在《读书敏求记》中说："凡有于便民者，莫不具列。"

明代以来，陆续出现了许多这类通书，但是《便民图纂》不仅内容博杂，还保留了南宋末年的一组《耕织图》，并附有通俗的小诗，以便流传。

《耕织图》的作者楼璹，本来也是给每幅图后配有诗的，但是比较典雅工整，邝璠认为大众不易读懂，不便于流传，所以加以修改，写得非常通俗易懂。

如《耕织图》中关于《浸种》的原诗为：

溪头夜雨足，门外春水生。

筠篮浸浅碧，嘉谷抽新萌。
西畴将有事，耒耜随晨兴。
只鸡祭勾芒，再拜祈秋成。

图和诗所要说的叫“浸种”，指的是在三月里用清水浸泡种子。由于种子储存时往往比较干燥，直接种到地里不易发芽，所以需要提前浸泡。但是楼璹写成很典型的五言律诗，用词古雅，对仗工稳，既有起兴，又有比喻。一般人想必是看不太懂了，大字不识几个的老农读起来更是晕头转向。所以，邝璠将其通俗化为：

三月清明浸种天，去年包裹到今年。
日浸夜收常看管，只等芽长撒下田。

这下就非常简单直白了。三月清明前后就是浸种的时候了，把去年包裹至今的种子拿出来泡着。但是浸泡也不能太久，多长时间合适呢？“日浸夜收”就可以了，这样，种子稍微长一点点芽儿，撒到地里就好了。

邝璠还将“收刈”通俗化为“收割”：

无雨无风斫稻天，斫归场上便心宽。
收成须趁晴明好，柴也干时米也干。

收割

竹枝词

無雨無風斫稻天
斫歸場上便心寬
收成須趁晴明好
紮也乾時来也乾

《便民图纂·收割》

像这样浅显易懂的诗句，十分方便百姓的日常生活。

《便民图纂》自刊发以来，在各地引起较大反响。据现存版本与著录看，在弘治至万历中期的百余年间，至少已在苏州、云南、贵州等地雕版六次。

但是到了清朝以后，便再未看到《便民图纂》刊行的记录。这是为什么呢？笔者将借助下文进行阐释。

五

春郊风动彩旗新，快睹黄衣是圣人。
盛礼肇行非自汉，古诗犹在宛如豳。
朝臣共助三推止，野乐全胜九奏频。
稼穑先知端可贺，粢盛不独备明禋。

这首诗是明代诗人吴宽的《观耕籍田》。所谓籍田，就是天子亲耕的一片田地。《汉书·文帝纪》诏：“其开籍田，朕亲率耕，以给宗庙粢盛。”就是说用天子亲耕的这块田地上所产的粮食，用来做宗庙祭祀的祭品。

天子耕籍田的历史很早，《诗经》中就有周天子耕籍田的记载。[3]所以诗中说“盛礼肇行非自汉，古诗犹在宛如豳”。皇帝怎么可能真的下地干活呢，耕籍田也就是个形式，表示重

3 《诗经·周颂·载芟》：“载芟，春籍田而祈社稷也。”《毛传》：“籍田，甸师氏所掌，王载耒耜所耕之田，天子千亩，诸侯百亩。籍之言借也，借民力治之，故谓之籍田，朕亲率耕，以给宗庙粢盛。”颜师古注引韦昭曰：“籍，借也。借民力以治之，以奉宗庙，且以劝率天下，使务农也。”

视农耕生产。所以在耕籍田仪式的当天，皇帝在朝臣的帮助下，仅仅用手推三次耒耜，就表示干活了。这就是诗中写的“朝臣共助三推止，野乐全胜九奏频”。

天子重视农耕，亲自耕田劝农，这在中国古代是个悠久的传统。尽管是形式，却表达了对农业的重视。清朝建立后，为了缓和与汉族的矛盾，也崇尚儒家思想，积极弘扬儒家的耕读文化。尤其是康熙皇帝，天子亲做表率，学汉语、读儒经、拜孔子，只要是能表示崇儒尚农的行为，他无不积极响应。耕籍田、祭社稷自在其中。而且，为了把这一思想彻底传达到底层百姓那里，并形成正统的意识，康熙的《御制耕织图》就代替了以往所有类似的通俗农书。上文提到的《便民图纂》就再也没有刊印了。

《御制耕织图》也是在楼璹的《耕织图》基础上演变而来的。康熙二十八年（1689）康熙南巡时，宋版《耕织图》被江南士子进献上来。康熙见后非常高兴，立刻命焦秉贞据原意另绘《耕图》《织图》各二十三幅。清版《耕织图》其内容、布景、人物与宋版大同小异，只不过把服饰发型换成了清代特色而已，同时也把原来图后的诗替换为康熙皇帝的七言绝句。

现录出《浸种》和《收刈》两首，以便同楼璹的古雅诗、邝璠的通俗诗做比较：

暄和节候肇农功，自此勤劳处处同。
早辨东田穜稑种，褰裳涉水浸筠笼。

康熙《浸种》

〔清〕焦秉贞《御制耕织图》（局部）

满目黄云晓露晞，腰镰获稻喜晴晖。

儿童处处收遗穗，村舍家家荷担归。

康熙《收刈》

同前面两人的诗相比，康熙的诗歌具有一种置身事外、居高临下、欣喜快慰的观看角度，这和他是天子有关。《御制耕织图》更多体现的是皇权意志，是宏观方面对耕种文化的尊重。真正对百姓生活起到切身帮助的，还是前面所说的那些农书、通书。

六

尽管天子居高临下地推崇农耕，但并未直接对农民有切身帮助。可是天子的表率作用还是很明显的——天子都这样做了，百官自然不能落后。所以从汉代以后，地方官员在农忙前后都有一个重要任务——劝农。司马迁《史记·文帝纪》说道："其于劝农之道未备，其除田之租税。"晋代劝农更是上级考察地方官员政绩的一项首要内容。唐房玄龄等所撰的《晋书·职官志》载："郡国及县，农月皆随所领户多少为差，散吏为劝农。"西晋束皙还有一篇《劝农赋》，其中就说道："惟百里之置吏，各区别有异曹，考治民之贱职，美莫当乎劝农。"

百官积极劝农，一方面出于官场职责考核的需要，另一方面，也是长期受耕读影响、发自内心的认同。深受农耕恩惠的士人集团，深知民以食为天，知道农业的重要性，所以他们都会认真履行这个职责，以期通过自己的督促和以身作则的示范作用，带动辖区百姓，一同植桑务农，辛勤耕种。

《论语·颜渊》有云："君子之德风，小人之德草。草上之风，必偃。"这里的"君子""小人"，并没有道德评量的意思，只是对社会阶层的划分。君子，指的是占有统治话语权的人；小人，则指大众百姓。脱离《论语》的语境，用今天传播学的话说，就是意见领袖的观点会有效影响大众的认识。古时候通过读书进入官僚阶层的士人，不可避免地成为意见领袖，他们的积极劝农，也确实能起到良好的作用：

岱宗高拱万山陪，百里平田镜面开。
谷麦丰登梨枣熟，至元癸未劝农来。

这是元代胡少中的《劝农诗》。夏秋季节，农作物成熟、收割的时间其实就几天。官员奉诏下田，意在告诫人们如果错过收割时间，粮食就被糟蹋了。

还有官员下乡劝农，发现具体问题，就可以着手帮助农人解决实际问题。南宋大儒真德秀，时称西山先生，十分关注民事，重视农业发展。外任为官之时，崇尚风教、清廉自守，所到之处颇有政绩，一时名重朝野。他在湖南安抚使任上的时候，下乡劝农，具有前瞻性地兴修水利、疏通池陂，切切实实解决了抗旱的问题。他在《长沙劝农诗》中写道：

闻说陂塘处处多，开工修筑莫蹉跎。
十分积取盈堤水，六月骄阳奈汝何？
田里功夫著得勤，翻耕须熟粪须均。
插秧更要当时节，趁取阳和三月春。

诗的前半部分说要注重兴修水利，多筑水塘，以抗天旱；后半部分告诫农民要重视田间耕作，精耕细作，不误农时。水利和应时耕作是农业生产的重要环节，以此劝农，句句精准。西山先生如果没有亲身的农耕体验，是不会有这样的认识的。

历史上最有名的劝农诗当推陶渊明的作品了。

陶渊明在文学史上的形象，是一个弃官归隐的大隐士。这和当时的时代风气有关系。魏晋时代，官僚集团分为士族和庶族。士族累世豪门，占据朝中清望高官；庶族地主则只能依靠军功寻出路，或者做一些低级小官。士族、庶族之间有严格的界限，高低不等，泾渭分明。陶渊明出身庶族，他的曾祖父陶侃凭借战功，做到三公的高位，却依然摆脱不了庶族身份带来的偏见。所以到陶渊明这一代，也只能做一些低级官吏。陶渊明进取无望，这才彻底归隐。

说到陶侃，还有一个“陶侃惜谷”的典故，此故事见于《资治通鉴》：

陶侃尝出游，见人持一把未熟稻，侃问：“用此何为？”人云：“行道所见，聊取之耳。”侃大怒诘曰：“汝既不田，而戏贼人稻！”

执而鞭之。是以百姓勤于农植，家给人足。

陶侃珍惜稻谷，惩罚随意糟蹋庄稼的人，可能和他的出身有密切关系。魏晋士族子弟根本不会下地耕作，在他们心中，只有攀比富贵，不会顾及对粮食的珍惜。只有出身寒门的知识分子，才深知耕种之不易，才懂得珍惜每一株稻谷。

陶渊明只做过几任小官，但是在任期间，同样有劝农的任务。陶渊明的《劝农》诗是一组四言诗，是他早期的作品，同晚年返璞归真的五言诗比起来，还显得生涩古奥。这里录其中第五首：

民生在勤，勤则不匮。
宴安自逸，岁暮奚冀！
儋石不储，饥寒交至。
顾尔俦列，能不怀愧！

这首诗，旨在劝人勤勉而不应懒惰。大意是：人生在世应该勤奋，只有勤奋才会衣食不乏匮。那些贪图享乐的人，一年到头连生计都难以维系。如果家中没有储备的粮食，自然饥寒交迫。看看身边辛勤劳作的人们，自己内心怎么能不羞愧呢？

六百多年后的苏辙，也以同样题材，和了陶渊明六首劝农诗。如第五首：

斫木陶土，器则不匮。

绩麻缫茧，衣则可冀。

药饵具前，病安得至。

坐而告穷，相视徒愧。

《和子瞻次韵陶渊明劝农诗》

这首诗的意思同陶渊明的一样，也是劝诫人应该勤勉：动手伐木烧陶，就不会缺少器具；纺纱织布，就不会缺少衣服；饮食药饵常备齐全，病就不会来。如果只是坐在那里什么也不干，还觉得自己什么都没有，那真是应该心生惭愧啊！

这些劝农诗中规中矩，提倡的都是农耕文明所需要的简朴、勤劳品德。还有一首苏轼的词，不是专门写劝农的话题，却反映了官员下乡劝农的热闹场景，读起来倒也饶有兴致：

旋抹红妆看使君。三三五五棘篱门。相排踏破茜罗裙。　老幼扶携收麦社。乌鸢翔舞赛神村。道逢醉叟卧黄昏。

《浣溪沙·旋抹红妆看使君》

这首小词，是苏东坡于仲夏收麦时节下乡劝农时所作。使君，是东坡自称。大家听说大才子苏东坡下乡劝农，女子们都打扮好争先恐后挤着一睹真容，连垂在地上的罗裙都被踩破了。小麦丰收，乡民们祭祀社神，喝得醉醺醺的，一派祥和惬意的景象。

从这首小词看，下乡劝农的苏东坡，深受民众爱戴。

七

农耕知识的普及，还有一个重要途径就是农谚、歌谣的传唱和总结。古时候文化普及程度不高，一般农人没有总结农谚的能力，他们只能耳濡目染，听祖辈流传下来的农谚歌谣。

但是农谚和歌谣有一个问题，就是地域限制特别强。关中农谚未必适合山东，江南农谚肯定不同于华北。农谚的传唱随人口流动而传播，人们缺乏分辨的能力，所以有很多农谚歌谣因为“不准确”而遭到遗弃，也有人以外地的农谚指导实践，耕种的结果却并不理想。

但是当有农耕生活经验的知识分子加入农谚歌谣整理的队伍时，情况就大为不同。他们将农谚分域归类，数量、质量都有了大幅度改观。

早在《齐民要术》的序中，贾思勰就提到了自己收集农谚歌谣的过程：

采捃经传，爰及歌谣，询之老成，验之行事，起自耕农，终于醯醢，资生之业，靡不毕书。

《齐民要术》收集的农谚歌谣有三十多条，诸如“小雨不接湿，无以生禾苗；大雨不待白背，温辗则令苗瘦”，“天气新晴，是夜必霜”，“湿耕泽锄，不如归去”，等等，具有较强的实际指导作用。

清朝唐鉴专门作《训俗俚歌》八十六首，以民谣形式涵咏农事常识、为人处世等内容，意在方便大众，如：

陶朱公，善牧羊，牧羊亦是富民方。腾趠满山谷，滋养胜他畜。

耕要深，粪要沃，一亩可收四石足。耕浅获亦浅，况乃粪又短。

塘底泥，墙畔草，再加灶灰和野燎。酝酿出精华，肥田此可夸。

八十六首多是此类，这样的顺口俚句，易于记诵传唱，确实给百姓带来很大利益。

还有很多文人参与创作的农事诗，比这类民俗俚句的文学性要强很多。其不仅具有实际的农事指导作用，还往往夹杂着作者的思想感情。

宋代流行过一种禽言诗。禽言就是鸟语。正常人本来是听不懂鸟的语言的，相传孔子的弟子及女婿公冶长能懂鸟语。他曾精彩地“翻译”过一段“鸟语”：

啃啃啧啧。白莲水边，有车覆粟。车脚沦泥，犊牛折角。收之不尽，相呼共啄。

《衡波传》

大意为鸟儿叽叽喳喳说，在白莲水边，有一辆装着粟米的车翻了。车轮陷入泥中，牛的角都断了。粟米撒在地上收不完，咱们快去叨粟米吃吧！传说尽管是传说，但这段韵文确实把觅食的鸟雀们发现大量食物的欢乐表现得淋漓尽致。

诸多鸟语中，应该说人们对杜鹃的啼鸣联想最是丰富。每当春夏之交，杜鹃的叫声好像在召唤人们："布谷！布谷！"所以，杜鹃也被称作布谷鸟。由于方言的差异，有些地方的人还把杜鹃的叫声听为"护谷"。南朝梁人宗懔所撰《荆楚岁时记》记载说："有鸟名护谷，其名自呼。"该书注云："布谷，江东呼护谷。"还有把杜鹃的叫声想象为"郭公郭马""看蚕看火"的。如清代厉荃所辑《事物异名录》记载："布谷多当四五月插秧时自呼其名，如云'郭公郭马'，又如云'看蚕看火'。今人遂称为看蚕看火，亦称为郭公鸟。"

但是正因为人听不懂鸟语，诗人们就可以象声取义，生发附会，借以抒发人的感情。梅尧臣、苏轼、黄庭坚，都作过禽言诗。作的最好的，却是一个不太有名气的诗人——周紫芝。

周紫芝是两宋之交的人。他早年贫困，是个典型的耕读并举的读书人，到了六十一岁才获得官职，所以他非常理解农民的疾苦。他为官清俭，颇有声望。北宋末年，金兵南下，战争对农业的破坏是最大的"人祸"。他目睹这一现实，在这个背景下创作了禽言诗：

云穰穰，麦穗黄，婆饼欲焦新麦香。
今年麦熟不敢尝，斗量车载倾困仓，化作三军马上粮。

《五禽言·婆饼焦》

〔明〕王圻、王思义撰辑《三才图会·杜鹃》

婆饼焦是鸟名，具体是什么鸟却难以考证。“婆饼欲焦”是鸟叫声的附会。“云穰穰”指的是大片快要熟透的麦子。麦子快熟了，婆饼焦不停地叫。但是，这丰收的粮食竟不敢尝一口，就要车载斗量地充作军粮！

悲怆之情，溢于言表。

在这些带有农谚色彩的诗作中，明代杨慎的《补范石湖占阴晴谚谣》，绝对技压群雄，可谓文人参与创作农谚的顶峰之作：

朝霞不出市，暮霞走千里。日早雨淋脑，日晏雁晒翅。天道管难窥，农谚绰有理。星占湿土时，月验仰瓦比。朔朔鸡上笼，趯趯鱼秤水。云起楼梯天，日没燕脂紫。电光分南北，阴霁在俄晷。虹为水椿儿，雾是山巾子。黑猪渡斜汉，金乌抱双珥。聒聒卜蛙鸣，彊彊占鹊喜。戴帽视泡文，着裙看瓮底。……先哲有格言，林卧观无始。

气象变化对农业的影响不可估量。这首诗句句都是有关气象占验的农谚，对耕种有最切实的影响。且全诗没有同类诗堆砌生硬的毛病，通俗易懂，一韵到底，首尾呼应，几乎是一篇完美的气象占验诗。

诗中许多句子至今都广为流传，并且占验准确。比如“朝霞不出市，暮霞走千里”，是说早上有霞就意味着有雨，而晚霞出现，第二天一定大晴。再比如“黑猪渡斜汉，金乌抱双珥”，夜间如果有黑云出现在银河中，就叫黑猪渡河，主下雨，日珥出现，就意味久晴有旱。

当然，时过境迁，文化背景也大大改变，有些句子，今人并不能直接看懂其中的意思，更无法得出其指示的结果。但是在当时来说，这些农谚诗作无异于气象宝典了。

总之，在中国古代社会，耕种、读书是完全不可分割的两个内容。农耕哺育了大量的读书人，而读书人借助自己的优势反哺农耕。两者之间相互促进、相互补益，共同形成源远流长的耕读文明。

啸歌弃城市，归来事耕织

儒隐隐于耕

与真正寻求出世解脱的羽流、僧侣不同，儒生耕读自给式的隐居，主要是源自在政治上的不得志，多半属于无奈之隐。他们隐居生活的主要内容，就是半读半耕。

农耕生活，不仅是儒士们赖以生存、成长的环境，也是他们最后的归宿，更为重要的是，成了他们躲避世俗喧嚣和名缰利锁的精神家园。

一

“秦争汉夺虚劳力，却是巢由得稳眠。”这是唐代僧人齐己在《题郑郎中谷仰山居》一诗中的句子。说天下所有人都为名利征战，只有“巢”“由”二人能稳稳地睡个踏实觉。

唐代诗人唐彦谦在《六月十三日上陈微博士》中，对“巢”“由”有更直接的赞美：“巢由薄天下，俗士荣一官。”诗中说，在“巢”“由”二人看来，执掌天下都没什么可稀罕的，只有庸俗之士，才会以一官半职为荣。

由此可见，“巢”“由”绝对不是一般俗士，是不重视功名利禄的高人。那么“巢”“由”到底是谁？

“巢”与“由”分别指上古的隐士巢父和许由。许多典籍都对他们有记载。其中，晋皇甫谧的《高士传》，比较完整地记载了他们的故事。

当时正是上古尧帝在位的时代。尧帝听说许由贤能后，就打算让位给他。许由不受，就“遁耕于中岳颍水之阳，箕山之下”——隐居在颍水边、箕山脚下耕地。尧帝又追到那里，请他为“九州长”。许由听了之后连忙到颍水去洗耳朵，认为尧的说法玷污了自己，连听都不要听。恰好巢父牵着自己的牛，正在下游饮水，看见许由洗耳朵，就问缘由。许由告之以情，结果巢父一听，直接牵牛去了上游饮水——这洗了脏耳朵的水也脏了，不能让自己的牛喝脏水啊！

这故事多少有传说的成分，关于他们为什么拒绝尧帝之请也有很多说法。但是无论如何，他们两个的文学形象，却明确表达了人生可以避而不仕、怡然自乐、躬耕自食的态度。此后，许由、巢父就成为后代所有隐士的楷则。

有人认为只要是隐士，就一定是道家人物。这种观点其实不完全正确。

孔子说“天下有道则见，无道则隐”，又说“道不行，乘桴浮于海”。意思是说，如果天下无道，自己就坐船去大海隐居了。这就是儒家的退隐。这个思想又被孟子说得更清晰：“达则兼济天下，穷则独善其身。”穷，就是志向得不到施展。在儒家看来，志向得不到施展的时候，那就退而隐居，教育子弟，保全儒家思想的传统。

后人常说的那种隐居深山、辟谷食气的修道之士，是道教出现以后才有的。真正的道教是在汉末出现，而后来道教所宗法的“追求长生”“炼丹成仙”的思想，也是在汉代才兴盛的。所以，在真正意义的道教还没有形成之前，避世隐居其实是分不清儒道的。道教出现之后，隐士们的追求才有了区别。大约来说，以寻求延年益寿、长生不老等超世俗价值为第一的，可归之为“道隐”；由各种现实情况所迫而退隐，其实仍然心怀苍生的，还是应属“儒隐”。

当然，出世入世之间的关系非常微妙，很难说某个人就是纯儒。中国古代知识分子，得意的时候是儒家，失意的时候是道家，他们正是在儒道以及后来的佛教三家之间，找到了人生的平衡。

二

秦汉以后，政权更迭，三国分立，两晋代兴，是中国历史上最为混乱的时代之一。按孔子的话来说，这就属于“道不行”的时候。

曹魏取汉而代之，司马氏又以同样的手段，取代曹氏政权。不过，两者不同的是：曹丕代汉，是在汉室已经岌岌可危、完全衰败的时候，曹操甚至还以丞相之名，延续汉祚几十年；而司马氏取代曹魏政权，则完全是阴谋篡位——一开始就心怀异志，不仅对君主没有忠诚可言，甚至还杀了皇帝曹髦，并且残酷屠杀天下士人，这就完全不符合传统道义了。

但是，最为可恶的是，司马氏明明干着违背儒家道义的事，却还偏偏打着儒家的“忠孝”旗号来维系统治，强调以孝治国，标榜孝道、礼法，这样的流氓手段，哪个正直的人可以忍受呢？但是，这样的流氓手段却是最难对付的。

惹不起，只能躲；不能强势反抗，就做消极抵抗。于是，历史上最著名的隐士集团“竹林七贤”诞生了。

《世说新语·任诞》载：

陈留阮籍，谯国嵇康，河内山涛，三人年皆相比，康年少亚之。预此契者，沛国刘伶，陈留阮咸，河内向秀，琅琊王戎。七人常集于竹林之下，肆意酣畅，故世谓“竹林七贤”。

他们七人时常相聚于嵇康家附近的竹林，开怀纵酒，飘然放歌。这么一群高士相聚的情景，令无数后人神往。所谓“世上诗难得，林中酒更高”（姚合《送刘詹事赴寿州》）就是这个意思。

七人中，以阮籍、嵇康为首。阮籍的父亲，是“建安七子”之一的阮瑀。阮籍才高性傲，对司马氏虚伪的礼法嗤之以鼻，经常做出荒诞、违反礼法的事，以示消极反抗。而司马昭怜爱其才，多次宽容。阮籍曾说：“方将耕于东皋之阳，输黍稷之税。”（《奏记诣蒋公》）却也被名声所累，不得已做了散骑侍郎——其实就是高级顾问，没有实际工作。他整日酩酊大醉，也只有大醉，才能让他暂时躲开世间的种种黑暗。但是，夜深人静的时候，他的内心还是很煎熬的：

夜中不能寐，起坐弹鸣琴。
薄帷鉴明月，清风吹我襟。
孤鸿号外野，翔鸟鸣北林。
徘徊将何见，忧思独伤心。

《咏怀·夜中不能寐》

面对政治高压，阮籍内心的愤懑，也只能在诗中表达了。躬耕东皋，对他来说，已经成了一种奢望：

对酒不能言，凄怆怀酸辛。

愿耕东皋阳，谁与守其真？

《咏怀·一日复一朝》

与阮籍相比，嵇康的反抗要强烈一些。嵇康性格耿直，眼里容不得沙子，他有好几次都差点起兵呼应其他地方的军队直接反抗，但是最后还是失败了。面对黑暗现实，他处于极其矛盾的困境中。一方面疾恶如仇，一方面又向往隐士的躬耕生活——这两方面本来就有矛盾。只有普通大众才畏畏缩缩，既不敢恨也不敢隐，就糊里糊涂地过着，放在至情至性的嵇康身上，就显得格外突出了。

嵇康曾经游于山泽采药，得意之时，恍恍惚惚忘了回家。当时有砍柴的人遇到他，都认为是神仙。到汲郡山中见到隐士孙登，嵇康便跟他遨游。嵇康离开时，孙登说："你性情刚烈而才气高，怎么能免除灾祸啊？"

后来嵇康被构陷入狱，想起孙登的话，还写下诗句：

昔惭柳惠，今愧孙登。
内负宿心，外恧良朋。

《幽愤诗》

嵇康在家门口大柳树下引水注泉，支起火炉，锻铁自给。忠于司马氏政权的钟会前来拜访，但是嵇康并不理睬，钟会怀恨在心。后来嵇康因为仗义执言被牵连下狱，钟会趁机报复。于是，嵇康被行刑于东市。

嵇康弹得一手好琴，相传曾从鬼神处学得奇曲《广陵散》。很多人想学，但是嵇康都没有传授。行刑那天，嵇康看看日影尚斜，就索琴弹奏。“一罢广陵散，鸣琴更不开！”（李白《自溧水道哭王炎三首》其三）一曲《广陵散》从此成为绝响！

《广陵散》绝响，并非说真的就没有这首曲子了，而是哀叹这傲骨反抗的精神，从此就稀缺难找了。

嵇、阮死后，竹林之游就解体了。迫于压力，一向雅好读书、出尘弄畦的向秀，也不得已做了官。一次，他经过嵇康的旧居，听到邻人凄恻的笛声，不禁悲从中来，写了篇很短的《思旧赋》，悼念亡友。

几十年后，“竹林七贤”中年纪最小的王戎，已经贵为西晋尚书令。他乘车经过当时有名的黄公酒垆——以前他与嵇康、阮籍等经常畅饮的地方。不禁感慨万分，心中十分悲伤，扭头对身后人说：“今日视此虽近，邈若山河。”（《世说新语·伤逝》）

竹林风流的时代已经过去，留给后人的，是无限遐想、神往。唐代诗人郎士元曾作诗，表达对竹林之游的叹惋——美好的事物，总是消逝得太过匆匆：

雨余深巷静，独酌送残春。
车马虽嫌僻，莺花不弃贫。
虫丝粘户网，鼠迹印床尘。

〔唐〕孙位《高逸图》（局部）

借问山阳会，如今有几人。

《送张南史》（一作《寄李纾》）

“竹林七贤”，都是当时名士，以贵族居多，除了嵇康、向秀外，其余人很少有实际躬耕的经历，但是他们身上所具有的心怀天下、正直善良、忠诚耿介等品质，却是耕读文化所一直秉承的核心精神。并且，以“竹林七贤”为首的士子，继承、发展了一个崭新的哲学时代——魏晋玄学时代。在这样的背景下，才产生了后来历史上最著名的耕读隐士——陶渊明。

三

两晋至南北朝时期，是一个民族大融合时期，就耕读文化的形成来说，也是一个相当关键的时期。

一方面，北方少数民族纷纷建立政权，游牧文明和农耕文明发生了大碰撞。受时代影响，汉族知识分子心中仍有很深的华夷之别。对农耕的坚守，在一定程度上，甚至成为汉族儒家文明的标志。所以，越来越多的汉族知识分子强调耕作的重要性，将耕读并举上升到前所未有的高度。另一方面，士族、庶族之别依然非常明显。很多庶族知识分子在做官无望的情况下，转而将农耕和读书联系起来，这样既可以满足生存需要，又能保持文化优势，同时还可使自己家族逐日壮大。

所以到这个时候，农耕并举的文化传统才算真正形成了。比如颜之推的《颜氏家训》就说“生民之本，要当稼穑而食，桑麻以衣”；张履祥在《训子语》中也说道："读而废耕，饥寒交至；耕而废读，礼仪遂亡。"

陶渊明并非一开始就愿意归隐。早期的陶渊明，一如所有初出茅庐的年轻人，是很有远大理想和抱负的。他的早期诗篇中时常露出儒家的功业之心与强烈的入世之志：

忆我少壮时，无乐自欣豫。
猛志逸四海，骞翮思远翥。

《杂诗》其五

这多么具有雄心壮志！在《拟古》其八中也有"少时壮且厉，抚剑独行游"的诗句。可是，不幸的是，他生在东晋末期，时局动荡，四方不稳，儒生想要出头，最好就是凭借社会地位，而他却出身庶族。前文说过，陶渊明的曾祖陶侃，凭借战功做到三公的高位，却依旧改变不了庶族的身份。至于士族、庶族的分别，后人也争论不休，没有一个统一的标准，但是可以做个大概的区分。

汉代推崇儒学，读书又讲究家法师门。因此，如果某个家族在汉初就做官，有机会接受儒家思想，并一直延续壮大家族，同时还能传承儒家学说，这个家族到了魏晋，无疑是士族。比如司马氏家族就是河内士族。其先祖司马卬，就是在秦末汉初项羽所封十八诸侯王之一的殷王。后来司马卬降刘，被楚军所杀。刘氏主汉，司马家就成为功臣，官居高位。此后，司马氏世代有高官，并以儒学传世，所谓"本诸生家，传礼来久"（《晋书·礼志》）。

再比如王羲之家族，是著名的琅琊王氏，即魏晋六朝最大的王、谢两大家族之一。王氏的祖先，是王翦、王贲父子，在战国时期就是秦灭六国的得力大将。秦朝统一天下，王氏祖孙三代皆受封列侯，一时荣耀至极。刘汉代秦，王氏家族成员依旧身居要职，此后时代，公卿、门生、故吏遍天下。这样的大家族，就是典型的士族了。

而庶族就比较可怜了。庶族也叫寒族，也是地方上有权势的家族，可惜比起士族，那就太小了。一般来说，庶族家族历史比较短，无法和士族相抗衡。士族、庶族之间宛若鸿沟，无法跨越。西晋大诗人左思就为此写诗叹道：

郁郁涧底松，离离山上苗。
以彼径寸茎，荫此百尺条。
世胄蹑高位，英俊沉下僚。
地势使之然，由来非一朝。
金张藉旧业，七叶珥汉貂。
冯公岂不伟，白首不见招。

《咏史》其二

就是说，涧底的青松竟被山头的小草遮住了阳光，不是因为才华大小，而是因为长期以来的权力垄断造成的地位高低。左思也是庶族儒生，加上又长得很丑，在重视门第又重视品貌的西晋，他长年不得志，故而非常痛恨这种制度。

〔明〕王仲玉《陶渊明像》

因此，在这样的时代背景下，陶渊明在政治上是不可能有大抱负的。

393年，二十九岁的陶渊明第一次出去做官，初为州祭酒，但“不堪吏职，少日，自解归”（《晋书·陶潜传》）。在家闲居五六年之后，陶渊明又去了荆州，做了桓玄的属吏。但是桓玄素有异志，打算篡夺东晋政权，所以，陶渊明在第二年就以母亲去世为由而辞官。

402年，桓玄起兵叛乱。两年后，陶渊明离家东下，入刘裕幕下任镇军参军，起兵讨伐桓玄。不过刘裕背信弃义、徇私枉法的行为让他倍感失望，萌生归隐之心。405年，又做建威将军江州刺史刘敬宣的参军，不久刘敬宣辞职，陶渊明也随之离职。

陶渊明的经历，让人清晰地感受到他的无奈。在那样的乱世中，儒生的作用实在不大。陶渊明建功立业的心思逐步破灭，想逃离俗世的念头越来越重。

405年8月，他又被叔叔推荐，做了彭泽县令。可是官场逢迎的规矩让他实在不自在，“不能为五斗米折腰”（《晋书·陶潜传》），所以，他也只做了八十多天的彭泽县令，就挂印辞职，回家隐居。按陶渊明的话来说，“质性自然，非矫厉所得”（《归去来兮辞》），哪怕是付出艰辛的劳动，甚至饥饿冻馁的代价，他也不愿与世俗同流合污。挂印辞官，对他来说有一种无比欣喜、飞鸟出笼的快感。因为这种感觉，他一不小心写出了两篇流传千古的名篇。一篇是《归去来兮辞》，一篇是脍炙人口的《归田园居》其一：

少无适俗韵，性本爱丘山。
误落尘网中，一去三十年。
羁鸟恋旧林，池鱼思故渊。
开荒南野际，守拙归园田。
方宅十余亩，草屋八九间。
榆柳荫后檐，桃李罗堂前。
暧暧远人村，依依墟里烟。
狗吠深巷中，鸡鸣桑树颠。
户庭无尘杂，虚室有余闲。
久在樊笼里，复得返自然。

这首诗句句朴实无华，但是句句都透着真切的欣喜。从诗中看，他找到了自己真正的归宿。辞官之后，他守着家中草屋，在南野开荒种地，听着鸡鸣狗吠，坐在桃李柳荫下喝酒写诗，完全过上了怡然自得的逍遥生活。

地要种，酒要喝，书，依旧要读。陶渊明说“既耕亦已种，时还读我书”（《读〈山海经〉》其一），但是这时候陶渊明读书，已经不为功名利禄、不为给人炫耀、不为做官发财，读书完全成为一种自我享受和纯粹的精神需要。这种读书境界，怕是绝大多数读书人一辈子梦寐以求的境界吧。

梁启超有一篇文章，叫作《人要活在趣味之中》。文章说，做人要做个有趣的人。怎么样算有趣呢？就读书而言，梁启超给的第一个标准就是不能功利。因为如果读书是为了某个功利的目的，那么目的达到了，工具就可以不要了，这样一来，读书的趣味就没有了，而是成了实现庸俗目的的工具了。

翻阅历史，从古至今，别说读书了，连孝顺、道德，甚至吃饭、穿衣、喝茶都成为炫耀的工具了。中国古代特别强调经世致用，可是这句话是有适用范畴的。儒家最高的目标是“内圣外王”。内圣，就是提升自我修养，追求人格的完美；外王，才是建功立业，治平天下。而经世致用就是针对外王而言的。但是一般大众却沉迷于功利主义、实用主义不能自拔，无论做什么事，第一反应是有用没有，这不能不说是一个莫大的悲哀。这样的话，就再也无法纯粹感受做一件事本身的快乐了。

再回头看陶渊明这种毫无功利目的的读书，就知道他为何这么久一直被大家所推崇了，也就能理解他说的“好读书不求甚解”是多么洒脱和道遥了。

自此，中国历史上真正意义的、第一位过着耕读生活的大隐士，就这样诞生了！

但是农耕生活毕竟是艰辛的。陶渊明亲身实践——不是公务闲暇为了休闲而种地，而是真真正正以此为生地劳作，所以他对耕作比别人有更深刻的认知和体验。其反映农民疾苦的诗，也就格外打动人：

种豆南山下，草盛豆苗稀。
晨兴理荒秽，带月荷锄归。
道狭草木长，夕露沾我衣。
衣沾不足惜，但使愿无违。

《归田园居》其三

他还有许多朴实无华，真切描写农耕之艰辛的诗句。如《怨诗楚调示庞主簿邓治中》所写的蝗虫灾害："炎火屡焚如，螟蜮恣中田。风雨纵横至，收敛不盈廛。夏日长抱饥，寒夜无被眠。"

和一般诗人相比，陶渊明是非常清醒的，一般人站在门外看农耕生活，徒生艳羡，只能见其乐不能知其苦；而和一般农人相比呢，他又是达观的，一般农人生长于斯，满腹哀怨，只能知其苦而不能知其乐。

而陶渊明恰恰具备了切身体验苦乐的条件。所以他一方面能写出"晨出肆微勤，日入负耒还。山中饶霜露，风气亦先寒。田家岂不苦，弗获辞此

〔清〕石涛 《陶渊明诗意图册·带月荷锄归》

难”（《庚戌岁九月中于西田获早稻》）之类深明农耕之苦的句子，另一方面却还能有“采菊东篱下，悠然见南山”（《饮酒》其五）的闲适心境，同时还能“秉耒欢时务，解颜劝农人”（《癸卯岁始春怀古田舍二首》其二）——跑去劝解其他农人，排遣他们心中的苦闷。

佛家说布施有三种，即财布施、法布施以及无畏布施。无畏布施，就是给众生以安全感，使大家从恐怖畏惧中走出来。陶渊明虽然自己生活艰辛，却能以仁心去对待更为困苦的农夫朋友，施以无畏，这也是让人不得不钦佩的地方。农耕给陶渊明的，不仅是生活的保障，更重要的，是独立和自由。

中国古代知识分子实现价值最通常的途径，就是“学成文武艺，货与帝王家”（《喻世明言》）。帝王赏识了，就飞黄腾达、治平天下了。但是，现实往往是达者寡而穷者众，大多数时候，知识分子是不能够真正被赏识的，所以，他们终其一生都在寻求现实与理想、出仕与避世之间的平衡。

达则兼济天下，穷则独善其身。陶渊明未能兼济天下，但是他给所有穷途儒生，做了一个独善其身的绝佳例子，给所有不得志的士大夫和失意的文人，提供了一种完全可能的生存范例。耕读，从此再也不能分开。

自陶渊明之后，进而治平、退而耕读成了后世文人生活的典范。乡村那片自留地，也成了大家守望精神、抚慰心灵的家园。

四

晚年的王维已经失去了少年时那股意气风发的精神头。

早在开元九年（721），年仅二十一岁的王维高中进士，任太乐丞——掌乐之官，因为王维很懂音律，还弹得一手好琵琶。后来张九龄为相，王维得其提携，任右拾遗，又升任监察御史，又为凉州河西节度幕判官。年轻的他还是有一身抱负的，看那时候写的诗就知道了：

出身仕汉羽林郎，初随骠骑战渔阳。
孰知不向边庭苦，纵死犹闻侠骨香。

《少年行》其二

不过随着安史之乱的爆发，王维的坎坷随之而来。大乱之中，玄宗西狩四川。而王维却被安禄山赏识，给他授官。一年后，洛阳被唐军收复，王维由于出任伪职被下狱，后来虽然获救，但是不再被重用。他索性遁处蓝田，半官半隐，务农参禅。这里景色优美怡人，有华子冈、竹里馆、辛夷坞等著名景点，王维晚年的耕读生活就在这里度过，留下了大量精美的山水田园诗歌：

新晴原野旷，极目无氛垢。
郭门临渡头，村树连溪口。
白水明田外，碧峰出山后。
农月无闲人，倾家事南亩。

《新晴野望》（一作《晚望》）

受自身修养和生活遭遇的影响，王维对佛学的理解非常深入。如同他在

《酬张少府》一诗中所说的，他“晚年唯好静，万事不关心”。他名“维”字“摩诘”，用的也是佛教典故，由古印度大居士维摩诘的名字化用而来。

当时禅宗影响很大，而禅宗追求“我心即佛”“混融一切物我界限”的世界观，无疑对王维的审美观造成了很大影响。所以在他的诗中，处处都是空灵自由、虚静意清、人与自然浑然合一的境界。

还有孟浩然，在一定程度上，他和陶渊明的遭遇是颇为相似的。

孟浩然出生于一个颇有地产的书香门第，早年也胸怀大志、广交朋友、遍谒公卿，却始终没有得到机遇，后来应试长安，也以落第告终。后因文章之名，在长安权贵中颇有影响。王维与之非常相投，相传曾设局安排他被玄宗“撞见”。但是等真的碰到玄宗的时候，他却吓得躲在床下不敢出来。王维不敢隐瞒，据实相告。玄宗便命孟浩然出来，看看他的才气到底如何。谁知非常不巧，孟浩然作了一首犯了大忌的诗：

北阙休上书，南山归敝庐。
不才明主弃，多病故人疏。
白发催年老，青阳逼岁除。
永怀愁不寐，松月夜窗虚。

《岁暮归南山》

这是一首抒怀诗。北阙，指代天子皇宫。“北阙休上书，南山归敝庐”，就是说，我已不必前往帝宫向皇帝提出自己的政治主张，被委以重任，还是让我返回南山我那破草庐中去吧。起句，就让玄宗不舒服。好像你明明去应聘一个职位，结果上来就说："不好意思，我其实不想来贵处谋生。"那面试还有进行的必要吗？但是这种腔调往往是诗家起兴指东打西之语，玄宗也就没太较真。但是听到"不才明主弃"一句，玄宗的脸就挂不住了。先前躲在床下的行为已经给玄宗留下不好的印象，现在又念了这么一句酸溜溜的"不才明主弃"，表面看来是说自己才华不够，所以遭到君王的抛弃，实际上，其中的抱怨谁都听得出来。唐玄宗借题发挥，好嘛，你不是说自己才华不够所以才遭圣明的君王遗弃吗？那如果我现在录用你了，是不是意味着我就是个昏君？前面刚说了不打算上书北阙了，现在又来怪我不录用你。这么说话，太矫情了！所以唐玄宗不悦地说："卿不求朕，而朕未尝弃卿，奈何诬我？"（计有功《唐诗纪事》）于是，好好的一次机遇就这样溜走了。

此事对孟浩然的打击很大。因为在古时候，读书人都需要天子赏识才会有前途。现在也诬蔑天子，下半辈子算是无望了。从此他心灰意冷，纵情美酒，尽管还有几次朋友举荐的机会，也都因各种原因而错过了。他也就索性放弃求仕之路，向古人学习，做个无拘无束的名士了：

鹿门月照开烟树，忽到庞公栖隐处。
岩扉松径长寂寥，唯有幽人自来去。

《夜归鹿门山歌》

这首诗是孟浩然的杰作，他以动衬静，描写了鹿门清幽的景色，抒发了一番清闲脱俗的隐逸情趣。但是我们分明看得出其中隐藏着幽幽的无奈和孤寂。

耕读隐居的生活对王、孟来说，是宽慰精神的无奈寄托，在内心深处，终有不甘。王维即便在退隐之后，心中对出仕生活还是眷恋的。这从他的诗作里就能看出——因为他即便退隐了，却还一再赞美隐居生活。如果一个人真的融入某种生存状态，他是自然而然地去感受其苦其乐的，倘若还能保持一定的距离去单纯欣赏其唯美的一面，那说明还隔着一层。事实上，王维终老都有官职，并且越来越高，后来官至尚书右丞，在唐代品秩为正四品下。这种官员身份再加上常年浸淫佛学，使得他并不能真正融入耕读的现实生活之中。用今天的话来说，他依旧是以居高临下的姿态去赞美耕读生活的。所以陶渊明能写出“悦亲戚之情话，乐琴书以消忧”（《归去来兮辞》）这种与乡民水乳交融不分彼此的句子，而王维就高冷空灵地以王孙自居，写出“竹喧归浣女，莲动下渔舟”（《山居秋暝》），或者“偶然值林叟，谈笑无还期”（《终南别业》），全然一副置身村外、前来度假的“城里人”形象。

在这一点上，孟浩然和王维一样。孟浩然更多是由于没有机会进仕，因而同样不能甘心投入耕读，所以他依旧以名士、隐士的身份与当时的文人相唱和往来，王维、李白、王昌龄、杜甫都是他的好友。唐代盛行终南捷径，耕读隐居本是潮流，但在旁人仅仅是一种期望，或暂时的点缀，在孟浩然，却不幸成为一生的事实。这于他，多少是事与愿违的。所以，和王维一样，孟浩然所写的耕读田园诗，也是居高临下地隔了一层，比如他的代表作《过故人庄》：

故人具鸡黍，邀我至田家。
绿树村边合，青山郭外斜。
开轩面场圃，把酒话桑麻。
待到重阳日，还来就菊花。

很明显看得出，诗中的“故人”才是真正的、殷实的耕读之家，杀鸡煮黍、滤酒待客，而孟浩然，只是一个游走于“局内”的“局外人”。

不过必须要说的是，关于王、孟二人的诗歌成就，许颉《彦周诗话》云：“孟浩然、王摩诘诗，自李杜而下，当为第一。”

五

在唐代众多士人中，和陶渊明类似，真正隐居起来半耕半读，并在耕读生活中找到归宿和自由的，是初唐诗人王绩。

王绩由隋入唐，少年就有“神童”之誉。王绩的哥哥，就是隋末大儒、大教育家王通，后人甚至附会魏徵、房玄龄都是王通的弟子。王绩生性简傲豪放，厌烦世俗繁文缛节，“不喜揖拜”。据《新唐书·王绩传》载：

大业中，举孝悌廉洁，授秘书省正字。不乐在朝，求为六合丞，以嗜酒不任事，时天下亦乱，因劾，遂解去。叹曰：“网罗在天，吾且安之！”乃还乡里。

“网罗在天，吾且安之”一句，让人想到陶渊明诗中的“误落尘网中，一去三十年”（《归田园居》其一）。王绩家中有六十七顷田，还有个叫仲长子光的隐士邻居。此人更是亲力亲为，耕种不辍，所谓“结庐北渚，凡三十年，非其力不食”（《新唐书·王绩传》）。尽管子光喑哑不能说话，两人却情谊深厚，养雁种药、耕黍酿酒，常常不说一言，对酌甚欢。王绩每每大醉，也常以陶渊明自况：

阮籍醒时少，陶潜醉日多。
百年何足度，乘兴且长歌。

《醉后》

这首诗言简意赅，平实朴素，内里却透着一股豪迈之气，诗风一扫六朝靡丽，直上汉魏，开李唐先声。

入李唐后，王绩又被征召为官，但是他和阮籍一样，虽在其位，却以饮酒为业，时称“斗酒学士”。王绩对自己的个性、时局都有清晰的认知，再加上豪迈的个性，所以毅然决然放下对世俗功业的向往，最终在耕读琴酒的生活中，找到自己的归宿，足令后人艳羡。所谓“上去原比下来难”，摆脱束缚、寻求自由，并不是人人都可以做到的。

尽管陶渊明的归隐，为后世儒生的心灵开辟了一片新天地，可惜真正能悟入三昧的依旧不多见。

六

到了两宋——这个历史上最优待知识分子的朝代，耕读的生存状态和儒生的精神世界关系，却变得前所未有地密切。

大约因为宋王朝对士人的优待，同时又加强了权力的统治，儒生的思想变得矛盾重重。一方面，感觉自己幸遇圣君明主，可以肆无忌惮地进言而没有性命之忧；另一方面，在真正的权力利益面前，却又感觉到无力回天。由此，两宋儒生的精神也呈现一种既洒脱又无奈的状态。这个特点在艺术方面有明显的表现。

我们常说两宋书法“尚意”，就是说他们的书法有很强的文人气，重意境，强调书法的个性和独创性——这是他们精神解放、个性张扬的表现。同时在诗歌领域，宋诗骨力大减，完全没有汉魏唐代以来的豪迈之气，反倒在擅长表现儿女柔情的“词”中，有突出成就——这又是他们面对现实的无力表现。尽管以上说的只是整体现象，但是也能从侧面反映一定的问题。

另一个重要原因，则与当时的科举政策密切相关。

北宋仁宗皇帝时期，科举政策所规定的是：只有士农子弟可以参加科举，商贾子弟一般来说是没有这个权利的；[1]同时士子必须在本乡读书应试。这样一来，普通的读书人就只能老老实实在家边务农边读书，然后再考试寻求

1 虽然宋代封建法律禁止一般工商人士应举做官，但对其中的“奇才异行者”，也允许其参加科举考试。这与西汉规定“市井子孙不得仕宦为官”不同。比如王辟之的《渑水谈燕录》卷三就记载，北宋时曹州商人于令仪的子侄中有多人考中进士。不过两宋的科举取士，整体上依旧是重农轻商。

功名。耕读生活成为殷实权贵之家的追求，“耕”与“读”从制度上就紧密结合起来了。

这样，无论士子在官场是否顺意，农耕都成为其生活的一部分。于是我们看到宋代的知识分子，无论是北宋的欧阳修、王安石、苏东坡、黄庭坚，还是南宋的陆游、范成大等，几乎都和田园耕种有着极其深厚的感情。

所以两宋诗人写农村田园诗歌，清纯自然，且多不胜数。“篱落疏疏一径深，树头花落未成阴。儿童急走追黄蝶，飞入菜花无处寻”（杨万里《宿新市徐公店》），描写村野溪畔鲜花灿烂蝴蝶飞舞，一派春景烂漫；“寒夜客来茶当酒，竹炉汤沸火初红。寻常一样窗前月，才有梅花便不同”（杜耒《寒夜》），这是寒冬村雪、暖炉煮茶的士人生活；“乳鸭池塘水浅深，熟梅天气半晴阴。东园载酒西园醉，摘尽枇杷一树金”（戴复古《初夏游张园》），这是戴复古在枇杷园里，和朋友畅饮美酒的快乐回忆；杨万里一句“接天莲叶无穷碧，映日荷花别样红”（《晓出净慈寺送林子方》），则把十里荷花的田园景致写到了极致。

乡村耕读的惬意生活，给两宋读书人留足人生空间。如果人生得意，耕读则是家族子弟必需的生活方式，是未来锦绣前程的准备；如果官场失意，除了出家之外，耕读并举的生活则是最后的生活保障和出路。

苏轼就是在耕读的环境中成长起来的。[2]苏轼的祖父苏序，是一个乡里的知识分子，经营田地，同时好读书，性格豪爽，富有远见，苏轼回忆他祖父说：“晚好为诗，能自道，敏捷立成，不求甚工。有所欲言，一发于诗，

2 马斗成：《宋代眉山苏氏家族经济生活试探》，载《临沂师专学报》1997年第2期，第56—59页。

苏东坡像

比没，得数千首。”（苏轼《苏廷评行状》）这显然是个农耕殷实之家的小知识分子形象。苏轼性格正直善良、达观洒脱，与其祖父的影响密不可分。

不过善良正直，却给苏轼的政治生涯带来无数坎坷。

元祐八年（1093），苏东坡开始走背运。先是八月一日苏东坡的结发妻子王闰之逝世，接着九月初三苏东坡的政治靠山太皇太后高氏驾崩。第二年，五十七岁的苏东坡即被一贬再贬，谪居惠州。长子苏迈、次子苏迨安置全家去宜兴耕田自给，三子苏过随苏东坡前往惠州。此次谪居，一贬七年。所谓“文王拘而演周易，仲尼厄而作春秋”（司马迁《报任安书》），苏东坡也正是在这几年的耕读生活中，成就了他的学问和人格。

一开始，苏过还担心父亲受不了打击，写诗宽慰道：

海涯莫惊万里远，山下幸足五亩耕。
人生露电非虚语，大椿固已悲老彭。
蓬莱方丈今咫尺，富贵敝屣孰重轻。
结茅愿为麋鹿友，无心坐伏豺虎狞。

《和大人游罗浮山》

就是说咱们虽然被贬得很远，可是不要紧，山下有五亩田地，还可以过平静的耕种生活。人生很短暂，即便活了八百岁的彭祖，在寿命更久的大椿树前，也不值一提。如今咱们靠海，临近蓬莱仙山，富贵就像破帚敝屣一般。我愿和您结茅而居、与鹿为邻，远离权力斗争、豺狼小人。苏过真不愧是东坡之后，活脱脱一个讨人喜欢的孝顺青年形象。苏东坡也很高兴有这么个好儿子，写诗夸赞道：“小儿耕且养，得暇为书绕。”（《将至广州用过韵寄迈迨二子》）忙耕暇读，他们的谪居，因为超凡的气度，变得更像告隐休假。

绍圣四年（1097），年已六十岁的苏东坡再次被流放至海南岛儋州（今海南儋州市）。宋代的儋州，“烟雨朦晦，瘴疠交攻，蛇鼠出没”，是没有开化的蛮荒之地。据说在当时，放逐海南是仅比满门抄斩罪轻一等的处罚。不过，苏东坡依旧达观知命，索性把儋州当成了自己的第二故乡，“我本儋耳氏，寄生西蜀州”（《别海南黎民表》），并在这里完成了《易传》《书传》《论语说》等三部著作。其子苏过，也在这里读书学习，长进非常。苏东坡在给友人的信中说：“儿子过颇了事，寝食之余，百不知管，亦颇力学长进也。”“儿子到此抄得《唐书》一部，又借得《前汉》欲抄。若了此二书，便是穷儿暴富也。”心态调整后，蛮荒的海南反倒成为最佳的读书场所。入宋一百多年，海南没有一个进士及第，苏东坡遂办学兴教，以文化之。于是许多人不远千里，追至儋州从苏轼学。姜唐佐就是其中之一。

姜唐佐从苏轼学，和苏轼关系很融洽，两人来往书简颇多。姜唐佐要上广州应考时，苏东坡在他的扇子上题道：“沧海何曾断地脉，白袍端合破天荒。”

题完这两句诗后，苏东坡鼓励弟子说，等你将来中举，我再给你把后两句续完。后来，姜唐佐果然“破天荒”，成为海南中举第一人。此时，苏东坡已经遇赦北归。

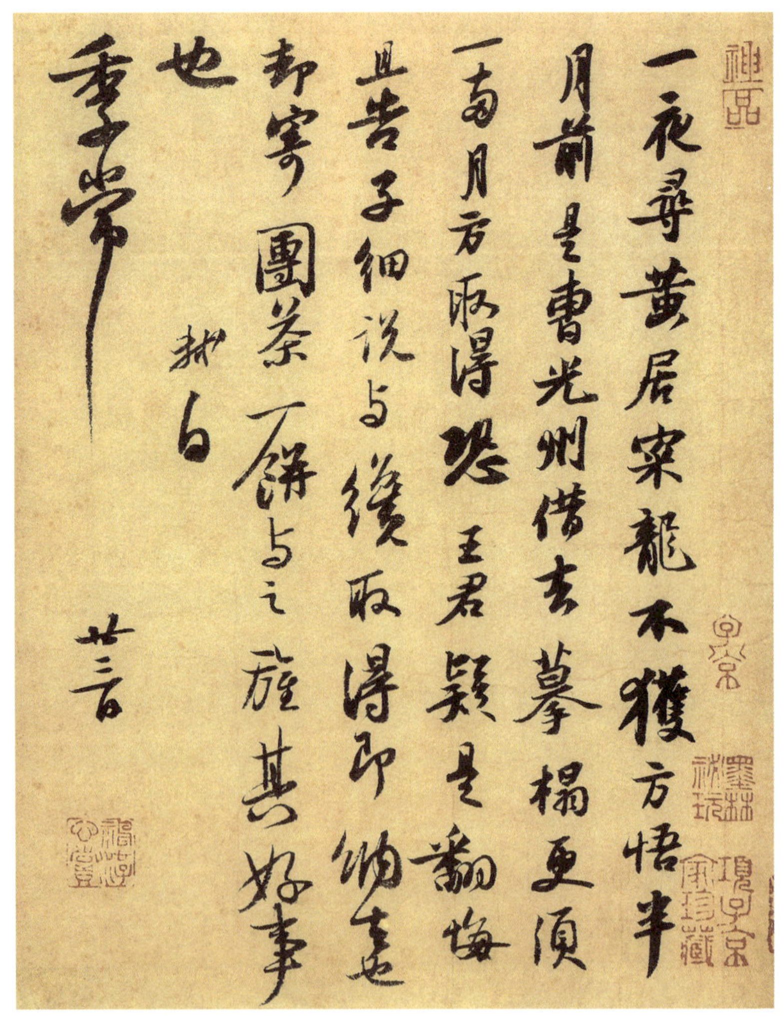
一夜寻黄居寀龙不获，方悟半月前是曹光州借去摹搨，更须一两月方取得。恐王君疑是翻悔，且告子细说与，纔取得，即纳去也。却寄团茶一饼与之，旌其好事也。轼白。季常。廿三日。

再后来，姜唐佐北上入京会试，在汝州拜访苏辙，才知道老师已经去世。苏辙便在姜的扇子上挥笔直书，续完东坡的诗句：“锦衣不日人争看，始信东坡眼力长。”

苏东坡一生几次大起大落，贬黄州、贬惠州、贬儋州。但是每次人生低谷，他都能豁达对待、超然进退。苏东坡使耕读生活的意义最大化显现——耕以自保，读以明道。他用亲身经历告诉世人：无论得意还是失意，即便躬耕荒蛮，生命也是尊贵和优雅的。

北宋社会风气的转变，使耕读并举成为一种被普遍认可的生活方式，知识分子不再以耕种为耻。《论语》里透露出来的多少有点歧视老农、老圃的思想，不再影响宋朝士人。“仓廪实而知礼节”，士人生活一旦得到保障，纯精神艺术的追求不再是空谈，像“梅妻鹤子”的林和靖，也就有条件高雅到极致了。

林和靖，就是林逋，被称为古往今来第一雅士。他诗词书画无所不精，独不会下棋，常对人说：“逋世间事皆能之，唯不能担粪与着棋。”他性情淡泊，爱梅如痴，常年隐居杭州孤山，唯以读书种梅为乐。相传，他的生活就是靠植梅自给。怎么做呢？他种梅三百六十余株，将每一株梅子卖得的钱，包成一包，投于瓦罐，每天随取一包作为生活费，待瓦罐空了，刚好一年，新梅子又可卖钱了。林和靖爱梅成痴，古诗中写梅花写得最雅的，就是他的作品：

从芳摇落独暄轩，占尽风情向小园。

疏影横斜水清浅，暗香浮动月黄昏。
霜禽欲下先偷眼，粉蝶如知合断魂。
幸有微吟可相狎，不须檀板共金樽。

《山园小梅》其一

尤其“疏影横斜水清浅，暗香浮动月黄昏”这一句，可谓绝唱千古，再无来人。他不仅植梅，还喜欢仙鹤。有两只仙鹤被他驯服，成为他的禽宠。每当他泛舟湖上，远远看见家中双鹤飞起，就知道有人到访，遂棹船回家。他咏鹤的诗写道：

皋禽名祇有前闻，孤引圆吭夜正分。
一唳便惊寥泬破，亦无闲意到青云。

《鸣皋》

咏物诗往往托物言志。这首咏鹤诗，何尝不是林和靖自况之作呢？“亦无闲意到青云”——青云，常是人生飞黄腾达的比喻。宋真宗闻林和靖大名，欲请他做太子的老师。结果他真如诗中所写“亦无闲意到青云”，坚决不受。据说两只鹤在林和靖死后，也于其墓前悲鸣而亡。

林和靖是真雅真隐，毫不做作，在耕读生活的保障下，他梅妻鹤子，逍遥惬意了一生。时至今日，杭州孤山依旧梅树成林，孤山赏梅仍是雅事一桩。

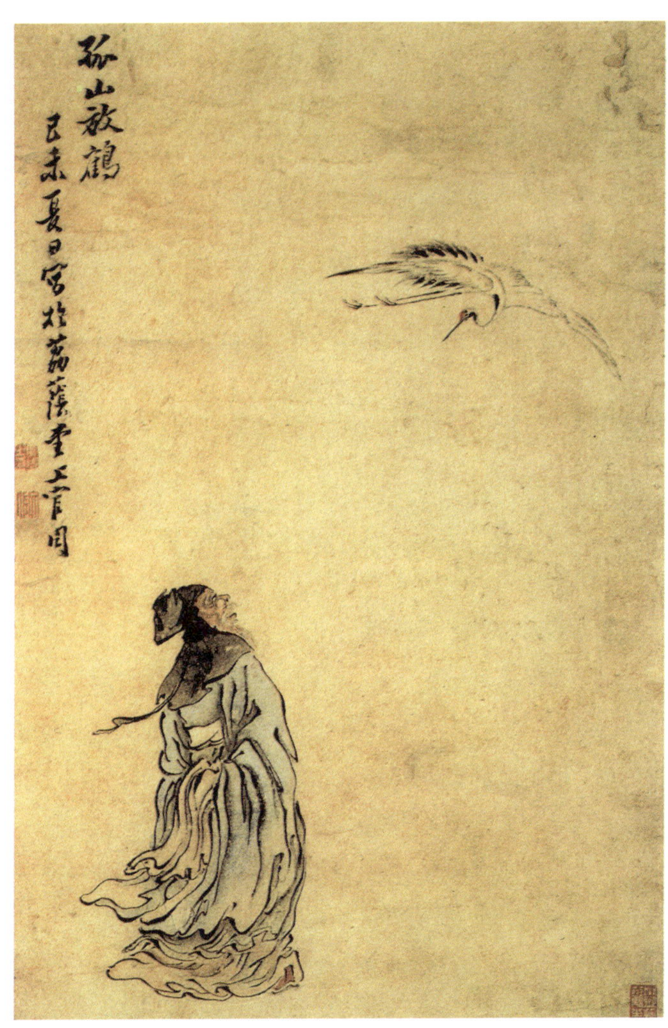

〔清〕上官周《孤山放鹤图》

七

比起北宋，南宋仅守半壁江山，故而南宋士子多有故国千里、苍凉悲怆之情。朝野上下，都弥漫着一股颓伤自怜的气息。

这情景与东晋是一样的。《世说新语》记载，西晋败亡，晋室南下，都于金陵。有人从西晋都城长安来，晋元帝司马睿就询问那里的消息，闻之不禁潸然泪下。当时晋明帝司马绍还很小，坐在父亲的膝上，问父亲为什么哭，元帝就把西晋灭亡、举国南下的悲惨故事告诉他，讲完后随口逗小孩，问道："长安和太阳，哪个更远啊？"

小小司马绍回答得非常精彩："太阳远！今天有客人从长安来，却没听过人从日边来！"

司马睿听了很惊讶，第二天上朝的时候，就拿这事儿炫耀。又当着百官的面问同样的问题，结果司马绍的回答却变了样："长安远！"

司马睿大惊失色，却听到小儿说："举目见日，不见长安！"

满朝文武哀声一片。

但是东晋自始至终都没有放弃收复中原，祖逖、桓温等，一度几乎大功告成。但是南宋却偏安一隅，除了岳飞等人之外，再没有人愿意，也没人有能力渡河北上。所以，报国无门的儒生们，只能被迫退隐，在酒后"醉里挑灯看剑，梦回吹角连营"（辛弃疾《破阵子》），在田间垄头挥舞锄头而"北望中原泪满巾，黄旗空想渡河津"（陆游《北望》）。

其中，辛弃疾就是最典型的代表。

辛弃疾，号稼轩。看其号，就知道他和耕种有密不可分的关系。所谓稼，就是稼穑、耕种，从这里看，辛弃疾显然是以农者自居。确实，尽管他很年轻就步入仕途，后来又做过江西安抚使、福建安抚使、从四品龙图阁待制等，但是他坚决抗金、收复中原的政治主张，以及耿介的性格，与南宋朝廷主流意见甚不吻合，所以被弹劾落职，退隐山居。自中年往后三十多年，他基本过着半耕半读的隐居生活。

早在辛弃疾任江西安抚使的时候，他就着手经营农田庄园，以便安置家人。他第一个庄园——带湖庄园在江西上饶，格局是他亲自设计的，所谓“高处建舍，低处辟田”。他认为“人生在勤，当以力田为先”，所以，就把带湖庄园取名为“稼轩”，他的号“稼轩居士”就由此而来。后来又在瓢泉动工建新居，经营瓢泉庄园，决意“便此地、结吾庐，待学渊明，更手种、门前五柳”（《洞仙歌·飞流万壑》）。庆元元年（1195）春，瓢泉庄园落成。正巧第二年带湖庄园失火被毁，辛弃疾的各种名衔俸禄又被朝廷削夺得干干净净，他便举家迁住瓢泉，其所有的经济来源，就都仰仗瓢泉庄园的农耕收入了。从此，他就在这里度尽余生。

在瓢泉，辛弃疾的农耕生活非常惬意，写出了许多传世佳作。其中，《浣溪沙·父老争言雨水匀》写道：

父老争言雨水匀，眉头不似去年颦。殷勤谢却甑中尘。　啼鸟有时能劝客，小桃无赖已撩人。梨花也作白头新。

年醉裏把花枝問

題雨巖 巖類今所畫觀音補陁巖中有泉飛出如風雨聲

補陁大士虛空翠巖誰記飛來處蜂房萬點似穿如碍玲瓏窗戶石髓千年已垂未落崢嶸冰柱有怒濤聲遠落花香在人疑是桃源路 又說春雷鼻息是臥龍彎環如許不然應是洞庭張樂湘靈來去我意長松倒生陰壑細吟風雨竟茫茫未曉只應白髮是開山祖

瓢泉

稼軒何必長貧放泉簷外瓊珠瀉樂天知命古來誰會行藏用舍人不堪憂一瓢自樂賢哉回也料當年曾問飯蔬飲水何為是栖栖者 且對浮雲山上莫匆匆去流山下蒼顏照影故應零落輕裘肥馬遶齒冰霜滿懷芳乳先生飲罷笑挂瓢風樹一鳴渠碎問何如啞

辛弃疾词集《稼轩长短句》书影
元大德三年铅山广信书院刊本

一个“争”字，把乡村父老们看到雨水丰沛后的无比喜悦之情表露了出来。大家眉头不再紧皱，因为雨水丰沛，来年就会五谷丰登。大家的喜悦使得辛弃疾也心情舒畅，连听到啼鸟的叫声，都感觉是在劝酒，桃花都娇嫩得好像美女一样舒展撩人。

还有千古名句“我见青山多妩媚，料青山、见我应如是。情与貌，略相似”（《贺新郎》），以及“明月别枝惊鹊，清风半夜鸣蝉。稻花香里说丰年，听取蛙声一片”（《西江月·夜行黄沙道中》），无一不是在表达他对安逸的田园农耕生活的赞美和喜爱。

不过，他骨子里终究是个血性男儿，隐于耕读，只是无奈之举，心中时时所想的还是北望江山、收复中原。所以更多时候，还是“想当年，金戈铁马，气吞万里如虎”（《永遇乐·京口北固亭怀古》）。

另外值得一说的是，辛弃疾和陈亮、朱熹关系密切。陈亮也是充满豪情壮志的热血词人、儒学家。二人与朱熹的交往，则缘于对朱熹的钦佩和学问上的互相砥砺。而朱熹是南宋大儒，理学的集大成者，影响身后儒生数百年。

可惜，朱熹的理学观念，在当时引起巨大恐慌，权臣韩侂胄甚至以政治手段进行打压，斥之为“伪学”。庆元六年（1200），朱熹去世。在政治压力下，许多朱熹门人弟子都不敢前往吊唁。而辛弃疾却不畏禁令，前往哭祭，并留下了一句流传千古的著名悼词：“所不朽者，垂万世名。孰谓公死？凛凛犹生！”（《祭朱晦庵文》）

陈亮曾约辛弃疾、朱熹共往铅山紫溪商讨统一大计。不过朱熹因故没去。到了约定之期，陈亮至瓢泉探望病中的辛弃疾。两人慷慨对谈，为国破璧缺而痛心疾首，互相盟誓为统一河山奋斗不止。临别之时，陈亮赠词《贺新郎·寄辛幼安和见怀韵》曰：

树犹如此堪重别。只使君、从来与我，话头多合。行矣置之无足问，谁换妍皮痴骨。但莫使伯牙弦绝！

辛弃疾则以同韵同牌相和，下半阕忠肝义胆、铁血豪情、昂扬奔放，令人动容：

事无两样人心别。问渠侬：神州毕竟，几番离合？汗血盐车无人顾，千里空收骏骨。正目断、关河路绝。我最怜君中宵舞，道男儿到死心如铁。看试手，补天裂！

《贺新郎·同父见和，再用韵答之》

好一句“男儿到死心如铁。看试手，补天裂！”辛弃疾报国无门却满腔愤懑之情，澎湃胸中，呼之欲出。

开禧三年（1207）秋，朝廷再次起用六十八岁的辛弃疾，授为枢密都承旨，令至临安赴任。可惜辛弃疾已经重病不起，只能请辞。九月初十，在瓢泉庄园，辛弃疾大呼数声“杀贼！杀贼！”后含恨而终。

和辛弃疾同时代，命运也非常相似，也是一腔热血、报国无门的，还有大诗人陆游。满怀抱负，却无力施展，半耕半读的隐居生活，竟成了他们最后的容身之境：

死去元知万事空，但悲不见九州同。
王师北定中原日，家祭无忘告乃翁。

《示儿》

这是陆游临终前的遗言诗。这一年是嘉定二年（1209），距离辛弃疾去世刚刚三年。

陆游出生的绍兴，自古就是个耕读之乡。中国传统有渔樵耕读的文化意象，其中“樵”所具化的历史人物，就是朱买臣，而朱买臣就是浙江绍兴人。榜样的力量是无穷的——尤其是当地祖辈口耳相传的榜样。朱买臣的耕读事迹，不断激励着绍兴后世的读书种子和耕读人家。

山阴陆氏，原是大姓望族。东晋时期衣冠南渡，提及江南士族，首推“顾陆朱张”。不过唐代科举取才，逐渐打破士族和寒族的界限，到了两宋，士族原有的政治特权几乎丧失殆尽。和其他人一样，士族子弟需要仰仗自身的努力，来获取功名，他们从祖先那里所继承的，恐怕就只有良好的家庭教养了。

陆氏家族到陆游的祖辈时，就已经变成了普通小康之家，数辈务农，读书为业。陆游的曾祖陆轸，通过科考进入仕途。只是他朴素正直，虽为官四十余年，却始终未曾置买田产，所以，家中依旧寒素，子弟依旧耕读不辍。所谓“为贫出仕退为农，二百年来世世同”（陆游《示子孙》其一），

陆游像

“吾家世守农桑业，一挂朝衣即力耕”（陆游《示子孙》其二）。

陆游的父亲陆宰，曾任转运使。陆游出生的第二年，“靖康之变”发生。女真族攻陷宋都汴京（今河南开封），虏走徽、钦二帝。陆宰落职逃难，辗转回乡，开始致力藏书事业，延续文脉。后来宋廷南下，皇室内府藏书缺书较多，诏求天下遗书。陆宰所献藏书竟多达一万三千余卷。[3]陆游就是在这样的环境中成长起来的。

儒家学说的熏陶、少年多难的经历，使得爱国保民的观念深深地植入了陆游的灵魂。他一门心思要收复河山、北上中原。他的笔下满是“扫胡尘，清中原”的雄心，有着“和亲自古非常策”的政治主张和“上马击狂胡，下马草军

3 李玉安，黄正雨：《中国藏书家通典》，中国国际文化出版社2005年版。

书”（《观大散关图有感》）的高昂斗志。

不出意料的是，和所有正直的读书人一样，陆游仕途特别不顺。绍兴二十三年（1153），陆游入临安参加锁厅考试（这是现任官员及恩荫子弟的进士考试），荣登榜首。但是因秦桧的孙子秦埙位居陆游名下，招致秦桧大怒。次年陆游参加礼部考试，秦桧就指示主考官不得录取陆游。陆游初入官场，便尝到了被打压的滋味。

五年后，秦桧病逝，陆游才得以重返仕林。等南宋最有作为的皇帝——孝宗赵昚即位后，陆游被赐同进士出身，得以重用。孝宗在位期间，平反岳飞冤案，起用主战派人士，锐意收复中原，陆游备受鼓舞。不过朝中主和派力量很大，因此他不断受排挤，一度赋闲在家四年。

后来，陆游还受四川宣抚使王炎之邀，投身军旅，任职于南郑幕府，不过仅八个月，其军旅生涯便告结束。接下来的几年，陆游数次沉浮，几度被贬离京。淳熙十六年（1189）宋光宗继位后，他被升为礼部郎中兼实录院检讨官。陆游文人脾性，上书进言光宗应“广开言路，慎独多思”，却被同僚相参，最后因好“恢宏议论”“嘲咏风月”而被罢官故里。

于是陆游索性自号“放翁”，书斋取名为“风月斋”。他略带无奈地自嘲道：

村南村北鹁鸪声，水刺新秧漫漫平。
行遍天涯千万里，却从邻父学春耕。

《小园》其三

耕读传家、非仕即农是陆氏家风的重要组成部分，也是陆游的生活理想。他几次罢官复官、宦海沉浮，回乡后却能安然躬耕田亩、读书教子，虽苦犹乐，这不能不说是其生活理想的支撑。他在此时所写的一首《示儿》，几乎可以看作古人耕读生活最真实、最理想的写照：

舍东已种百本桑，舍西仍筑百步塘。
早茶采尽晚茶出，小麦方秀大麦黄。
老夫一饱手扪腹，不复举首号苍苍。
读书习气扫未尽，灯前简牍纷朱黄。
吾儿从旁论治乱，每使老子喜欲狂。
不须饮酒径自醉，取书相和声琅琅。
人生百病有已时，独有书癖不可医。
愿儿力耕足衣食，读书万卷真何益！

陆游诗的语言平实朴素，恬淡自然。这首诗几乎没有什么典故，读来如展画卷——一个儒雅老者，忙时与大家一起耕作、采茶、收麦，闲来日下灯前读书写字，几个儿子也颇有远见，围绕父亲议论国家大事。父子朋友们有时候喝点酒，即便不喝酒也兴致高涨地读书对句。几间小屋，东有成林桑树，西有一片荷塘，一幅快乐恬淡的耕读图，活灵活现，尽在读者眼前。

尽管诗中最后一句说“愿儿力耕足衣食， 读书万卷真何益”，但这显然是一种自嘲自谦，又颇有几分自负的话。他读书万卷，然后才有底气说读书万卷也没什么用，实际上诗里诗外想告诉子孙，耕种读书，两者都不能偏废。只是相比起来，读书较轻松，子孙贪图安逸，可能会轻忽农耕，所以才不断强调耕种，一如他在八十岁时写的另一首《示儿》中所说的，“时时语儿子，未用厌锄犁”。

这种田园惬意的生活，很容易让人联想到辛弃疾的《清平乐·村居》：

茅檐低小，溪上青青草。醉里吴音相媚好，白发谁家翁媪？　　大儿锄豆溪东，中儿正织鸡笼。最喜小儿无赖，溪头卧剥莲蓬。

辛弃疾词中善于用典。这首词是他少有的不用典故的作品，也是写乡村耕作怡然自乐的生活场景，可与陆游的那首《示儿》互相映照。古代读书人心中理想的耕读生活，就是这个样子了。

陆游自六十六岁以后，一直到嘉定三年（1210）秋去世，有二十年的时间是在故乡山阴度过的。他住在离山阴县城九里地的三山，尽管生活穷素，却也闲适宁静，耕读其中，含饴弄孙。陆游一生创作了九千多首诗词，其中描写田园农耕的佳作不胜枚举。越到晚年，他的诗作境界愈高，往往于平淡中蕴含绝妙之笔，使人读来拍手称奇。如在《游山西村》中所写：

莫笑农家腊酒浑，丰年留客足鸡豚。
山重水复疑无路，柳暗花明又一村。

箫鼓追随春社近，衣冠简朴古风存。

从今若许闲乘月，拄杖无时夜叩门。

其中的“山重水复疑无路，柳暗花明又一村”一句，可谓宋诗之冠！理趣景趣，两相交融，天衣无缝，成为脍炙人口的名联。钱锺书先生在《宋诗选注》中，对之大加赞赏：

这种景象前人也描摹过，例如王维《蓝田山石门精舍》：“遥爱云木秀，初疑路不同；安知清流转，偶与前山通。”还有唐代的散文家、诗人柳宗元《袁家渴记》：“舟行若穷，忽又无际。”卢纶《送吉中孚归楚州》：“暗入无路山，心知有花处。”耿沣《仙山行》：“花落寻无径，鸡鸣觉有村。”周晖《清波杂志卷》中载强彦文诗：“远山初见疑无路，曲折徐行渐有村。”还有前面选的王安石《江上》。不过要到陆游这一联才把它写得“题无剩义”。

八

曾经有人说，人才的出现像鱼群一样，要么没有，要有就是一波一波地集体涌现。有时候还真是如此。南宋的文豪学宗简直就是“鱼群”，如朱熹、陆九渊、辛弃疾、陆游、陈亮等等，都是同一时代的好朋友。此外，他们还有两个好朋友，和陆游并列“南宋四大家”，也是但凡谈及耕读话题，便不得不提及的两位大诗人——范成大和杨万里。

范成大是苏州人。南宋时，苏州就很富饶了，所谓“上有天堂，下有苏杭”。范成大少时在农村长大，是耕读子弟，得益田耕滋养，对耕种的情感极深。所以，在他早期的诗中，就已经有很多关于江南农村风物的描写，如《初夏》中的“永日屋头槐影暗，微风扇里麦花香”，又如《寒食郊行书事》的“鹭窥芦箔水，乌啄纸钱风。媪引浓妆女，儿扶烂醉翁”。

范成大入仕后，曾做到副宰相。他也是主张起兵北上的，但是，由于南宋的大环境，他很快就被排挤出权力核心，后来虽被起用，也只做地方官员。官场长期的钩心斗角，让范成大极度怀念往昔的耕读生活。于是在淳熙九年（1182），他以病辞官，回归石湖故里。此后他躬耕田亩，完全融入乡村生活，真正以一个老农的身份，度过余生。他在晚年的组诗《春日田园杂兴》中写道：“青枝满地花狼藉，知是儿孙斗草来。”这里的“儿孙”，可不是范成大自己的儿子孙子，而是对乡间小孩的亲切称呼。从这样的口吻中，我们是看不到半点隔阂的。

范成大对乡间生活的真实体验，让他写的诗很能体现农耕生活的细节：

榾柮无烟雪夜长，地炉煨酒暖如汤。
莫嗔老妇无盘饤，笑指灰中芋栗香。

《冬日田园杂兴》其八

榾柮，就是木头疙瘩、老树根。“榾柮无烟”，如果没有真实的生活体验，是写不出来这样的句子的。逢年过节，农村往往会在院子里生一大堆火。烧树干，烟很大，而且不耐烧，需要不断添加。而树根密度大，很耐烧，可以持续烧好几个小时，不用添新柴，并且只有开始十几分钟有很浓的烟，此后便无烟慢燃，人们可以围着火堆边聊天边烤东西吃——这是笔者小时候回姥爷家过年的亲身经历。所以看到范成大这首诗，就觉得生活情味十足。

那样的树根烧出的灰很热，在上面暖酒，可不就“暖如汤”吗？大家雪夜围火、喝汤、闲聊，十分自在。不要嗔怪老妇没有准备佳肴，（指一指火堆）那灰烬中烤好的板栗、地瓜，闻着香味就知道是最美味的佐食了。

农耕虽然辛苦，但是闲暇时的一堆火、几块地瓜、几壶暖酒，就可以让人们感到充实和快乐，农家生活就是这么朴素和简单。这样真实又亲切的细节，在其他诗人的笔下是不多见的。

还有最有名的这首：

土膏欲动雨频催，万草千花一饷开。
舍后荒畦犹绿秀，邻家鞭笋过墙来。

《春日田园杂兴》其二

前两句比较宏观，也比较平常，但是后两句就出彩了！“舍后荒畦犹绿秀”说的是时间，初春没多久，诗人突然发现，邻居家的鞭笋，却在自家院子里长了出来。鞭笋，就是竹笋，由于长得一节一节的，所以称为“鞭笋”。南方的朋友知道，竹子的根在地下四处乱窜，可以伸到很远的地方。这一句“邻家鞭笋过墙来”既有几分惊喜，又在意料之中，让人顿感愉悦。这样的农耕体验，是真感情的彻底融入。相比之下，陶渊明的“暧暧远人村，依依墟里烟”（《归田园居》其一）一句，略显宏观，而范成大对农耕体验的描写，则细腻多了。

同为“南宋四大家”之一的杨万里（号诚斋），对田园耕读生活的描写，又有不同。

钱锺书在《谈艺录》中，把陆游和杨万里放在一起比较说：

放翁善写景，而诚斋善写生。放翁如图画之工笔；诚斋则如摄影之快镜，兔起鹘落，鸢飞鱼跃，稍纵即逝而及其未逝，转瞬即改而当其未改，眼明手捷，踪矢蹑风，此诚斋之所独也。[4]

杨万里的耕读生活，和陆游、范成大的相比，则多了几分闲适，这可能和他优裕的生活条件有关系。所以他的笔下，无论是耕种的场面还是田园的景色，大多圆转自然，轻松雍雅，清新活泼。

和前文提到的“儿童急走追黄蝶，飞入菜花无处寻”（《宿新市徐公店》）一样，他的《小池》同样富有童趣，展现出一幅清新自然的乡村景致：

泉眼无声惜细流，树阴照水爱晴柔。

4 钱锺书：《谈艺录》，中华书局1984年版。

小荷才露尖尖角，早有蜻蜓立上头。

泉眼悄然无声，是因舍不得细细的水流，树阴照映水面，是喜爱晴天和春风的轻柔。娇嫩的小荷叶刚从水面露出尖尖的角，而一只调皮的小蜻蜓立在它的尖角之上。这首诗宛如一幅彩墨画面，清新精致，拟人形象，贴切无比。杨万里写农耕田园的诗作，多是如此——清新脱俗，语言谐趣，因此后人称之为“诚斋体”。

元代异族入主中原，儒生总感觉活在憋屈之中，加之读书人地位很低，士人的耕读隐居完全变成了生存的必要手段，也就罕见宋人那种雍容大度的闲适之气了。

明代的开国皇帝朱元璋出身草莽，参加义军，深知隐者之流的智慧对皇权统治来说，是不可或缺的力量。所以他做了皇帝之后，就下令所有隐士必须为官——不允许其再有半耕半读的自由生活。

比如著名的秦裕伯，即上海城隍庙的城隍。元末大乱，他隐居上海县长寿里（今上海提桥一带）。朱元璋建立明朝后，两次征召。秦裕伯认为自己曾经仕元二十年，背之不忠；母丧未除服，出仕不孝，所以托病辞谢。于是朱元璋就写了封亲笔信：“海滨（当时对上海一带的泛称）之民好斗，裕伯智谋之士而居此地，苟坚守不起，恐有后悔。”言下之意，上海这里的人好勇斗狠，你又是个有智谋的人。现在你不应征，我怕你会带着这帮好斗之民起兵造反，你好自为之吧，否则会后悔的。秦裕伯涕泪横流，只好偕使者入朝。 后来，秦裕伯去世，朱元璋还不放过他——你生是我的臣子，死了也得为我守卫国土，于是封他为上海县城隍神。

从此，皇权渗透到山林田野，读书人退隐山林、通过半耕半读的乡村生活便可获得经济自给、精神“自由”的年代，一去不复返了。

九

除了以上所说，还有两类和耕读生活密不可分的儒家隐士。

一类是借耕读隐居生活来抬高自己身价的人，其目的是求得世人赏识，隐而耕读只是达到目的的手段。另一类则是躬耕山中、静观天下，伺机而出者——耕读生活是他们隐居时的常态，而隐居其实是潜龙勿用时的等待。

关于前一类隐士的行为，还有个专门的典故——终南捷径。

这个典故源自唐初诗人卢藏用。卢藏用出身范阳（今河北涿鹿）大族，年纪很轻时就中了进士，可是中进士的人很多，还轮不到给他个好职位。于是愤而隐居。唐代首都在长安，长安城南不远就是著名的终南山，许多皇室贵胄都会在终南山麓修筑别墅，用来度假。闲暇之时自然会呼朋引伴、寻胜访幽——说不定在山中碰到个很投缘的隐士，就会请出山来做官。

卢藏用正是看中了这一点，就赌了一把。据《新唐书》记载，卢藏用精通书法、围棋、古琴，并且擅长龟蓍九宫等占卜奇术，所以人称“多能之士”。他隐居终南山，名气越来越大。但是他身在深山，意在仕途，所以当天子巡驾洛阳的时候，他又跑去嵩山“隐居”。如此一来，人人都知道了他真实的想法，称他为“随驾隐士”。

果然，他的名声传到武则天耳中，遂征召为左拾遗。这是一个品级不高，但是非常靠近皇帝的清贵职位，很容易升职。几年后，他官运亨通，历任吏部侍郎、黄门侍郎、修文馆学士等。这要按照正常的途径，是不可能爬这么快的。

后来唐代道教大宗师、上清派传人司马承祯被中宗李旦请入宫中求教请益。但是他一心向道，急于归隐。卢藏用手指终南山殷勤劝道：“此中大有嘉处。”司马承祯不客气地回敬道：“在我看来，隐居终南，确实是通往仕宦的捷径！”

这就是“终南捷径”的出处。

隐居，本身是厌倦名利之后，向往自然的生活选择。但是在卢藏用之类的人手中，却变成了求取名利的手段。这种虚伪的做法，自然招人诟病。后人嘲讽道：“向终南捷径争驰骤，老来自羞。”（薛昂夫《庆东原·自笑》）

通过耕读隐士的名声来达成世俗名利的目的，在隋唐两代非常普遍。王维、李白等很多读书人都走过这条路，不过成功的毕竟是少数。隋朝的隐士杜淹也曾用这一招求仕，不料被隋文帝识破，只落得个千古笑柄。据《旧唐书·杜淹传》云，“淹才辩多闻，有美名。隋开皇中，与其友韦福谋曰：‘上好用隐民，苏威以隐者招，得美官。’乃共入太白山，为不仕者。文帝恶之，谪戍江表”。杜淹碰到明眼人了，于是就只好自己挖坑自己埋了。

荀子早在战国时期，就写文章骂过那些假隐士：

今之所谓处士者，无能而云能者也，无知而云知者也，利心无足而佯无欲者也，行伪险秽而强高言谨悫（忠厚）者也，以不俗为俗，离纵而跂訾（绝俗离群矫情）者也。

《荀子·非十二子》

在荀子看来，那些所谓的隐士们，没有能力却冒充有能力；无知却装有知；利欲熏心却佯装无欲无求；内心险诈却装作忠厚老实；看起来不俗，其实俗到家；标榜离群清高，其实十分地矫情。

他们既渴求功名，又要做出一副出尘高洁的样子。有些人机遇到了，真面目就露出来了，有些人却未必有这样的机会，一生在郁郁不得志的抱怨中度过。《新唐书》《旧唐书》都把这些人编入《隐逸传》，并且在序中蔑视道：

即有身在江湖之上，心游魏阙之下，托薜萝以射利，假岩壑以钓名，退无肥遁之贞，进乏济时之具，《山移》见诮，海鸟兴讥，无足多也。

《旧唐书·隐逸传》

隋唐以后，这种现象依旧不绝于史。不过，多数人对此还是持批判态度的。明代陈继儒，就是《小窗幽记》的作者，既是文学家又是书画家，才学极高，但是早年科场不顺，于是在二十九岁时决心隐居。

不过，隐居后的陈继儒，一方面享受着隐士的清雅，寻仙访友、游山玩水、耕田养花、品酒饮茶、抚琴作画，另一方面不断被达官显贵奉为座上宾。他既得隐士之名，又得官绅之实，遂为时人诟病。

据梁章钜的儿子梁恭辰所撰的《巧对续录》记载，陈继儒在王荆石家遇一高官显贵。王荆石，就是王锡爵，明代名臣，万历年间做过首辅，名副其实的宰相。这位显宦显然横久了，敢说一些旁人不好说的话。他问王锡爵："此位何人？"王锡爵回答说："山人。"显宦说："既是山人，何不到山里去？"即讥讽"隐士"陈继儒依附宰相门下。吃饭时，大家出酒令，要求"首要鸟名，中要《四书》，末要曲一句承上意"。于是显宦又来讽刺，出令曰："十姊妹嫁了八哥，八口之家，可以无饥矣。只是二女将靠谁？"

"八哥"是鸟名。"八口之家可以无饥矣"，语出《孟子·梁惠王上》。所谓"承上意"，就是说得和上文有密切关系。"只是二女将靠谁"——十个姐妹，八个无忧，所以要问，剩下那两个得靠谁呢？

当时"众客寂然，摇头莫能对"，大家都把目光落在才华横溢的陈继儒身上。陈继儒就对之曰："画眉儿嫁了白头翁，吾老矣，无能为也矣，辜负了青春年少。"

"吾老矣，无能为也矣"，语出《左传·僖公三十年》。最后一句"辜负了青春年少"当然贴切题意，符合酒令，但是明显能看出陈继儒的后悔之意。

这个故事不论真假，总能看出当时人们对假隐士的态度。清乾隆间，戏曲家蒋士铨作传奇《临川梦·隐奸》的出场诗：

妆点山林大架子，附庸风雅小名家。

终南捷径无心走，处士虚声尽力夸。
獭祭诗书充著作，蝇营钟鼎润烟霞。
翩然一只云间鹤，飞去飞来宰相衙。

这几句诗，诙谐幽默、尖酸辛辣，所讽刺的，正是陈继儒。

十

人们厌恶挂羊头卖狗肉、走终南捷径的假隐士，但是对隐则躬耕、用则尽忠的另一类“隐士”，却抱以尊重之情。

为什么呢？因为这类“隐士”，不是虚伪地以“隐士”名片包装自己来求得功名，而是一开始就目的明确、待时而动，他们躬耕隐居，只是暂时的生存手段。一旦出山，则平乱安邦，为公天下。

这类隐者恰恰符合孔子说的“有道则仕，无道则隐”的精神，所以一直被人们所推崇。其中最著名的当然就是蜀汉丞相诸葛亮了。

“臣本布衣，躬耕于南阳，苟全性命于乱世，不求闻达于诸侯。”这是诸葛亮在《出师表》中的千古名句。诸葛亮的事迹，因为《三国演义》的宣传而妇孺皆知，诸葛亮则成为中国古代读书人的理想典范，真正做到了“穷则独善其身，达则兼济天下”。

五百多年后，杜甫拜谒成都武侯祠，感叹诸葛亮忠贞仁厚、鞠躬尽瘁的一生，写下名作《蜀相》一诗，堪为七律代表：

〔元〕赵孟頫《诸葛亮像》

丞相祠堂何处寻，锦官城外柏森森。
映阶碧草自春色，隔叶黄鹂空好音。
三顾频烦天下计，两朝开济老臣心。
出师未捷身先死，长使英雄泪满襟。

比诸葛亮稍晚的，还有个大隐士陶弘景，本也属于兼济天下的人物，但是他选择了更为自由的生活方式——始终没有出仕，不受官场的约束，梁武帝对其恩遇有加，有事去山中向他请教，故而人称“山中宰相”。

陶弘景一生，跨南朝宋、齐、梁三代，经历可谓复杂。虽然梁武帝对他恩遇甚厚，但在当时举国崇佛的大环境下，陶弘景作为道教茅山派代表人物，也只能出走远游，最后以道教上清派宗师的身份，往礼阿育王塔，自誓受戒，此后佛道兼修。后人一般把这件事看作佛道交融的例证，却从未分析其真实原因。杜牧在《江南春绝句》中写道：“千里莺啼绿映红，水村山郭酒旗风。南朝四百八十寺，多少楼台烟雨中。”可见南朝崇佛之盛。陶弘景在悼念好友慧约法师的诗中说：

我有数行泪，不落十余年。
今日为君尽，并洒秋风前。

《和约法师临友人》

字字都透着胸中的痛苦。

唐代诗人徐夤曾经写过一首诗，借陶弘景的生平，表明自己也渴慕逍遥自在的隐居生活：

岚似屏风草似茵，草边时脍锦花鳞。
山中宰相陶弘景，谷口耕夫郑子真。
宦达到头思野逸，才多未必笑清贫。
君看东洛平泉宅，只有年年百卉春。

《岚似屏风》

诗中第三联是很有名的句子，说做官到头了就会渴慕农耕田野生活，真正的富贵之士，却也不见得会嘲笑贫寒——他们到过人生的最高处，知道富贵名利的变幻无常，顺其自然就能平淡地对待了。

诗中就用了“山中宰相”陶弘景的典故。

还有一个“谷口耕夫郑子真”，也是真正耕读隐逸的代表。

《汉书》记载，褒中人郑朴，字子真，隐居谷口，世号谷口子真。汉成帝时大将军王凤礼聘之，坚决不出。尽管名动京师，却始终躬耕于岩石之下。因此，“谷口躬耕”成为隐士的代称。

对蛰龙而言，隐居之时的主要生活方式，还是半耕半读——中国古代毕竟是农业社会，这些安邦济世、隐居山泉的儒生们，不躬耕自给，又能怎么生活呢？这从另一个角度反映出古代社会经济形式的单一，使得知识分子要想生存，还得依赖农耕。躬耕田亩、隐遁山林，其实是中国古代一大批知识分子的共同道路。

经济独立决定人格独立，而事实是“谷口躬耕尽日饥”——农业生产毕竟是艰苦且单调的。所以，那些为道义、理想而选择隐居的儒士们，确实让后人可叹可佩！

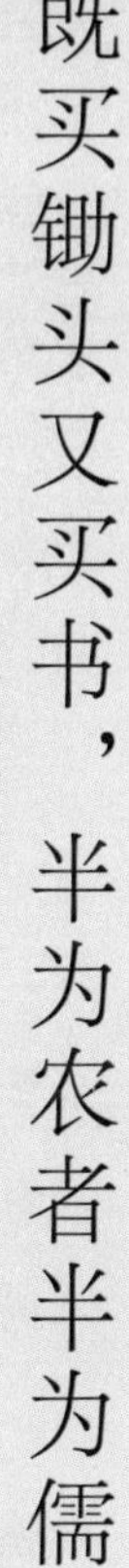

既买锄头又买书，半为农者半为儒

由耕读而治平

“穷则独善其身”。儒士们不能兼济天下，则退而隐居。耕读的主要地点，还是在山野乡村。但是，无论生活多么艰辛，多数儒生始终是乐观积极的。支撑他们的人格屹立不倒，使之凛然如松、自强不息的，则是儒家精神的延续和道统传承的使命感。

正因为这种使命感，儒生们退隐乡里之后，肩负起治理家族、教化乡邻的两项重任。前者就是治家，其实意味着治平理想的小范围实现；后者则是教育乡邻子弟、传承儒家精神——更是对治平理想的必要补充。

从一锄一笔开始，儒士们治家、兴学，在日复一日的耕读生活里，慢慢塑造着中国古人的文化性格。

一

由尧、舜至于汤，五百有余岁；若禹、皋陶，则见而知之；若汤，则闻而知之；由汤至于文王，五百有余岁，若伊尹、莱朱，则见而知之；若文王，则闻而知之。由文王至于孔子，五百有余岁，若太公望、散宜生，则见而知之；若孔子，则闻而知之。由孔子而来至于今，百有余岁，去圣人之世若此其未远也，近圣人之居若此其甚也。然而无有乎尔，则亦无有乎尔。

《孟子·尽心下》

尧、舜、汤、文王，这都是儒家理想中圣君的典范，而孔子则是儒家思想集大成者。孟子这段话说：从尧舜到汤，大约五百年，商汤到周文王，也大约五百年，再五百年后，出现了孔子延续上古帝王的思想，开创儒家学派。自孔子去世算起，到今天有一百多年了，离开圣人的时间不算久；而我又距离圣人的家乡这样地近（孟子邹国人，也在山东，靠近孔子家乡）。难道世间再不会出现一位有德的圣人了吗？恐怕真的没有了。

表面看起来，孟子是在表达“圣人不复出现”的哀叹，实际上，其中的意思却很明确，他隐隐然自命为尧、舜、商汤、文王、孔子之后的又一位儒家大师——尽管他的语气很委婉。

从此之后，大儒都有一种强烈的使命感，当仁不让地要接续这个儒家传统并传承下去。比如董仲舒，比如韩愈，比如朱熹。

当然，到了朱熹这里，意思就被说得非常明白清晰了。他认为，儒家的精神是有传承的，这个传承的体系，被称为“道统”。他在《中庸章句》中说：“自是以来，圣圣相承，若成汤、文、武之为君，皋陶、伊、傅、周、召之为臣，既皆以此而接夫道统之传。”朱熹自负为道统的传承者，但是他没有明说，不过他的学生说了出来。在《徽州朱文公祠堂记》中，朱熹的学生、女婿黄干说：

> **尧、舜、禹、汤、文、武、周公生，而道始行；孔子孟子生，而道始明；孔孟之道，周、程、张子继之；周、程、张子之道，文公朱先生又继之。此道统之传，历万世而可考也。**

道统的问题，在儒生心中非常重要。因为道统是否能接续上，其实意味着自己所学所行的，究竟是不是儒家的核心——“道”。为了区别道家的“道”，这里暂名为“儒家之道”。

那么在朱熹这里，道统究竟意味着什么？ 在他看来，上古帝王是圣人（道德）和明君（功业）合二为一的完美形象，但是从孔子之后，就没有能够达到儒家完美标准的君王了，所以儒生的重要使命，就是首先提升自己的修养、构建自己独立的人格，同时帮助君主完善道德，匡正言行，以便能以仁治天下，最终达到太平盛世、大同社会。

这个充满理想又艰巨的使命，被称为“正君心”。

朱熹像

其实从一开始，儒家思想中就有个体独立、抗衡皇权、护国爱民的意识，但是一直到朱熹这里，才被明确直白地说出来。此后，儒生们的身份认同和存在感的问题得以解决，独立精神和完善人格也有了强大的理论依据。以后的儒生，自觉或不自觉地都以崭新的风貌站在了皇权的对立面。

蒙古铁骑入主中原的时候，大儒刘因避不受征。人问其故，他说“不如此，则道不尊”。更多的人和他一样选择了隐居，以至元代隐居的儒生数量在历朝历代是最多的。

明后期，宦官弄权，顾宪成被罢官后，复修东林书院，于此聚众讲学。很快，儒士结社东林，成为除邪佞、正君心的主要力量。

无锡东林书院有一副对联：“风声雨声读书声声声入耳，国事家事天下事事事关心。”该诗上联描述实景，犹如一幅动态画面，主人翁甚是逍遥自在，坐卧听风雨，扑鼻泥土香，简直是一位道家隐士形象。但下联才是画面主人翁的身份定位——心怀家国、忧心实事，绝对的儒家风范！

明清鼎革，又有大批儒生隐居不仕。他们躬耕山林，著书立说，坚守儒家道统。虽然山河易主，但大家却始终抱有“回天之志”。《清史稿·遗逸传》上说：“天命既定，遗臣逸士犹不惜九死一生，以图再造。及事不成，虽浮海入山，而回天之志终不少衰。”

黄宗羲，一代儒宗，影响巨大，清廷一直希望他可以出山辅弼新朝，不过他始终不改初衷，隐居老家余姚，并于慈溪、绍兴、宁波、海宁等地设馆讲学。

东林书院

不识山村路纵横，但随流水小桥行。

一春尚未闻黄鸟，玉女峰前第一声。

这是他《五月二十八日书诗人壁》三首诗中的第一首，归隐的情趣跃然纸上。眼前山村小路纵横，我只能随着流水小桥行走。突然听到一声黄鸟叫，这是入春以来我听到的第一声鸟叫！——一副闲情逸致山林逸士的形象。不过在同题第三首中，他又写道：

不钩帘幕昼沉沉，难向庸医话病深。

不识诗人容易病，一春花鸟总关心。

这首格调明显不同。黄鸟的啼叫似乎已经不再是单纯风物景致，是对自己心病的殷切问候。那么自己的心病到底是什么呢？一句“难向庸医话病深”，隐约又直白地道出山河易主、无人倾诉的苦闷。

同黄宗羲齐名的还有顾炎武和王夫之。

顾炎武在明亡后，多次举兵，但都失败，并被捕入狱。顺治十四年（1657），顾炎武变卖家产，从此掉首故乡，四处游览凭吊。他终生手不释卷，即便在漂泊的日子里，也“往来曲折二三万里，所览书又得万余卷”（《书杨彝万寿祺等为顾宁人征天下书籍启后》）。

王夫之更是隐居山林，躬耕田园，坚决不剃发，以明朝发式终老，显示了真儒士的铮铮风骨。他一生都在和清廷的对抗中坚守着自己的良知：

悲风动中夜，边马嘶且惊。

壮士匣中刀，犹作风雨鸣。

《悲风动中夜》

清室入关统治华夏，其实在最底层老百姓看来是无所谓的，谁当皇帝都差不多，和自己关系最密切的是赋税杂役，谁收税少谁就好。但想要获得士人阶层的承认却并不容易。士人掌握着话语权，他们的思想反抗，往往会引起实际的行动，直接影响到皇权安危。说白了，入主中原是否合法，获得士人阶层的认可是关键。所以清朝皇室在这一点上煞费苦心，不仅改革了原来八旗议事的军政制度，还学习儒家嫡长子继承名爵的宗法制，尊儒崇文，更把康熙打造成仁义道德、无所不知的圣主明君，处处以道统自居。王夫之遂写文章详细辨明"道统""治统"之不同。

在王夫之的解释中，所谓国家延续的核心是文化，文化高于权力，"治统"，只是权力统治的顺序，而文化的延续是靠"道统"完成的。清室尽管在现实中依靠武力夺得"治统"，但是"道统"却在铮铮铁骨的儒士身上。

王夫之的分析，把儒家道统精神的深层次含义挖掘了出来。至此，或许后人能清楚地认识到，几千年以来儒士真正的价值追求到底是什么，尤其是当他们退耕田园的时候，他们到底如何"独善其身"，又为什么会"耕读不辍"，努力教化乡民了。

儒家的核心思想，是仁义，是礼制。所谓"孔丘贵仁义，老氏好无为"

王夫之像

（储光曦《同王十三维偶然作十首》之二），孔子多次提及“仁义”，一生孜孜不倦追求的就是“克己复礼”。那么，提此仁义思想的目的又是什么呢？作为儒家经典“四书”之一的《大学》，说得清清楚楚：“大学之道，在明明德，在亲民，在止于至善。”

简单来说呢，“明明德”，就是使光明正大的品德彰显于天下，即常说的“治平天下”。而治平天下的主要内容，则是通过“仁义、礼制”来教化民众，也就是“亲民”。“亲民”被朱熹解释为“新民”“使民新”，即通过学习教化，让大家时刻都能进步自新。怎么教化呢？具体就是修身、齐家、治国，进而达到平天下的目的。能做到这些，就是“至善”的境界了。

《礼记·礼运》为我们构画了一个至善的、儒家理想中的社会模型：

> **大道之行也，天下为公，选贤与能，讲信修睦。故人不独亲其亲，不独子其子，使老有所终，壮有所用，幼有所长，鳏、寡、孤、独、废疾者皆有所养，男有分，女有归。货恶其弃于地也，不必藏于己；力恶其不出于身也，不必为己。是故谋闭而不兴，盗窃乱贼而不作，故外户而不闭，是谓大同。**

与大同相对的是小康。小康虽然没有那么完美，但是也算治平之世。可惜三代以降，仁义丧失、礼崩乐坏、道德沦丧，这样的治平之世再也没有了。

从此，儒家认为儒生的使命，就是用仁义的精神，来安顿天下、教化百姓、内修自身，最终达成天下大同的和谐愿景。而这些，就是“儒家之道”的核心内容。假如有人认为自己是真正的儒门弟子，自然就会扛起儒家道统大旗，以文化之、修身治平了。无论是朱熹的“正君心”，还是王夫之的“道统”“治统”之辨，他们的理论设计，真正关注的是“治平”，是社会整体的存续与发展。

在朝堂之上，儒士爱民忠君、匡扶社稷，完成使命的过程是很明显的。但是当他们以各种原因，退居乡里、躬耕田野，甚至连吃饭都成问题的时候，又如何扛起这道统的大旗呢？

其实，在一定程度上说，正是在田野乡邻，才更能扛起这面道统大旗。

耕读田园首先保障了他们的生活。而退居僻野刚好给了儒士一个脱离权力束缚、追求精神独立的空间——古代除了极少数时间，皇权是没有办法真正延伸到并控制乡野山林的。所以，朝堂之儒，由于被权力所限，正君心是很危险的事，更多只能迎合圣意；恰恰是在山林乡野的儒生身上、在中国古代农村社会，儒家精神才真正延续下来。

儒士少了来自上面的约束，刚好可以从修身、治家开始，在第一线亲自教化乡邻。他们在家乡打造大同社会，完成缩小版的治平天下的理想。

而具体落实到“治平”的行动，就不能不提及那纸薄薄的，却又承载了儒家核心精神的“乡约”了。

二

万里桥西万里亭，锦江春涨与堤平。

拏舟直入修篁里，坐听风湍彻骨清。

吕大防《万里桥》

这首诗，写得清新自然，闲野舒适。在江边远眺桥亭，看水涨平堤，看舟入竹林，然后感受清澈通透的凉风！如果不说这是一位方正刚毅的北宋儒生所写，很可能有人会认为这是名士逸流的作品。

不过，宋初儒家，多少都有些恬淡的静气。“北宋五子”之一，著有《爱莲说》的周敦颐更是突出的一位。人说和周敦颐在一起，如沐春风、自然教化，其温和洒脱的性格跃然纸上。

和周敦颐一样，这首诗的作者吕大防也有同样的气质。吕大防是儒学史上不能忽略的人物。提及他的名字，可能知道的人较少。但如果说起“蓝田四吕”，那绝对是一个响当当的名号。

“蓝田四吕”是指北宋时期陕西蓝田县吕大忠、吕大防、吕大钧、吕大临兄弟四人。其中吕大忠、吕大钧、吕大临最早都师从“北宋五子”之一的张载，吕大防虽未随其学习，但对张载帮助甚大。“蓝田四吕”均在北宋朝廷担任要职，而且在文化、学术领域颇有贡献。吕大防官至宰相，主持元祐政坛八年，其余兄弟三人也都身居要职。可以说，儒家关学的宗师和思想支柱是张载，政治经济支柱，则必仰“四吕”无疑。

“四吕”之功，远不止此。更为关键的是，他们学以致用，创办了中国历史上第一个乡约（即乡民社区组织），并制定编纂了相应的“村规民约”——《吕氏乡约》，对后世乡村治理模式影响甚大。

《吕氏乡约》有四条大的原则，其余《乡约》都在此基础上演化而来。

第一便是“德业相励”，就是要求大家在修身和居家经营上，要互相劝勉、砥砺；第二是“过失相规”，意思很明白，有了过失应该互相规劝；第三是“礼俗相交”，即各种节日庆典，应互相问候，并且长幼有序，合乎伦理规范；第四叫“患难相恤”，这是提倡对乡民弱势群体进行當尊用之終其月筭而除之中衣亦當易以縞素力不能具或勢不能爲且可去飾凡三年之喪除不得已幹治家事外終喪不可行慶弔請謁聚會若卒哭後有甚不得已事須至見人者可暫衣墨衰行之事畢反其喪服甚不得已如爲人論訟當入公府或親戚間有患難不可不親救䘏之類自餘請謁會聚之類皆非所急不行無害或有未安以書簡致意亦亮之期喪未卒哭當如三年之喪已卒哭有不得已人事則衣墨衰行之或可已者亦不必出在家受弔接賓客皆衣喪服 凡大功未卒哭有不得已事乃衣墨衰以往在家接賓客亦衣墨衰行請謁惟不行慶禮及召人赴人酒食之會 小功緦麻唯哭臨受弔乃衣喪服自餘皆衣墨衰出入如常唯不行慶禮及召人赴人酒食 鄉儀終 此篇舊題蘇氏鄉儀意其爲蘇昞季明博士兄弟所作今按呂和叔文集乃季明所序而此篇在焉然則乃呂氏書也因去篇題二字而記其實如此 乙未四月甲子朱熹識

鄉約 呂氏鄉約 凡鄉之約四一曰德業相勸二曰過失相規三曰禮俗相交四曰患難相恤衆推有齒德者一人爲都約正有學行者二人副之約中月輪一人爲直月都副正不與置三籍凡願入約者書于一籍德業可勸者書于一籍過失可規者書于一籍直月掌之月

《永乐大典·乡字卷》中有关乡约的内容
明嘉靖隆庆间内府重写本

照顾救助。

有了这些原则，还需要大家公推德高望重的人来执行乡约。那么，就有了约正、约副和直月（值月人员）。

《吕氏乡约》基本上奠定了传统农耕社会基层自治的基础，也从制度上保障了耕读并举的生活方式。这个社区制度对整个东亚地区都有影响。比如在中国台湾，就有很多有关乡约的记载。有趣的是，台湾的约正被称为“总理”。清朝诗人王凯泰在《台湾杂咏》写道：

宰官颁戳各乡承，约长居然总理称。
执版道旁迎与送，头衔笑看两门灯。

诗后还有注解：“乡约名总理，地方官给戳记，门首悬大灯，亦总理衔。”在清廷，总理是比较大的官衔，是总理朝政的意思，比如总理王大臣。王凯泰看到台湾基层的约长也叫“总理”，不觉有些惊讶，所以有“约长居然总理称”的句子。

蓝田《吕氏乡约》之后，乡约成为和老百姓息息相关的制度之一。《儒林外史》有一段就说到人们对乡约的重视。

（王玉辉）要纂三部书嘉惠来学。余大先生道：“是哪三部？”王玉辉道：“一部礼书，一部字书，一部乡约书。”

《儒林外史·第四十八回》

三

《吕氏乡约》在关中推行没多久，北宋亡国。南宋朱熹发现这个乡约后，大加赞赏，据此编写了《增损吕氏乡约》，再度使《吕氏乡约》声名鹊起。

乡约制度能让儒士自觉承担起教化一方的作用，所以官方尤为提倡和推广乡约。有明一代，乡约四起，其中最重要的一部，算是王阳明的《南赣乡约》了。

王阳明是心学的代表人物，是继朱熹之后的又一代通才大儒。他的一生很富有传奇色彩。按今天的话说，他既做大臣又做圣人，既完善道德又建功立业，佛道思想都有接触，对理学还持反叛态度。他创立心学的过程充满传奇，也被人津津乐道。据说在他被贬贵州龙场的时候，生活穷困，每日耕田打坐，却在其中突然悟道：

谪居屡在陈，从者有愠见。
山荒聊可田，钱镈还易办。
夷俗多火耕，仿习亦颇便。
及兹春未深，数亩犹足佃。

《谪居粮绝请学于农将田南山永言寄怀》

这几句诗，就是他在谪居期间，由于断粮而不得不耕田种地时所写的。

在龙场耕种的逆境，对他思想的提升有很大帮助，所以也影响了王阳明的教育思想。此处，我们先说他的《南赣乡约》。

正德十二年（1517），王阳明被任命为南赣汀漳等处巡抚。他和所有儒士一样，重视教育，认为通过教育可以改善人心、影响风俗。“民俗之善恶，岂不由于积习使然哉！”

正德十六年（1521），他颁布了《南赣乡约》。该乡约总共十六条，规定了全乡人民共同遵守的道德公约，其中涉及军事训练、政治教育、道德陶冶、耕种学习等内容。《南赣乡约》比之《吕氏乡约》，显著的特征是，把乡民自治纳入官府管控体制内，并增加了军事保甲内容，所以对后来的影响较为深远。《南赣乡约》一经颁发，立刻获得积极的社会效应。明嘉靖年间，朝廷出面推广王阳明之法。所谓“嘉靖间，部檄天下，举行乡约，大抵增损王文成公之教”。

王阳明的心学影响广泛。由于他的教育方式灵活，且强调切身体验，所以很多知识水平不是很高的人也能理解他的学说，也在积极传递儒家精神。他的后世门生中，有两位在乡民教化方面甚至比他走得更远。

第一位是颜钧。颜钧，号山农，后人更多称呼他为颜山农。他的一生比起王阳明来，传奇程度有过之而无不及。颜山农文化程度并不高，却能在各大书院讲学，门下弟子众多。他山野出身，却满身侠气，还精通兵法。抗倭名将俞大猷在陷入困境时聘其为军师，居然转败为胜，大俘海寇山贼一干首脑。而且最为关键的是，他成立萃和会，教化乡民，讲“耕读孝悌之学”，“士农工商皆日出而作业，晚皆聚宿会堂”。仅仅两个月时间，就使得家乡出现“三代之风”。这比任何乡约的教化效果都要明显。

萃和会成立的经过及其活动情况，据颜钧自述，和其母亲有很大关系。萃和会是由颜母倡议，集合家中“众儿媳、群孙、奴隶、家族、乡闾老壮男妇，凡七百余人”，命山农“讲耕读正好作人，讲作人先要孝弟，讲起俗急修诱善、急回良心”而建立起来的。

萃和会成立之后，效果好得出奇。这大概与萃和会的神秘性和入会的宗教仪式感有很大关系。颜山农向弟子传授了一套“七日闭关法”，并强调此法是学习悟道的关键；而但凡加入萃和会，则需要向他的母亲颜老夫人叩头。这种强烈的神秘色彩和宗教性确实能吸引大批底层信众，并且影响信众的速度也很迅速。据说，萃和会成立半月，就有很多人在思想上脱胎换骨：

> 会及半月，一乡老壮男妇，各生感激，骈集慈（按，指山农母）闱前叩首，扬言曰：“我乡老壮男妇自今以后，始知有生住世都在暗室中鼾睡，何幸际会慈母母子唤醒也。”

而到了一个月，“士农工商皆日出而作业，晚皆聚宿会堂，联榻究竟”。到了两个月，这里简直就已是拥有一群淳朴无杂上古神仙的“桃花源”了：

> 会及两月，老者八九十岁，牧童十二三岁，各透心性灵巧，信口各自吟哦，为诗为歌，为颂为赞。……鼓跃聚呈农（按，山农自称）览，

逐一点裁，迎儿开发，众皆通悟，浩歌散睡，直犹唐虞瑟僴喧赫震村谷，闾里为仁风也。

不过，萃和会建立的基础，是强烈的造神运动和单纯的偶像崇拜。两个月后颜老夫人去世，就使萃和会失去了灵魂人物，于是大家也各自散去，萃和会一去不复了。儒家理想中的大同社会，在现实的实践中，却以一种宗教的方式第一次被靠得这么近。

颜钧的两首诗，或许能给我们带来一点关于这位传奇人物的立体印象：

仰观心字笑呵呵，下笔功夫不用多。
横画一勾还向上，傍书两点有偏颇。
做驴做马皆因此，成佛成仙也是他。
奉劝四方君子道，中间一点是弥陀。

《心字吟》

这首《心字吟》，是他流传较广的一首诗。还有一首《孝敬父母诗》，甚至还算不上诗：

孝顺父母好到老，孝顺父母神鬼保。
孝顺父母寿命长，孝顺父母穷也好。
父母贫穷莫怨嗟，儿孙命好自成家。

勤求不遂大家命，孝顺父母福禄加。

这其实就是平白如水的顺口溜，意思很通俗。不过对于大众百姓来说，传播效果应该是比较好的。这两首特别的诗，多少能反映出一些颜钧的真实面貌，有助于理解他的所作所为。而史书或者其学生们对他的记载，总显得隔靴搔痒，或许丑化，也或许美化了不少。

另一位叫何心隐的，名气更大。他创立的聚和堂比萃和会更进一步，是个有严密组织、系统管理的集体。根据黄宗羲的《明儒学案》记载，聚和堂完全是按照《大学》里齐家、治国、平天下的步骤进行实践的。

谓《大学》先齐家。乃构萃（聚）和堂以合族，身理一族之政。冠婚、丧祭、赋役，一切通其有无，行之有成。

《明儒学案》卷三二

这完全就是一个独立的小社会！在何心隐看来，如果聚和堂成功，经验推广，天下很快就可以致尧舜了。可惜，古代中国的皇权社会，是绝对不允许出现第二个权力体的。

嘉靖三十八年（1559），正当何心隐全身心办聚和堂的时候，永丰县令强制百姓交纳“皇木银两”，何心隐反对这种额外勒索，“移书诮之”，讥刺县令，因而被捕入狱。从此，他的余生都在逃亡中度过。

吕氏兄弟、王阳明、颜山农、何心隐等，都是主动承担道统传承的儒士。他们在修身治平的模式中，把目标对准乡村田园，试图通过乡约规范等方式，从农民开始恢复礼制，努力追求儒家理想，达成仁爱和睦的大同社会。

不过，乡约更多的是带有法律色彩的“礼制”。儒家真正崇尚的，还是自我教育和道德感化，所谓“道之以德，齐之以礼，有耻且格”。并且，儒家还自命肩负着传承文化的使命。孔子从卫国去往陈国的时候，经过匡地。孔子与鲁国阳虎长得像，恰恰匡人曾受到阳虎的掠夺和残杀。孔子被误认为阳虎，被匡人围困。别人都担心孔子受到伤害，但是孔子却很淡定，他说：“文王已经去世，文化传承大概在我身上吧。如果老天打算让文化灭绝，那我才会危险；如果老天打算让文化传承下去，那匡人又能把我怎么样呢？”

孔子自信淡定的背后，是他坚信自己肩负着传承文化的天命。儒门后生，无一不以传承文化为己任，积极“道之以德”“化成天下”。要想泽被后世，真正达到大治，仅靠乡约制度和村民的互相砥砺，是远远不够的。方法只有一个，那就是读书教育。所以，在中国古代平安太平年景里，农村的耕读生活，就如宋代诗人戴东老所写的一样：

野花村醖赏清明，挑菜踏青鱼陇行。
禊水戏浮独白羽，厨烟不禁饭黄精。
田功宜早秧动插，桑价方高兰告成。

莫道梨钥忘学问，读书声间织机声。

《春日田园杂兴三首》其一

有长者的慈祥，有厨房的炊烟，有蔬菜的翠绿，有桑蚕的雪白，有田间的稻米味，还有窗下的读书声。

四

中国古代的教育，大体可以分为官学和私学两大类。

官学最晚在西周就已经出现，《孟子》记载“夏曰校，殷曰庠，周曰序”，“校”“庠”“序”就是夏、殷、周三朝教育机构的名称。那时候政治与教育合二为一，只有贵族才有资格上学。汉代中央有太学，地方也有官办学校，“郡国曰学，县、道、邑、侯国曰校，乡曰庠，聚曰序”。此后官学一直存在。明清以后，教育权都被牢牢控制在官方手里，天下之学都是官学了。

私学，顾名思义，就是私人办学。孔子是私人办学的第一位老师。春秋诸子，也多以私学老师身份聚众讲学。汉代儒学兴盛，许多学者在家中开设讲筵，四方学子前来学习。隋唐、五代、两宋，都是私学教育兴盛的黄金时期。元代之后加强对民间思想的管控，私学逐渐衰落，最后只剩下一些最简单的家族私塾或以识字为目的的蒙馆了。私学有初级的，比如蒙馆、村学；也有高级的，往往是某位大学者兴办的讲堂、精舍，比如朱熹的“竹林精舍”，再比如张载在开封设讲筵，坐虎皮讲《周易》，名动京师。

性质有点特殊的是书院。从本质上说，早期的书院都应该属于私学范畴。但是在宋代崇文重儒的思想下，一些书院是地方官员支持兴办的，还有很多书院是国家敕建或赐名拨款兴建的。在国家赐名拨款之前属于私学，在国家赐名拨款之后，就有官学味道了。元代严格管控思想，设立专门资金建设书院，书院山长、教师都有行政级别，还会给学生安排工作，这时候的书院就是官方性质的。

明初朱元璋反感私学，一方面大力兴办官学，另一方面规定私学学生不能参加科考。张居正等人甚至一度禁止私人讲学，一举禁毁天下六十四所书院。不过明代私学性质的书院却屡见于记载。但是随着白鹿洞书院被明室获准推行考课制度、确定生员等级并按等级发放生活费，书院就正式被纳入官方学院体系。清代为了极力防范民间结社私人讲学，直接在省、府、州、县，甚至乡镇都建立书院，山长、教授、学生都由官方选拔，至此，书院的私学性质彻底不复存在。所以，书院的性质比较复杂，既有私学属性，也有官学特征。

由于官学隶属朝廷机构，有固定的俸禄和资金支持，所以耕读并举的生活，主要发生在村野山泉的私学之中。[1]但是在清代以前，私学属性较重的书院也有经济压力的问题，并且可能受到主讲学者重农思想的影响，所以一些书院里，耕读并举也很普遍。

陆游在《秋日郊居》写到自己所见的乡村蒙学的情况：

儿童冬学闹比邻，据案愚儒却自珍。

1 三代官学，有“三时务农，一时讲武”的说法。但是这时候的务农是所有人的常态，和后世所谓的士农结合、耕读并举的情况并不相同，所以只将其作为耕读文化的源头，本章不展开细说。

授罢村书闭门睡，终年不著面看人。

小孩子们在学堂打打闹闹，把邻居都搅扰得不能安宁。愚腐的村馆老师非但不管还自视甚高。教完小孩就宅在家中闭门大睡，平时也牛哄哄不正脸瞧人。

两宋崇尚文教，学风蔚然，这首诗就是对当时乡野村学的记载——尽管陆游诗中的儒士，是个水平不怎么高的腐儒。但是大批儒士的介入，乡村里办学兴教是显而易见的事。乡民们耕读并举、晴耕雨读、忙耕闲读、日耕夜读。南宋杭州城外，“乡校、家塾、舍馆、书会， 每一里巷，须一二所。弦诵之声，往往相闻”。一到农闲，家长就把孩子送到这些地方学习。陆游诗中的“冬学”，就是秋收之后，进入农闲时节，大家开始学习的一种学制。

由于客观条件影响，再加上学术理念的差异，不同儒士对耕与读的关系也持明显不同的态度。

五

最常见的，也是最普遍的认知：耕田为读书提供物质基础，是读书的保障。尽管读书好，但是农业社会生产力毕竟不发达，还是穷困者居多。哪怕是大学者办学兴教，也一样要解决经济问题。老师、学生、工作人员，任谁都要吃饭，大伙儿不亲自耕种怎么行呢?

尽管我们号称礼仪之邦，重儒崇文，但是整个社会的生产力在那里明摆着，富贵的永远都是少数人。总的来说，那些普通学者和一般儒士，他们的生活还是很清苦的：

雀噪新槐吏散衙，十年毡破二毛加。
不知城外春深处，博士厅前老荠花。

孔尚任《国子监博士厅》

孔尚任是孔子第六十四世孙，山东曲阜人，康熙帝南巡至曲阜祭孔时，被召讲经，大受赞赏，破格提拔为国子监博士。可是，即便是孔子后人、国子监的老师，生活也是很可怜的。

上文所引的七绝，就是他在此时所写。诗中先描写国子监的景色，然后哀叹自己“十年毡破二毛加”，十年的国子监博士生涯，依旧破毡薄被，白发白须也多了不少，惆怅之情溢于言表。他还有一首诗更有名，是写给同为国子监博士的数学家梅文鼎的：

算袋诗囊不离身，低垂白发走红尘。
我通乐律君精历，都是长安乞米人。

《都是长安乞米人》

一个是大文学家，一个是大数学家、天文学家，但又能如何呢？依旧“低垂白发”，依旧“长安乞米”。

康雍乾历来被称作盛世，生活算是很富足了，国子监又是全国最高学府。可是就连清朝盛世国子监的教师，生活都这样困顿，那么早些朝代，一般的私学教师就更不用说了，他们常常是“半饥半饱清闲客，无锁无枷自在囚”（郑板桥《教馆诗》）。

这种情况下，耕田成为读书兴学必不可少的条件。

郑玄是东汉末年的经学大师，家贫好学，曾从马融学古文经。当时马融在关中设讲筵，“坐高堂，施绛纱帐，前授生徒，后列女乐”（范晔《后汉书·马融传》），气派很大，初入门者由师兄代授，根本见不到他。郑玄在马融门下三年，就没见过马融。有一次在演算天体周期的问题上，马融计算总是出现偏差，有人说郑玄精通数学可以一试，结果郑玄一算便中，从此马融对郑玄赞誉有加。此后，郑玄向马融请教学习中的诸多疑惑，“问毕辞归”，要回山东故里。马融深有感慨地对弟子们说：“郑生今去，吾道东矣！”

郑玄回乡后，就开设讲筵，一边耕田种菜，一边著书立说。《后汉书》载郑玄“客耕东莱，聚徒授课，弟子达数千人”。由于郑玄学问大，但是家贫又不离耕种，所以他家的耕牛时间久了，都浸染文墨，角触墙壁能成字形。后人称之“郑玄牛”。白居易还写诗说道：“郑牛识字吾常叹，丁鹤能歌尔亦知。”（《双鹦鹉》）

郑玄的耕牛能识字，这显然是名士逸趣之类的美谈传说。但是郑玄耕牛的典故，不正是耕读并举背景下产生的趣闻吗？

汉代像郑玄这样开学授徒，却因贫困而与学生一起耕读不辍的还有不少例子。比如孙期，也是一时大儒。相传他性情至孝，在大泽中养猪而侍奉双亲。四方学士从其学者，时常手执经书，在田间垄头追着他请教问题。黄巾起义之时，黄巾军经过孙期的家乡，曾约定“不准侵扰孙先生宅舍”。想想当时的场景，很有画面感，孙期一边赶着猪，一边回答学生问题，果真是真名士自风流！衣轻乘肥在这幅画面前，都黯然失色。古之学者高行，实在令人心生敬意。

自汉至唐，私学之中，因贫不能自给，同弟子一起耕读并举的例子不绝于史。南北朝时期的徐苗自幼家贫，“昼执锄耒，夜则吟诵”，昼耕夜诵，遂为儒宗。后来讲学乡里，和学生一起耕种不辍。徐苗慈爱乡间，“乡邻有死者，便辍耕助营棺椁；门生亡于家，即敛于讲堂”。由于他品行高洁、学问精深，所以“远近咸归其义，师其行焉”。（《晋书·儒林传》）

唐代的熊履素更为典型。据《江西通志·人物志》记载，他“居南昌山三十余年，倾产买书，聚徒讲习，暇则荷锸躬耕，弟子自远而至者，与均衣食”。由于弟子多是平民子弟，所以远道而来的弟子，就和他一起“均衣食”，解决生计问题。

陆九渊是南宋大儒，与朱熹理学主张刚好相反，提倡“宇宙即吾心，吾心即宇宙”的心学。他有一首《读书诗》，谆谆告诫学子读书应注意的地方：

读书切戒在慌忙，涵泳工夫兴味长。
未晓不妨权放过，切身须要急思量。

陆九渊《读书》

诗中讲，读书最忌慌忙紧张，应该仔细涵泳慢慢品悟。不懂的地方可以暂时放过，但是对那些重要的问题，最好马上解决。

陆九渊秉承了儒家学者最大的特点——一颗热衷于教育的心，并且讲习授教，乐此不疲。观其一生，他都在传播和弘扬儒学，终生讲学不辍：

讲习岂无乐，钻磨未有涯。
书非贵口诵，学必到心斋。

《初夏侍长上郊行分韵得偕字》

讲习对他来说是快乐的。唐末五代，精舍、书院逐渐兴起，学者开始大规模兴办私学。因陆九渊的弟子众多，他十分想建立一个大规模的场所，以供更多的人专门学习。南宋淳熙十四年（1187），陆九渊的象山精舍（即后来的象山书院）在江西贵溪应天山建成。象山精舍，可谓心学的发源地。和设在家中的讲筵相比，书院利于更多的求学者学习。但是，兴建一所书院，需要巨大的经济支持。

陆家从唐末避乱迁居江西，买地置业，是当地大族。但是到陆九渊时，已经处于衰落期。为了筹办象山精舍，陆九渊不得不把妻子的一些嫁妆变卖。他和弟子们开山造田、聚粮筑室，终于拓展了陆派学术与讲学基地。

陆九渊比朱熹小七岁，时常有书信来往，辩论学术问题。淳熙二年（1175），朱熹、吕祖谦、陆九渊和陆九龄等人，在鹅湖书院进行大辩论、大会讲，一连三日，名动天下士林，史称“鹅湖之会”。双方并没有因为观点不同而进行人格攻击，都能就学论学，并依旧互相钦佩学识、人品，成为至交好友。“鹅湖之会”遂成为讲学、思想交流的代称。清代诗人查慎行在《淳如招游莲花洞》其四中写道：“指点鹅湖榛莽路，讲堂片席待重开。”

几年后，陆九渊到江西南康访朱熹，朱熹亲率门人迎接，并邀请陆九渊到白鹿洞书院讲学。消息传出，听者蜂至，陆九渊讲了三天，当他讲到《论语》中的“君子喻于义，小人喻于利”一题之时，来听的学子大为感动，乃至有人当场泪流满面。朱熹再三感叹“熹在此不曾说到这里，负愧何言”，并向众人说“熹当与诸生共守，以无忘陆先生之训”。

朱、陆之交，是后世学者交往的典范，他们没有因为观点分歧而成为仇人，反倒能汲取对方思想，反躬自省，真正做到“不以言而弃其人”。后人

白鹿洞书院

陆九渊像

感念其交情，往往把他二人供于一处祠堂。清代进士沈复昆在拜谒崇正书院时，写下一首诗：

朱陆由来本一宗，强分同异来为通。
象山天阔空无际，鹿洞泉深出不穷。
了悟何如子静澈，修明应让元晦功。

至今遗像坐崇正，万世流风孰继踪。

《谒崇正书院拜朱陆祠》

子静、象山即陆九渊，元晦即朱熹，这首诗就是对两位儒家大学者同祀一堂的描写。

老师开设私学需要农耕做经济支撑，学生更是如此。私学子弟负米求学，到老师家中跟着一起耕种干活的、开垦荒地的、耕种书院公田的，比比皆是。

即便在国家拨款的公学中，贫困学生也需要仰仗耕种或者做佣工，半工半读完成学业。西汉学者倪宽，幼年时家境贫寒，无力供读，做佣工时，每当下地劳动，总是把“五经”挂在锄钩上，在干活休息间隙拿来诵读，于是“带经而锄”的故事广为流传。后来他在太学学习，投到经学博士孔安国门下研究经学，但依旧贫困，靠给学生们做饭维持生活。还有凿壁偷光的匡衡、求学穷困为人舂米的公沙穆，都是靠勤工俭学完成学业的。

所以，对古代的寒门士子而言，有田可耕、有地能种，实在算是万幸。

耕读并举的原因有很多。学者在教育中提倡耕作，也并不都是因为经济和生活压力的问题。

庄子曾说：“道在屎溺。”溺，就是尿。在庄子看来，道存在于万事万物之中，所以用极端的语言表达了这种看法。

其实，道藏于万事万物之中是古人的普遍观点，庄子是表述得最直接的一位。还有《周易·系辞》说“百姓日用而不知”，北宋二程说“万物皆只是一个天理”，以及宋儒借周易表达的“乾道变化与理一分殊”，都是认为有一个根本的规律隐藏在万事万物之中，通过对事物的观察分析，就可以把握其背后那个神秘的“道”。

学习的目的，也是把握那个大规律，即明理。既然道能在屎尿之中，毋庸置疑，也能在农事上。既然道能在农事上，那为什么不能在日常生活的耕作中随时教育学生呢？所以，很多学者就借助农事来让学生明白道理，甚至直接让学生在农业劳作中，随时体悟规律，印证书本所学。

王阳明在龙场悟道之后，逐渐完善其学说体系。总体而言，王阳明的思想和陆九渊的比较接近，和朱熹的理学呈全然对立之势。

心学认为，大家和圣人一样，都有一个至善的良知。所不同的是，圣人的良知是纯然干净的，而凡夫的良知，却被人的私欲遮蔽了，于是就有了天壤之别。圣人行事光明正大，而凡夫则在私欲的支配下，做出各种蠢事。人们学习也罢，读书也罢，修炼也罢，都是为了去除私欲，彰显良知，最后就会达到圣人的境界。那么，具体怎么去除私欲呢？首先，你得相信自己有良知；其次，在生活中顺着良知的抉择，为善去恶，慢慢地，良知就全然体现了——这个过程就叫“致良知”。

王阳明在临终前，用一首小诗，简明扼要地总结了心学的核心内容：

无善无恶心之体，有善有恶意之动。

知善知恶是良知，为善去恶是格物。

《知行录》

大意是说，心的本体是没有善恶的，善恶是人意念发动以后做出的区分。能具体判断何为善、何为恶的，就是良知。那么《大学》中所说“格物致知”的格物，关键不是死看书本之类，而是不断去实践为善去恶的过程。

王阳明的认知，使他一反宋儒正襟危坐的形象，而变得活泼自然、非常亲民。他教育方法灵活多变，并不特别强调知识的必要性，而是让人们根据良知去判断善恶，然后实践为善去恶。由于王学没有知识门槛的障碍，看起来又简单易行，所以底层很多不识字的人都成为心学的信仰者——上文提到的颜山农，就是一个典型例子。

但是稍微细心的朋友就会发现，心学理想非常好，但是具体做起来，却是没有办法真正实践的，为什么呢？

因为具体为善去恶的时候，善恶的标准是不确定的。按照心学的说法，用良知去抉择善恶就可以了，但是普通人的良知是被蒙蔽的，这时候帮助我们做抉择的，恐怕更多是个人喜好，是私欲。

据《传习录》记载，王阳明的得意弟子薛侃就在这个问题上迷茫了。王阳明教学，常常和弟子们一起在农田劳作。于是，他借薛侃养花除草之事，讲了一番道理：

天地生意，花草一般。何曾有善恶之分？子欲观花，即以花为善，

王阳明像

以草为恶。如欲用草时，复以草为善矣。……草有妨碍，理亦宜去，去之而已。

王阳明说，花草本来没有善恶，但是人需要赏花的时候，花就是善的，草就是恶的；需要草的时候，草就是善的，花就是恶的。所以，为善去恶，即认为草是恶的时候，就理所当然地拔掉它！

既然没有善恶属性的草，对我们有了妨碍的时候，都“理亦宜去，去之而已”，那么生活中的其他人和事呢？是不是有了“妨碍”的时候，也该

“去之而已”呢？顺着心学的逻辑，很容易就会有这样的推导。

可以看出，在心学语境下，善恶的标准极具不稳定性，最后往往变成以“对自己有用与否”来衡量。所以王阳明的心学很容易导致功利主义，很容易被庸俗化。本来是“为善去恶”的劝诫，实际却成为做各种恶事的借口了。

尽管心学受时代局限，有理论上的缺陷性。但是在当时确实有纠偏补正的作用，并且使得儒学下移，使底层很多农民也获得了教育机会。王阳明有教无类，耕种劳作，是他和弟子们的正常生活方式。

明朝末年的吴与弼，更是把耕读结合视为教育的必要手段。

吴与弼是江西崇仁县人，他出生在一个儒学世家。其高祖吴景南擅长诗赋，元代理学大儒吴澄曾为其诗集作序。曾祖吴审，“博学，诗藻清丽”。父亲吴溥，官至国子监司业，著有《古崖集》。吴与弼也非常聪慧，对文学、星算、医卜、律历都有研究。后来，他在其父任所见到朱熹编的《伊洛渊源录》，一读之下，大快其心，感觉找到了人生目标，自谓“睹道统一脉之传”，决心潜心于儒家经典，以讲授理学，传播程朱哲学思想为己任，接起理学道统一脉。

从此，吴与弼一切以儒家的礼仪规范为准。他朴素大方，行为端庄，对不义之举，一概不为，对不义之财，一概不取，因此四方求学者络绎不绝，他也都谆谆教诲，甚至招待学生食宿。中年以后，家境日贫，他就亲自下田耕作，自食其力。常年的儒学修养，使得他始终达观通透，即便穷困，他依旧积极向学。也正因为有如此性格和修养，他才能写出带有儒学气象的诗来：

灵台清晓玉无瑕，独立东风玩物华。

春气夜来深几许，小桃又放两三花。

《晓立》

诗中不失田园雅趣，同时更多地透着积极的人生态度。吴与弼教授学生，直接体现着“道在农具”“道贯一切”的思想。耕田、锄地、起居、饮食，都是他教育的契机和载体。他曾在亭子里看别人收菜，结果“卧久，见静中意思，此涵养工夫也”。所以他总结道：“无时无处不是工夫。”

黄宗羲《明儒学案·崇仁学案》记载：

（吴与弼）雨中被蓑笠，负耒耜，与诸生并耕，谈乾坤及坎离艮震兑巽于所耕之耒耜可见。

吴与弼和学生们一起耕地的时候，给学生讲《周易》，谈及八卦，认为耕地的耒耜，都在八卦的意象之中。田间垄头，成了生动的课堂，耕田的过程，在吴与弼的指点下，也成了悟道学习的过程。这样可谓真正“耕读并举”“耕读相融”了。

吴与弼影响了无数人。他的学生们也都受其影响，重农重学，以讲学授业为己任。陈献章，人称“白沙先生”，这个广东唯一一位从祀孔庙的明代大儒，就是吴与弼的学生。

当年陈白沙刚到吴与弼门下，还没有适应老师的教育方式。天刚亮一点，吴与弼就起身“手自簸谷”，即抖动簸箕，分出谷壳和谷子，这简直就是一个勤劳的老农民！结果，陈白沙年轻瞌睡多，还没有起来，吴与弼就去叫学生起床，略带责备地大声说道：“秀才，你这么懒惰，以后学业怎么进步，怎么跟得上先贤的脚步啊？！”农事劳作，无一不被吴与弼当作教育的内容和契机，从艰辛耕种中提醒学生学习要精进，以磨炼学生的毅力。

陈白沙在这样的环境中学习，进步很快。但是吴与弼对《周易》的解释，让他不够满意。所以第二年他辞别老师，回归江门白沙村，建筑了一间颇具规模的书舍，题名“春阳台”。从此，陈白沙一心隐居，专心读书，足不出户。

十年后，即明成化元年（1465），陈白沙开始在春阳台设馆教学。消息传开，远近生徒慕名而来，其门如市。陈白沙后来被举荐征召，他被迫到京。很快又以赡养老母为由辞职回乡，继续开馆授徒。他授徒的方式，也和贤师吴与弼一样，除了坐在书斋学习外，耕种田间也是重要的内容。

陈白沙精通书法、绘画，并且文学成就粲然可观。他的诗清雅雄健、浅中寓理、朴实无华，正如其做学问的态度。他的诗对后人影响深远，清初学者孙奇逢就有“携得白沙诗几首，几回卧起几回吟”（《客榻》）的句子。

陈白沙在著名的《咏江门墟》中，用十分浅显近白的语言，把日常半耕半读的生活写得淋漓尽致：

二五八日江门墟，既买锄头又买书。

田可耕矣书可读，半为农者半为儒。

“半为农者半为儒”一句名满天下，可视为对中国古代所有耕读子弟身份的最准确阐释。

七

还有一些儒家学者，更重视田间耕作，他们甚至认为耕种是儒士生活必不可少的一部分。如果没有耕种做补充，儒士从身体到人格，简直是不完整的！

先秦诸子，都出自官学。儒家本于傧相礼仪之官。孔子“克己复礼”的目的，是恢复礼制、改变春秋当时礼崩乐坏的乱象。所以从一开始，儒家着眼的就是治国安邦的大事，对耕田种地，确实不甚上心。孔子说“君子谋道不谋食。耕也，馁在其中矣；学也，禄在其中矣”，所以孔子才会被同时代的隐士“荷蓧丈人”讽刺为“四体不勤，五谷不分”。

战国时期的农家学派学者许行，主张“贤者与民并耕而食”，但是他和孟子互相批判。孟子的观点与许行的截然相反，他主张劳心、劳力应分开，各司其职，“劳心者治人，劳力者治于人”。

因为有这样的思想传统，后世的儒家学者一直以治平为己任，读书为正业，耕作劳动多半是因生活逼迫的无奈之举而已。一旦青云直上，很少再回头耕田种地。

宋代以后，耕读成为社会的普遍状态，儒生对耕种以最大的善意来接受，但还是更以读书为荣，耕作只是读书的辅助手段。多数人心中还是有“万般皆下品，唯有读书高”的情结。吴承恩曾经有一首小诗：

家人笑相语，节序君知不？
明日是春分，今朝好栽藕。

《种藕》

这首诗写得非常亲切可人，描写的是吴承恩自己的生活。吴承恩出身于标准的耕读人家，但就是这么典型的耕读人家，也是家人耕种供他读书。诗中写的是家里人笑着问他“你知道农事节序吗？现在该种什么了啊？”吴承恩是不知道的，家人也是和他开玩笑，于是告诉他“明天春分啦，今天是栽藕的时节”。

诗中尽管有自嘲之意，但是那股读书人的清高却溢于言表。不懂农事、只会读书在吴承恩和家人看来，其实是一种“荣耀”的象征，所以家人才会取笑他不知农节。其实，与其说是取笑，还不如说是羡慕和自豪。

即便如前文说的吴与弼、陈白沙这些非常重视农耕的儒家学者，其实也只是把农事当作读书悟道的助缘而已，耕读耕读，根本还落在一个“读”上。

儒家崇文的同时也轻武。“子不语怪力乱神”，“力”在儒家看来是头脑简单、四肢发达的行为，是不可取的。所以中国有个词，叫“儒将”，是对武将最高的褒奖——形容该武将不仅仅四肢发达，而且修养深厚、风流儒雅。所以，最能表现关羽英勇精神的，不是他力战吕布，也不是斩华雄，更不是水淹七军，而是坐在大帐读《春秋》。

这种观念具体反映在宋明理学上，就是“养静”功夫。宋儒对“静”的状态非常推崇，认为在“静”中可以更好地体悟道理，提倡学者们多让自己“静”下来。所以重农耕的理学家如吴与弼，都在看人收菜的过程中，体悟“养静”功夫。

但是随着明末清初的变革，学者们发现宋儒一味强调守静、悟道，对现实的裨益并不大，经世致用的呼声越来越高。所以，在颜元、孙奇逢这些大儒的教学中，又进一步加重了农耕的意义，将“耕”提到前所未有的高度。

颜元是清初大儒，一生以行医、教学为业。他的儒学思想有个转变的过程。早年崇尚程朱理学，也“好静”，但是三十四岁以后，思想转变，主张恢复尧舜周孔之道，猛烈抨击程朱陆王学说——从原来喜好心性之学，变为崇尚务实的致用之学。

他思想转变的原因有很多。明清易代，宋儒的心性之学貌似并不能救亡图存，时代大背景的影响肯定是原因之一。其次，恐怕和他自身经历有很大关系。颜元的启蒙老师吴持明和青年时期的老师贾珍，都是具有务实思想的儒家学者。吴持明还是个杂家，骑马射箭、刀枪棍棒都很在行，并且精通术数、兵法、医术，这对颜元的影响是很深的。据说颜元本身也武艺高强，他在五十七岁时，还和商水大侠李子青比武，轻松得胜——“数合，中子青腕”。

高超的武艺加上儒家思想的熏陶，使他身上有一种豪迈之气。他写过一首《题荆轲山》：

峰顶浮屠挂晓晴，当年匕首入强秦。
燕图未染秦王血，山色于今尚不平。

托古言志是诗人惯用的手段。这首诗歌咏刺秦的荆轲，想想颜元所处的时代，尤其“山色于今尚不平”一句，诗中之意不言自明。

颜元一反宋儒对静坐养气功夫的重视，强调读书实践，他称之为“习行”，“习”就是实践的意思。他一生不离实践、不离耕种，并教育弟子说：

诗书六艺非徒列讲听，要唯一讲即教习，习至难处来问，方再与讲。讲之功有限，习之功无已。

《存学篇》卷一

本着经世致用的想法，他的教学内容涉猎宽泛，不仅仅有“四书五经”，还把农耕、武术、兵法、钱粮、手工工艺等，全部纳入教学体系。他的学生，既有能工巧匠，也有“耕田博士”。

还有清初大儒孙奇逢，更把耕种放在了突出的位置。他“亲率弟子躬耕，四方来学者，亦授田使耕，所居成聚”。

孙奇逢为何把耕种劳作看得如此之重呢？

当然，首先还是缘于他“以体认天理为要，以日用伦常为实际”的思想。因为儒生读书的目的是明理，是体认天理，但是体认到了之后呢？自然要落实到日用伦常的实处。所以耕田既是“明道”的载体，又是“行道”的内容。他在《示诸子》诗中写道：

学问要从躬上得，文辞璀璨总浮尘。
年来疏漏堪怜我，老去空谈恐误人。

这首诗道出了他学术思想的核心。诗中说学问要从实践中体悟，华丽的辞藻是浮尘，没什么意思，而宋儒的空谈阔论，简直就是误人。

这一点和颜元的认知是类似的。

从孙奇逢的诗中，还能看出陶渊明诗歌的痕迹。比如《春闲》：

四邻无一并，茅屋绝尘氛。
霁色狎黄鸟，恬心坐白云。
一区供学圃，半榻足论文。
日夕看儿读，春光静里分。

“霁色狎黄鸟，恬心坐白云”，恍惚感觉到这是不问世事的隐士之句。但孙奇逢显然不是隐士，他连儒家的隐士都不是。他有很多诗都是在歌咏乡村“日夕看儿读，春光静里分”的悠闲生活。他并不是要学生都去退隐不仕，只是他意识到一个非常严重的问题——科举制给所有读书人以做官的机会，同时，权力对读书人的腐蚀也就开始了。那么，借助恬淡宁静的耕读生活，或许能唤起学生的一些良知，使他们不要那么快被权力腐蚀。

所以，无论是“北宋五子”，还是朱熹、陆九渊，抑或是王阳明，他们对山野林泉的向往一直没有改变。

在通过山林田野来唤起良知、阻止权力腐蚀这一点上，孙奇逢和宋明先辈的想法恐怕都是一样的。

所以，孙奇逢不断劝孩子说：

家学渊源二百年，不谈老氏不谈禅。
为贫何似为农好，富贵苟求终祸缘。

《示子孙》其一

权力腐蚀必然带来人生起伏，祸患也就近在眼前了。比起荣华富贵来，孙奇逢更希望儿孙健康平安、幸福快乐一辈子。所以他一方面秉持儒门家风，拒绝老庄，另一方面又不断告诫儿孙，好好务农、读书，也不一定要追求富贵功名，做个耕读人家的子弟，过小康安乐的生活，就已经很满足了。他在《村居》中直接表达了这个想法：“卧听儿子读《周易》，何必羊裘伴帝眠。”

孙奇逢发前人所未发的是，他意识到以往儒生身体羸弱，源自清高懒惰，而生命在于运动，最直接的运动，不就是躬耕田亩吗？所以，对读书人而言，适当躬耕，还有养生延年的作用啊！

老来最恐心多事，事不烦心身不伤。

会得户枢流水意，习劳却是摄生方。

《习劳》

耕读并举生活的所有好处，到孙奇逢这里算是说得差不多了，后世再说，都不出前人藩篱。孙奇逢弟子众多，遍及北方，和南方的黄宗羲并称“孙黄”。他对耕读生活的推崇、对弟子晚辈的劝诫，其拳拳之心、殷殷之情，正是中国千万个儒家学者的典型。

从“蓝田四吕”到“北宋五子”，从程朱陆王到清初诸儒，所有儒生都相信：借助耕读生活，通过努力教育，就这样一代一代把儒家精神传下去，总有一天，可以达成他们心中所想，真正实现美好的大同社会。

天下良图读与耕，子子孙孙永宝用

家训中的劝勉

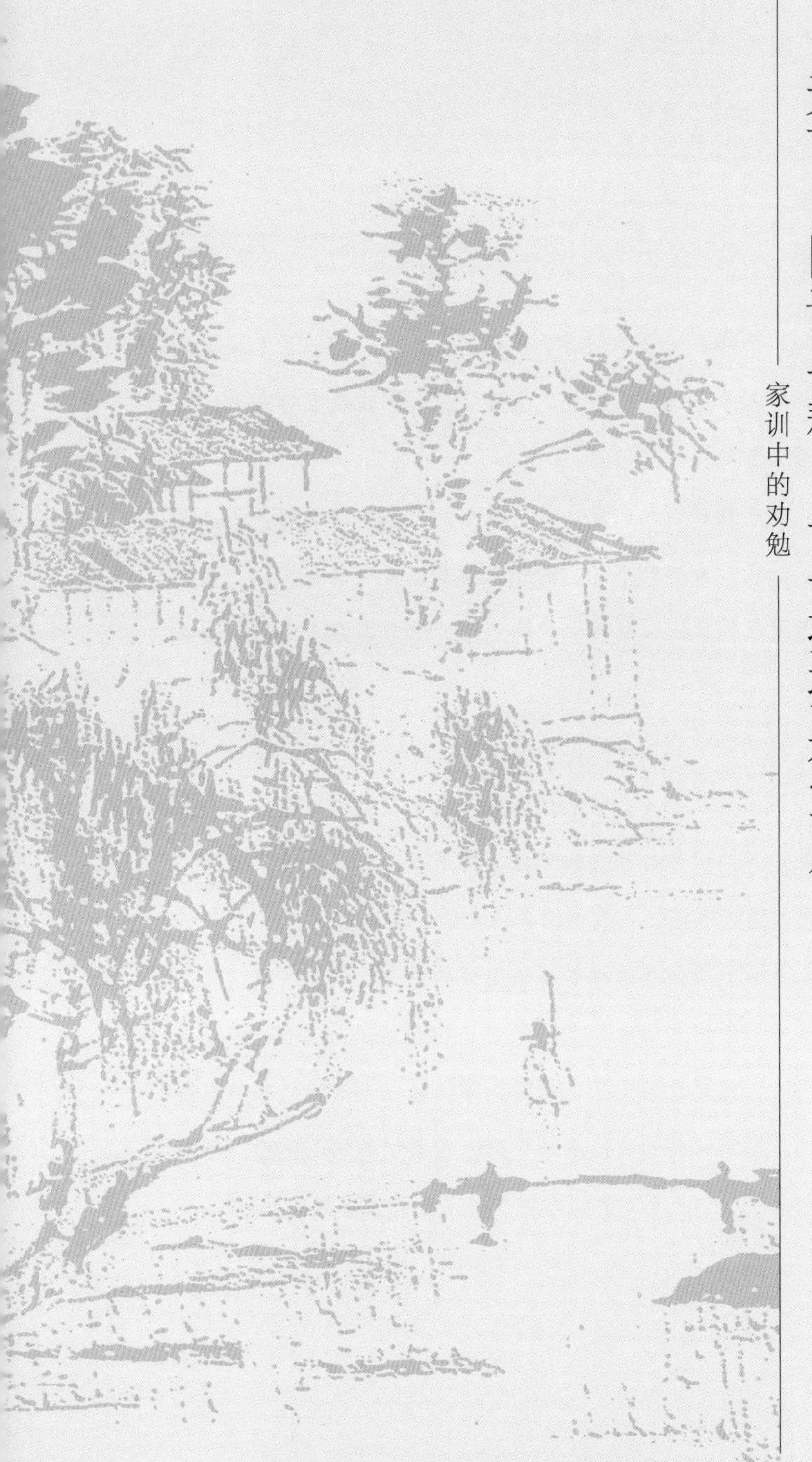

以血缘、地邻为纽带，以家庭为单位，组成了中国古代社会的基本形态——宗族。儒家文化和宗法制互为表里，延续两千多年。

儒士组建乡约制度，作为基层的自治机构管理乡民；用办学兴教，来提升年轻人的礼仪素养、传承儒家文化。而对家族风气的养成、家族地位的延续，则更多依靠家训、治家格言。

家训是文化传承的重要手段之一。

在农业社会中，耕读是保障一个家族得以延续的根本条件之一。故而林林总总的家训、诫子书、族规、治家格言，都通过谆谆教诫，一再强调孝悌仁爱、不废耕读。

周代，青铜器往往是家族荣誉的象征，铭文一般记载造该器物的原因和作者，最后不忘一句套话——“子子孙孙永宝用”，就是说希望子孙永远把该铜器作为家族的珍宝流传下去。套用这句铭文，总结中国古代家训的核心思想，那就一句话——“天下良图读与耕，子子孙孙永宝用”。

一

人生在世，惟读书、耕田二事是极要紧者。盖书能读得透彻，则理明于心，做事自不冒昧矣。用力田亩，则养赡有赖。俯仰无虑……若不读书，何以立身、行道、显亲、扬名？若不耕田，何以仰事父母？何以俯畜妻子？唐人诗云："天下良图读与耕。"要知一切事，总不如此二字之高贵安稳也。

这段话，是清代医学家石成金的名言，出自其名著《传家宝》，也是全书的总纲。石成金借用中国人口头常说的"传家宝"三字做书名，就是想告诉读者，"金银传家"不如"耕读传家"——真正的"传家宝"不是别的，正是把耕读并举的生活理念传给子孙。

寥寥数语，就道尽了"耕读"对一个人、对一个家族的好处：

首先，石成金强调"读"——读书可以让人明理。

其次，就说"耕"的重要性——是物质生活的依赖。

接着，强调在衣食无忧的情况下，一定要读书——读书是立身行道、显亲扬名的唯一途径。

然后又落在"耕"上，进一步说明耕田可以赡养父母、俯畜家庭。

最后借用唐人句子"天下良图读与耕"，说明人生在世，没有什么事能比耕读更好了。

石成金所说的，是绝大多数古人所想。他们赞美耕读生活的原因，几乎都在以上几条之中。所以，耕读并举就必不可免地成为中国古人的传家之宝，被写入各种家规、家训、治家格言中，传给后世子子孙孙。

古人之所以如此重视家训、家规，是因为中国古代是宗法社会，宗族、家庭是组成社会的基本单位。人在社会中，首先是作为家族的一员出现的（完全独立意义的个人，在中国古代并不存在）。我们无法想象一个没有家族依托的人，在古代会是什么样的生活状态。

所以，一个人的价值，首先呈现在家族之中，家族的兴衰也直接关系着他的命运。

于是长期以来，古人奋斗的首要目的，乃是光宗耀祖、光耀门楣、泽被后世，使家族兴旺发达。其次，则是治平天下。最后，也是最高境界，才是“独与天地相往来”的精神超越。

在这种情况下，治理好家族就显得非常必要。

家训就像法律之于国家一样，是家族治理的主要依据。龚自珍对此说得很清晰：

> **家训，如王者之有条教号令之意；家训，以训子孙之贤而智者。**
>
> 《〈怀宁王氏族谱〉序》

家训，应该是汉以后，随着儒家文化的流行、士族家族的兴起而一同出现的。如班昭的《女诫》、诸葛亮的《诫子书》等，都是对晚辈的劝勉诫训，算是家训的雏形。诸葛亮《诫子书》中的两句，“静以修身，俭以养德。非淡泊无以明志，非宁静无以致远”，至今仍时常被人挂在嘴边。

这主要是对后辈道德行为的要求。但是也确实说到了核心——“宁静”“简朴”。宁静用来明理，是学习读书的前提；简朴是后世农家最崇尚的美德。尽管诸葛亮没有直接说明耕读，不过耕读的文化内涵已经囊括其中了。

影响最大且被称作第一部完整家训的，是北齐颜之推的《颜氏家训》。《颜氏家训》可谓第一个明确提出耕读传家理想并实施此理想蓝图的家训。颜之推在《颜氏家训》中记录自己家族的渊源时说道：“颜氏之先，本乎邹、鲁，或分入齐，世以儒雅为业，遍在书记。”

可见他们家族诞生在儒家文化兴盛的齐鲁大地，世代儒雅衣冠，但是，这样的文化世族，却明确告诫子孙要“当稼穑而食，桑麻以衣”。这在士族势力正兴盛的南北朝，实属难得。

不过，《颜氏家训》虽名为“家训”，内容却非常庞杂，涉及方方面面，真正算得上家训的，仅是其中《教子》《治家》《勉学》等篇。不过，由于他第一次明确地把耕读结合的理念写入了家训，所讲的其他道理也都很朴实，因而被后人倾力推崇。

经常和《颜氏家训》并称的是以柳公权、柳公绰为代表的柳氏家族的《柳氏家训》。唐代诗歌兴盛，所以许多家训以诗歌的形式呈现出来。两宋以后，家训开始流行。最著名的当属朱熹的《朱子家训》和陆游的《放翁家训》。

《放翁家训》谈及教育后代的理由，概括得非常精辟：

后生才锐者，最易坏……切须常加简束，令熟读经、子，训以宽厚恭谨，勿令与浮薄者游处。如此十许年，志趣自成。不然，其可虑之事，盖非一端。

意思是说，小辈中聪颖而不内敛的人，最容易变坏。家中出了这样的孩子，做长辈的一定要严加约束和管教，要求他们熟读经史子集，教导他们明白宽容、厚道、恭敬、谨慎等做人的道理，不允许他们跟不三不四的人交往。这样坚持做十多年，他们高雅的志趣就会自然养成。否则，令人忧烦的事情可就不是一两件了。陆游的家训诗也非常多，据统计有两百多首，根本宗旨就是教诫子孙“熟读经史，明理做人”。其中陆游有一首写给儿子的家训诗，极具知名度：

古人学问无遗力，少壮工夫老始成。
纸上得来终觉浅，绝知此事要躬行。

《冬夜读书示子聿》

明清以后，家训已经多至泛滥，大多互相抄袭，内容也都大同小异，算得上上乘之作的也就是《曾国藩家书》等为数不多的几部了。

二

所谓“上行下效”“以文化之”，儒家文化明显把“教化”与“被教化”分成两个阶层。普通人家更多是“被教化”，他们是没有能力写出家训流传后世的。但凡有家训流传后世的，至少是某区域范围的名门大族，并且祖上一定有过读书人。

所以看历代家训文献，尽管大多倡导“耕读并举”，但是最推崇的还是读书。比如对农耕生活非常喜爱的陆游，就劝儿子说：“汝但从师勤学问，不须念我叱牛声”——儿子你就好好读书吧，吆牛耕地的事儿，你就别管了。

欧阳修的《诲学说》，也是劝勉读书中的名篇：

> “玉不琢，不成器；人不学，不知道。”然玉之为物，有不变之常德，虽不琢以为器，而犹不害为玉也。人之性，因物则迁，不学，则舍君子而为小人，可不念哉？

《颜氏家训·勉学》更是把读书作为所有人必须要做的一件事。其开篇就说：“自古明王圣帝，犹须勤学，况凡庶乎！”

从古至今，就连圣明的帝王都要读书，更不要说一般老百姓了。而为什么要读书呢？“夫所以读书学问，本欲开心明目，利于行耳。”（《颜氏家训·勉学》）

在颜之推看来，读书可以“开心明目”，让人变得聪明有智慧，利于生活行动，这是绝大多数人的共识。

颜之推的《颜氏家训》对后世影响较大，其后人遵循祖训、勤勉耕读，使得颜家兴旺发达，颜氏一门人才众多。初唐儒学宗师、历史学家颜师古，就是颜之推的孙子。颜师古博览群书，审订儒家经典，尤其对《汉书》的音、义注解，深为后人所重。

颜家还出了一个在中国几乎妇孺皆知的大学者——颜真卿。颜真卿是颜之推的六世孙，我国书法艺术的集大成者，被誉为王羲之之后最伟大的书法家。颜真卿忠勇刚毅，富有人格魅力。安史之乱爆发后，他和堂兄颜杲卿联兵抵抗。颜杲卿和其子均被乱军残杀，消息传来，颜真卿悲不能已，就以这件事为背景写了《祭侄文稿》。

后来，淮西节度使李希烈看到群雄并起，也有了反唐称雄之意。建中四年（783），李希烈攻陷汝州，权臣卢杞与颜真卿不合，就趁机上奏德宗："颜真卿名重朝野，如果派他去抚慰李希烈，可以平乱。"年已七十七岁高龄的颜真卿毫不畏惧，身犯险境，劝李希烈服罪投降。李希烈敬重颜真卿，将其暂时关押。李希烈打算称帝，认为凭借颜真卿的威望，如果能顺而为相，则大事可成。颜真卿大骂道："我年近八十！官至太师！坚守气节，死而后已！岂能被你们所胁迫？！"于是不屈而亡。

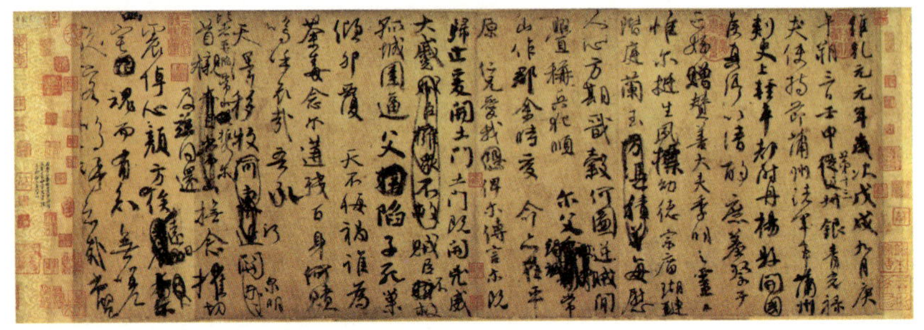

《祭侄文稿》

〔清〕陆恢 《鲁公写经图》

他气魄如此，已然睥睨古今，加之勤学苦练，其书法用笔高古，直通篆籀。颜真卿楷书雄浑大气，雍容不迫，《多宝塔碑》《夫子庙堂碑》《麻姑仙坛记》是其代表作，世称“颜体”，后人学唐楷者，莫不宗之。他的行书更是绝妙千古，《祭侄文稿》和王羲之的《兰亭集序》并列，被元代书法家鲜于枢评为“天下第二行书”。苏东坡称赞颜真卿的书法道：

鲁公书雄秀独出，一变古法，如杜子美诗，格力天纵，奄有汉魏晋宋以来风流，后之作者，殆难复措手。

颜真卿秉承家学，遵从祖训，和颜之推一样，对读书也发表过不少独特的见解。他有首劝勉子孙读书的家训诗，几乎家喻户晓：

三更灯火五更鸡，正是男儿读书时。
黑发不知勤学早，白首方悔读书迟。

《劝学诗》

珍惜时间、奋发读书是此诗所要表达的内容。

还有一首《嘲小儿》，唐代诗人卢肇用轻快的语言写道：

贪生只爱眼前珍，不觉风光度岁频。
昨日见来骑竹马，今朝早是有年人。

说小孩子天生只爱眼前好玩的东西，但是这样玩着玩着，时光一天一月就过去了。昨天还是玩骑竹马游戏的孩子，一晃之间，就是年岁不小的大人了。

这首诗和《劝学诗》一样，都是寄言儿孙要懂得时不我待、日月如梭的道理，要好好珍惜光阴，早立志向，不要浪费大好时光。

直至现在，这两首诗，都经常被人们拿来作为鼓励小孩子惜时勤学的名言警句。

汉朝罢黜百家，独尊儒术，儒生成为知识分子的代名词。隋唐科举取士，成为寒门子弟摆脱困境、进入上层统治阶层的捷径，读书的实际意义更为明显。所以，自隋唐以后，“努力读书”“读书致富”成了全社会的共识。

隋唐之间，有一位白话诗僧王梵志，写了很多劝勉世人的诗。他的名字现在知道的人并不多，但在当时颇有影响。据胡适等人考证，他生于殷实之家，小时候家中还有奴婢使唤，生活悠闲充裕，自然有条件读诗书。但是隋末战乱使其家道中落，据说仅有薄田十亩。唐初繁重的赋税和天灾，则进一步使他家产破败。他虽有五男二女，却都不孝顺，百般无奈之下，只好半百出家。从此行脚化斋，四处流浪。

缘于悲惨遭遇和乞僧生涯，他创作了很多通俗易懂的白话诗，随着他的脚步四处传播。这些诗大多劝人向善，杂有浅显的佛理，艺术性一般，但通俗性较强，所以在当时流传天下，以至很多百姓张口就能背出他的诗来劝诫乡邻子孙：

黄金未是宝，学问胜珠珍。
丈夫无伎艺，虚活一世人。

《黄金未是宝》

和读书做学问比起来，黄金珍珠都不算宝贝。人一生如果没有一技之长，基本上就算枉活一世人了。

还有：

养子莫徒使，先教勤读书。
一朝乘驷马，还得似相如。

《养子莫徒使》

这是劝诫家长应该重视孩子的读书教育。王梵志的诗都没有标题，可能是化缘时随口吟唱的缘故，现在所见的标题皆为后人所加。他的诗诙谐风趣、通俗易懂，在初唐年间对百姓影响很大。

唐人强调读书的重要性和知识的价值，其出发点是想改变庸庸碌碌、一事无成的过去。学子们欢欣鼓舞之际，都想通过读书，参加科举，登科及第，光耀门楣，改变困苦的现状。

科举政策使得唐人读书的热情空前高涨，所以我们看到唐代有很多“神童”。比如李白是“五岁诵六甲，十岁观百家”（《上安州裴长史书》）；杜甫也是早慧，“七龄思即壮，开口咏凤凰”（《壮游》）；白居易九岁已能够“谙识声韵”（《与元九书》），他的“离离原上草，一岁一枯荣。野火烧不尽，春风吹又生”（《赋得古原草送别》）写于十六岁；王勃六岁善文辞，十岁能作赋，二十六岁就写下了名扬天下的《滕王阁序》，这和其家中积极劝学的传统有很大关系。

《滕王阁序》按照文体而言，属于骈文。“骈”原指并列的两匹马。骈文，以偶句为主，尚比兴、铺陈，讲究对仗工整和声律铿锵。因为骈文常用四字、六字句，所以也称“四六文”。在今天看来，其文学性很强，但是在唐初却是通行公用的文体，所以也被人们称为“时文”。

骈文过分强调形式，必然会影响内容的表达，所以在唐中期就有一场提倡“古文”的风潮。领军人物是韩愈、柳宗元，他们所说的古文，其实就是文言散文。

这样的文学理念用在诗歌创作上，就表现为反对辞藻典故，崇尚直白易懂的语言。因而韩愈所写的家训诗《符读书城南》，也别有一番特色：

> 木之就规矩，在梓匠轮舆。人之能为人，由腹有诗书。诗书勤乃有，不勤腹空虚。欲知学之力，贤愚同一初。由其不能学，所入遂异闾。两家各生子，提孩巧相如。少长聚嬉戏，不殊同队鱼。年至十二三，头角稍相疏。二十渐乖张，清沟映污渠。三十骨骼成，乃一龙一猪。飞黄腾踏去，不能顾蟾蜍。一为马前卒，鞭背生虫蛆。一为公与相，潭潭府中居。问之何因尔，学与不学欤。

题中的“符”，指的是韩愈的儿子韩符；“城南”，是韩愈在长安城南的宅子。韩愈去世后，韩符一直住在这里，所以后人把这个宅子叫“韩符庄”。

这首诗属于家训、诫子书一类，是韩愈对儿子勤奋读书的劝勉。韩愈提倡古文，所以这首诗也写得直白易懂。中国古诗，往往适合表情达意、写景咏物，不太适合叙事，叙事诗佳作也不多见。但是韩愈用诗的形式，亲切地讲述了一个故事，用故事中的道理，告诉韩符读书的重要性。

诗开篇先摆道理——木头能成为有用的器物，必须要有规矩，言下之意，人由着自己的性子成长是不行的，人之所以成为人，就是因为腹内的诗书，而诗书也不是生来就装在肚子里的，必须勤奋学习才能有丰富的知识。每个人生下来差别不大，区别主要看后天的努力程度，就像《三字经》中说的“性相近，习相远”，这是典型的儒家所持有的教育态度。

接下来，韩愈就开始讲故事。他说有两个孩子，小的时候很相似，就像一队鱼群里的游鱼一样。但是到了十二三岁，就开始稍有不同了。到了二十岁的时候，两个人的性情差异完全呈现出来——好像清溪和臭水沟那么明显。三十岁立业之年，已经天壤之别，一龙一猪。一个成为三公宰相，住在深宅大院；另一个却成为马前卒，过着艰苦的日子。两个小时候的玩伴，命运怎么会有这么大的差异呢？大概就是“学”和“不学”的差别了吧！

类似的故事直到今天都有人不断谈起。一家兄弟，只因为学习成绩的好坏，他们后半生的命运就有天壤之别。在科举制度下，读书学习确实是很重要的一条出路。

韩愈像

不过，社会的上升渠道如果只有读书这一种的话，那么读书读得再好，也是没有办法真正掌握自己的命运的——掌握命运的，是掌控上升渠道的那个人。经济独立保障思想独立，当读书人获得社会尊重、经济独立的渠道只剩下做官时，他们也就都成为奴隶了。

在古代，掌控上升渠道的真正人物是皇帝。韩愈勉学勤政、忠心爱国，处处维护儒家伦理和家国利益，自己都成为天下读书人的领袖了，却只是因为得罪了皇帝，就差点命丧荒蛮。

相传韩愈有个侄孙，早年就看淡名利，进山修道。这个侄孙的名气一点也不亚于其叔祖，他就是传说中“八仙”之一、手持玉箫的韩湘子。韩湘子成道归来，劝韩愈弃官隐居，但是韩愈刚上任吏部侍郎，仕途正好，不肯退隐，反而认为韩湘子未能尽孝，坏了人伦。于是，韩湘子留下两句话——“云横秦岭家何在，雪拥蓝关马不前”，翩然而去。莫名其妙的两句话，让当时的韩愈也不明白到底是什么意思。

两年后，元和十四年（819）正月，唐宪宗打算从法门寺迎请佛骨舍利入宫中供奉。韩愈出于儒家排斥佛老的思想传统，写了一篇《谏迎佛骨表》阻止之，指出佞佛对国家无益，并且自东汉以来信佛的皇帝都短命。唐宪宗看后勃然大怒，韩愈几被处死。经裴度等大臣说情，才得贬潮州刺史——等于流放。

韩愈大半生仕宦蹉跎，五十岁才擢升刑部侍郎，不想两年后又遭此难。当时首都在长安，要去远在数千里之外的广东潮州，必须翻越秦岭。韩愈只身一人，心怀悲怆，仓促上路，走到秦岭蓝田关口时，正遇大雪封山。韩愈突然想起韩湘子给他留的两句诗，说的不正是眼前这个景象吗？

于是，他以此为联，增续六句，遂成七律：

一封朝奏九重天，夕贬潮阳路八千。
欲为圣明除弊事，肯将衰朽惜残年。
云横秦岭家何在，雪拥蓝关马不前。
知汝远来应有意，好收吾骨瘴江边。

《左迁至蓝关示侄孙湘》

尽管这个故事是民间传说，但是读书人努力半生，最终成为权力的奴隶这个事实，却是没办法抹杀的。独尊儒术、科举取士，一方面确实保障了文

山南李愿既归盘谷文公闻其言而壮之与之酒
而为之歌曰盘之中唯子之宫盘之上维子之稼盘
之泉可濯可湘盘之阻谁争子所窈而深廓其有
容缭而曲如往如复嗟盘之乐兮乐且无央虎豹远
迹兮蛟龙遁藏鬼神守护兮呵禁不祥饮且食兮
寿而康无不足兮奚所望膏吾车兮秣吾马从子于
盘兮终吾生以徜徉
李愿良器也予如器精万人敌名晟为王故曰盘之中维
子之宫偃星纪十月廿五日八大山人书于在芙山房

〔清〕八大山人（朱耷）行楷书节录韩愈《送李愿归盘谷序》

化延续，让寒族有机会显达，但是，与此同时，也从体制上根除了产生自由思想的土壤。

三

劝读之外，大量的家训就是在劝耕了。

先秦时期，《春秋》记载的社会阶层的排列顺序是“士商农工”[1]；到了司马迁的《史记》，却是“农工商陶”，《史记》里甚至没有给商人列传。

汉初的士，还分为文士（儒士只是其中之一）和武士（游侠），大富豪大商人也很多。但是，游侠容易犯禁，暴力因素很重；商人流动性大，不好管理，并且“无农夫之劳，而享阡陌之实”，对皇帝的经济掌控力构成威胁；诸子好发议论，互相争辩，也不利于权力集中。所以汉武帝一方面打压武士、商人阶层，一方面独尊儒术，禁止其他学说。儒士通过和皇权合作，地位得到空前提高。儒家的重农论，使得统治者一而再，再而三地鼓励农业，所以，农民的社会地位也就高于商人了。故班固在写《汉书》的时候，社会阶层成了“士农工商”，并一直延续到民国。

这样看来，为家族置业最靠谱的行业，还是农耕。自然而然，治家家训中的重要内容，就是劝耕劝桑。

美国社会学家古德在《家庭》一书中指出：“大家庭得以维系的主要原因是其土地和财富能撑得起门面，并能为年轻一代提供较好的机会。”中国古代往往聚族而居，劝耕劝桑，就是要通过家训的形式，维持家族同居共财，不分崩离析，使子

1 《穀梁传·成公元年》载，“古者有四民：有士民，有商民，有农民，有工民”。

孙们安心读书求学，为显达仕宦而努力。所以，贾思勰说“夫治生之道，不士则农”——除了读书做官之外，就是农耕了，因为农耕是家族的必要生存手段。

不仅如此，颜之推在《颜氏家训》中还强调，农耕体验是必需的，是治家为官的基础。如果只读书不了解农业，不参加农业劳动，那么“治官则不了，营家则不办”，所以《颜氏家训》不断地说“当稼穑而食，桑麻以衣”。

高适是唐代著名的边塞诗人。他的诗歌雄浑大气，透着苍凉悲壮，却又始终积极昂扬。由于他有在北疆参军作战的经历，所以常以古之大将军自诩，一展胸中豪气千钧。比如名篇《别董大》，足以见其风采：

千里黄云白日曛，北风吹雁雪纷纷。
莫愁前路无知己，天下谁人不识君。

但是，当直率豪迈的高适作为长辈，劝诫家中晚辈的时候，却又是一副谆谆告诫、循循善诱的样子：

诸生曰万盈，四十乃知名。
宅相予偏重，家丘人莫轻。
美才应自料，苦节岂无成。
莫以山田薄，今春又不耕。

《别从甥万盈》

诗中有两个典故，需要稍微解释下。

一个是“宅相”，指家宅风水。相传晋代魏舒幼年丧父，住在外公宁氏家中。宁氏建造宅院，堪舆学家说这宅子以后能出个显贵的外甥，后来魏舒果然官至司徒。宅相，就成为外甥的代称。

还有“家丘”，是“东家丘”的略称。相传孔子年轻时候，已经博学多识，但是乡亲们并不知道孔子有多厉害。孔子家西边有个粗鄙的邻居，就称孔子为“我东家丘”。家丘，就比喻尚未被人了解赏识的贤达君子。

高适这首诗是写给其名叫万盈的外甥的。说别人都不了解你，但是我知道你将来一定贤达。一方面鼓励外甥应当刻苦学习，另一方面又谆谆告诫，千万别因为薄田的收入少，就不去耕种了。这句话既是写实的劝诫，也是比喻不要因为看不到明显的进步，就放弃学习。

比起高适委婉的劝耕，借劝耕来劝读，白居易给家中子弟的诗，就明显是在赞扬耕种生活，向子侄感慨，踏实务农、逍遥自在比什么都强：

仰摘枝上果，俯折畦中葵。
足以充饥渴，何必慕甘肥。

《新构亭台示诸弟侄》

抬头就可以摘到树上的果子，弯腰就可以采摘地里的蔬菜。惬意的耕种，虽然只是清茶果蔬，但完全可以保障饮食无虑，我们何必去羡慕那丰腴的美味呢？

白居易是官宦子弟，日日“甘肥”美味，所以对田园时蔬倍感亲切——这和今天大城市的居民往往喜欢去郊区采摘一样，图的是新鲜劲儿。不过，至少可以说，当暂避官场、休养于田野农家的时候，白居易对耕种的赞美一定是真诚的。

据考，在北宋时期，中国的户籍制度就把农村居民和城市居民明确分开了。当时，城市户口叫“坊郭户”，农村户口为“乡村户”。农耕主要在田间，但是城市里也不是没有耕作空间。比如天子用来躬耕的籍田、贵族赏玩的园林，还有一些城市居民种菜的菜地。

宋代文献记载，汴京城里有一名老圃名纪生，几十年来靠种菜养活一家三十几口人，临死告诫儿孙们说：“此二十亩地，便是青铜海。”（陶谷《清异录》卷一）

写“红杏枝头春意闹”的宋代著名诗人宋祁，有一首《赐禁中所种稻米》：

中天铜雀长鸣罢，清御滮池告稔初。
刈敛方从弄田出，颁分更自导官馀。
霜茎矗秀纡宸玩，玉粒凝甘剩禁储。
惭愧有年君赐厚，等闲欹枕梦为鱼。

“禁中”就是天子皇宫。宋祁得了禁中所产稻米的赏赐，倍感荣幸而写了这首诗。那么，禁中的田地在哪里呢？

北宋皇室在洛阳有大片观赏园林，比如琼林园、宜春园、金明池、后苑等。这些地方都是皇室禁地，常人不能入内。尤其后苑，是专门赏玩的后花园，百官被邀请来此看花观稼，被视为至高荣誉。禁中的稻米，也多是这几个大花园的田地所产。（徐松《宋会要辑稿·园》）

不过主要的农耕场所，还是在郊区乡下。宋代士人多从原籍考试，挂印退隐之后，也基本是回到自己老家。

陆游一生经历坎坷，宦海沉浮、几遭大难，晚年回到家乡，半耕半读，教育子孙。他深知风俗日坏，官场险恶，所以并不期望子孙们都去为官做宰，以免遭受无妄之灾。在《放翁家训》中，陆游说：

> **风俗方日坏，可忧者非一事，吾幸老且死矣，若使未遽死，亦决不复出仕，惟顾念子孙，不能无老妪态。吾家本农也，复能为农，策之上也。杜门穷经，不应举，不求仕，策之中也。安于小官，不慕荣达，策之下也。舍此三者，则无策矣。**

大意是说，世风日下，我现在年老快辞世了，即便不死也决不再做官，唯一放心不下的就是孩子们，所以不得不像个老太太一样，告诫你们。告诫的内容是什么呢？他给子孙留了“三策”。上策是遵循祖业，继续为农，“自种自收还自足，不知尧舜是吾君”；中策则是重耕重读做学问，坚决不出仕；下策就是做个小官，不求闻达，以保平安。除此之外，再没别的路了——言下之意，不要再想着去做大官、争名夺利了。

这是陆游晚年的心声。他一生写了两百多首家教诗，不断劝勉子孙耕读并举，尤其要重视耕种，“吾家世守农桑业，一挂朝衣即力耕”（《示子孙》其二）。

直到他八十岁时，所写的另一首《示儿》诗，还在叮嘱儿子，永远不能厌弃农耕劳动：

闻义贵能徙，见贤思与齐。
食尝甘脱粟，起不待鸡鸣。
萧索园官菜，酸寒太学齑。
时时语儿子，未用厌锄犁。

首联是互文的修辞手法，合起来大意是：见到或知道一个人很义气很有才能，就要向他学习、看齐。然后就开始劝耕：我们每天三餐能够吃到新鲜甘美的食物，全靠自己每天清晨鸡不叫就起床下地劳动。在冷冷清清的菜园里种植蔬菜，整天和姜、蒜、韭菜之类打交道，这对一个读书人来说，似乎有点太寒酸了。但是，我却不以为然，我还是要语重心长地告诫你们，千万不能厌恶务农这件事啊！

四

中国有“富不过三代”的说法。为什么呢？因为先人富裕，难免骄纵子孙，等先人去世，子孙就坐吃山空，家道难免迅速败落。

随着社会的富足程度越来越高，财富的流动速度也越来越快。所谓“贫富无定势，田宅无定主”（袁采《袁氏世范》卷三）。社会各阶层之间的升降浮沉时时变化，达官显贵倾家荡产的事也屡见不鲜。和治国需要栋梁一样，保持家道兴旺的出路之一，就是培养能把耕读理念传承下去的优秀子弟。耕读文化是儒家宗法社会催生的产物，能从心底认同这个理念并坚决贯彻的人，也必然尊崇儒家道德。

黄庭坚的《家戒》，就借着对话的口吻，把家族兴衰的一般规律做了分析。他说自己四五十年来，曾见到一个大家族，“润屋封君，巨姓豪右，衣冠世族，金珠满堂”，可是没几年那个家族家道开始衰落，“废田不耕，空囤不给”，又过了几年，当时的豪门子孙，已经沦落为底层百姓——“有缧绁于公庭者，有荷担而倦于行路者”。

为什么呢？他问道：“你们当时家业那么鼎盛，怎么衰败得这样快？”

有人就回答：“我家高祖，因为勤耕奋读，得以发迹，家中亲族也友爱孝悌，族人和睦，所以很快就发达了。”但是等到子孙繁衍多了，就：

妯娌众多，内言多忌，人我意殊，礼义消衰，诗书罕闻，人面狼心……以至于危坐孤立，遗害不相维持，此所以速于苦也。

这段回答，基本是一般家族兴衰更迭的直接原因。祖先由勤耕奋读发家，等到子孙一多，就骄奢淫逸，道德沦丧，既不读书，也没有规矩，所以家族很快衰亡了。于是黄庭坚把这个记录下来，告诫子孙，应该把勤耕、奋读、孝悌、朴素等优良品质传下去，这样才能保持家族长久兴旺，不至于几十年就迅速没落。

所以，在历代家训中，除了勉学、劝耕之外，还有一个重要内容，就是基于耕读文化延伸出的儒家伦理，宣讲父慈子孝、兄友弟恭、勤俭节约、忠君爱国的道德戒条。

孝友是“众善之始”，是儒家伦理道德的起点，并且由《孝经》的发挥——“孝，始于事亲，中于事君，终于立身”，把孝敬父母的含义进一步升华为忠君、修身。所以，自汉以后，历代国君治国的基本国策，都是“以仁孝治天下”，推崇孝道教化，旌表孝德孝行。

儒家读书人自然也把孝友作为重要的道德规劝内容，放在家训之中。司马光在《家范》中对子孙辈的首要要求便是孝。赵鼎的《家训笔录》第一项就说：“闺门之内，以孝友为先务。”

陆游也在家训诗中，明确提及孝悌的重要性：

人生读书本余事，惟要闭门修孝悌。
畜豚种菜养父兄，此风乃可传百世。

《感事示儿孙》

孝悌、读书、养殖、耕种，这样的家风可以百代流传！在诗中，陆游甚至说“人生读书本余事”，重要的是，好好孝顺父母、友悌弟兄。

彭汝砺，是宋英宗时期的状元。他在《和叔宜弟》一诗中，就告诫弟弟：

我今授汝记，汝当以孝名。

孝能事其亲，荣亦及乃兄。

强调孝悌不但可事亲，而且能荣亲，孝悌绝对是家族兴旺的必要内容。

孝道，本来是人的天性，它属于最本质、最朴素的自然情感范畴。但是在后代往往变得僵化呆板，流于形式。

如何做才算“行孝”？在孔夫子那里，其实是方式多变、十分灵活的事。

《论语》中，有很多条关于孝的讨论。

比如鲁国大臣孟懿子问“孝”，孔子给的回答是“无违”。具体怎样算无违呢？孔子解释为：当父母活着的时候，依照礼法侍奉，父母去世，依照礼法安葬，这就算孝了。

但是当孟懿子的儿子孟武伯问“孝”的时候，孔子给的回答是：“父母唯其疾之忧。”就是对你来说，关心父母的身体疾病，就是尽孝了。

同是问孝，孔子给父子俩的回答却不同。因为孟懿子为鲁国权臣，孔子是从礼制上对其进行规劝；而孟懿子年岁已高，所以当其子问孝的时候，孔

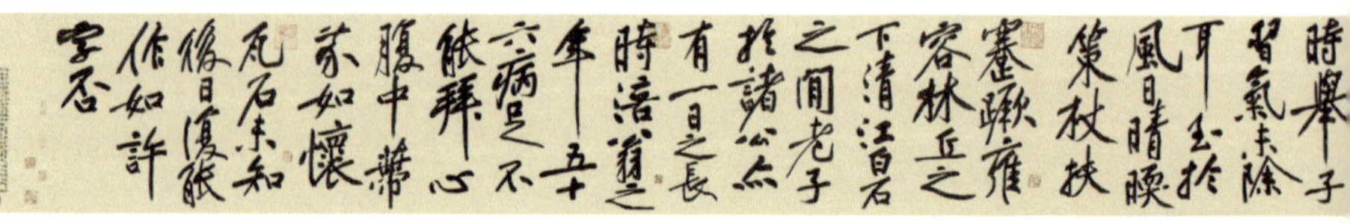

子就强调关心父母疾病的问题了。

可见，在具体形式上，“行孝”是没有固定的标准的。那么孔子认为行孝的核心是什么呢？在对学生子游的回答中，孔子批判了一种世俗浅薄的观点：

子曰：“今之孝者，是谓能养。至于犬马，皆能有养；不敬，何以别乎？”

孔子说，现在那些所谓的行孝，就是给父母以物质的供养。但是，对牲畜人们不也是尽到了“养”的义务吗？如果对父母不尊敬，那么和养牲畜又有什么区别呢？

《论语》中还有很多关于孝道的讨论，最核心的内容则是“情感”，是“诚心实意的尊重”。

但是到了汉代，托名为孔子所作的《孝经》，已经把孝的概念泛化，不再只是单纯的血缘情感内容。将“孝敬”内涵中“顺从”的内容发挥到极

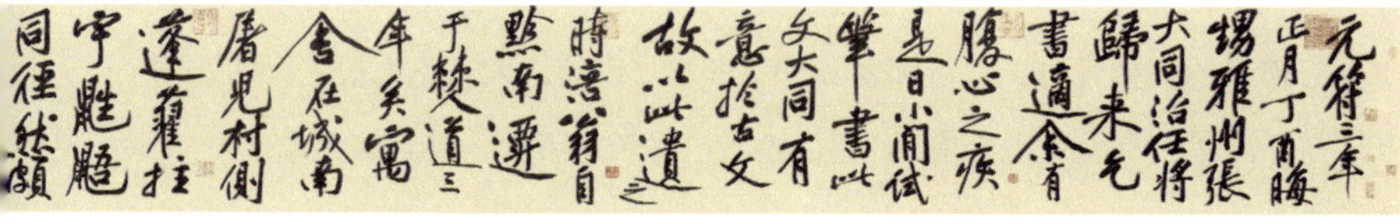

〔宋〕黄庭坚《赠张大同卷》

致，变为“小孝敬父母，大孝忠国君”。正如《论语》中有子所说的：“其为人也孝弟，而好犯上者，鲜矣；不好犯上，而好作乱者，未之有也。”

统治者正是看到孝意味着顺从，进一步变为忠君的好处，所以历代皇帝，无论有德无德，都要打“以孝治国”的旗号。比如汉代、两晋，“行孝”已经完全变成了显达作秀的方式。西晋司马昭以阴谋权术篡夺帝位，甚至还杀了一位皇帝——高贵乡公曹髦。如此的虎狼行径，却还要标榜儒家仁义之术，提倡“以孝治天下”，怎能不让正直的知识分子深恶痛绝？所以，才会有以“竹林七贤”为代表的魏晋名士行为乖张，公然违背礼法孝道的奇特行径出现。

其实他们不反对对长辈的赡养义务和情感，反对的是打着孝道旗号却行残暴恶毒之事的虚伪行径。

可惜像阮籍、嵇康这样独立、清晰的大知识分子毕竟是少数。随着皇权的集中，长期的愚民奴化政策，后代的知识分子再也不易觉察出提倡孝治天下背后的奴化思想。孝悌，也就理所当然成为家训内容的重中之重了。

自然的，忠信思想，作为孝悌的并列和延续，也成为家训的重要内容。家训中往往提及“孝悌行于家，忠信著于乡”（陆游《放翁家训》），希望子孙们效仿先辈，延续孝悌忠信的良好家风。

再比如北宋户部尚书杜孟对子孙说：“忠孝，吾家之宝；经史，吾家之田。”曾巩的侄孙曾协，写诗训勉其子“孝友与忠信，人道先本根”。胡安国在《与子寅书》中教诲其子说：“臣之事君，犹子之事父，以忠信为本。”大儒程颢对忠信更是倍加推崇，他认为：“人道只在忠信……若无忠信，岂复有物乎？”（《程氏遗书》卷十）

五

除“孝友”“忠信”的劝诫之外，家训中还有大量关于“勤劳”“节俭”的教化内容。

这个很容易理解。因为无论读书还是耕种，勤劳都是必须的。而节俭，则是农业社会最令人称赞的品质。为什么呢？因为农业生产所获得的财富，总体是比较少的；加之古代旱涝灾害也多，说不定什么时候就会有饥馑之年出现。所以，在收入不能持续且相对微薄的情况下，勤俭是积累财富、延续财富最重要的手段。

李商隐在《咏史》诗中，开篇就指出了勤俭的重要性：“历览前贤国与家，成由勤俭破由奢。”勤俭对一个国家尚且如此，它对家庭、对后世子弟成长的重要性就可想而知了。曾国藩就说：“凡世家子弟，衣食起居无一不与寒士相同，庶几可以成大器。”就是说，越是富家子弟、官宦子弟，越能奋而自律，在物质生活上勤俭节约，和贫寒之士相似，也就越能成材。这种观念，几乎成为古代士大夫的共识。

唐代诗人郑浣，平素简朴自律，为官清廉，很有名声。曾经有族中孙辈，因为家贫前来求助。郑浣很同情他，就问他有什么需求。他说：“我在老家贫苦生活过太久了，如果有空缺的话，能否荐我做名县尉，也让我体会一下衣锦还乡的感觉？”郑浣同意了。当此人赴任前夕，郑浣召集家人陪其吃饭为其送行。可是这孙子太没有出息——席间有馒头，他竟剥去馒头皮去吃里面。

郑浣见状非常生气，对他说："皮和瓤怎么就不同了？你怎么这么浪费！我举荐你，是想着你躬耕田中，深知其苦，为官之后或许能造福百姓。没想到你比纨绔子弟更加浮华不实，稍有条件就浪费奢侈！"说完让他将扔掉的馒头皮捡起来。这孙子惊慌失措，把馒头皮捡起来递给郑浣，郑浣接过去全部吃掉了。最后的结果，这孙子当然没有做县尉的福气。郑浣送了他五匹缣帛，打发他回老家去了。

所以，整个古代的治家理念就是极力倡导勤奋节约，严重反对骄纵奢靡。

唐代诗人杜荀鹤在《题弟侄书堂》中写道：

何事居穷道不穷，乱时还与静时同。
家山虽在干戈地，弟侄常修礼乐风。
窗竹影摇书案上，野泉声入砚池中。
少年辛苦终身事，莫向光阴惰寸功。

杜荀鹤的诗明白平易，却失之浅率，不甚耐读。后人评价其诗"鄙俚浅俗"，但唯宫词为唐第一。这首带有家训性质的诗，就劝诫子侄要珍惜时间，勤奋读书。因为不管是乱世还是治世，读书都是显身扬名的基础。所以，年轻的时候辛苦一点不要紧，因为这时候辛苦是"终身事"，千万不要懒惰，浪费半刻时光。

别说读书耕种需要勤劳，干什么不要勤劳呢？就连修炼丹药，离开勤奋都不可能成功。所以唐末五代之期的翁承赞，就借道家炼丹之说，来劝子孙勤奋读书：

力学烧丹二十年，辛勤方得遇真仙。
便随羽客归三岛，旋听霓裳适九天。
得路自能酬造化，立身何必恋林泉。
予家药鼎分明在，好把仙方次第传。

《寄示儿孙》

翁承赞出身福建官宦门第。他也是正规科考入仕的，还是当年的探花郎。唐末大乱，藩镇割据，王审知在福建建立闽国，为十国之一。翁承赞在唐亡之后归还福建老家，被王审知拜为同平章事，等同宰相。

翁承赞为闽相期间，以闽国之力兴办教育，设立“四门学”，还非常注重对当地文化典籍的搜集救护，后人称赞他“留文功业不寻常”。历史上对福建文教立下大功的“漆林书堂”就是他兴建的。唐代诗人箫项在《赠翁承赞漆林书堂诗》中称赞道：“入门邻里喧迎接，列坐儿童见等威。却对芸窗勤苦处，举头全是锦为衣。”正因为这首诗，“芸窗”就成了书斋的代称。

翁承赞这首诗，看起来是山林道家的丹药求仙诗，其实，“炼丹” 只是此诗用来说明需要勤奋学习才能成功的比喻而已，所以首句就写只有不辞艰辛、持之以恒地炼丹，才能有得遇真仙的出头之日。第二联接着说，到时候就会随着神仙去访三岛、听仙乐了。第三联把这首诗的主旨点了出来：其实不仅炼丹成仙，只要能够得到进身的途径，一样可以报答上苍的化育之情，何必非要依恋林泉、自命清高？这似乎是对当时李唐覆亡、不少儒士隐居山泉以求守节做法的批判。尾联呼应首联，又采用含蓄婉转的写法，大意是，我家烧丹的炉鼎明摆在那儿，正可以把成仙的药方一直传下去。

炉鼎比喻什么？就是书。仙方也有，就是读书进取。但是儿孙们，你们要做的，就是努力炼丹（奋发读书）啊！

关于劝子孙后代勤奋的诗篇很多，这里不再赘述。至于“节俭”，家训中的内容更是比比皆是。

司马光著名的诫子书《训俭示康》，还被选入高中语文课本。它就是告诫其子司马康治家须勤俭。文章说 “众人皆以奢靡为荣，吾心独以俭素为美”，并引用“俭，德之共也；侈，恶之大也”（《左传·庄公二十四年》）这句话，阐明俭朴是养成美德的基础，奢侈是最大的恶德。并且还留下了一句脍炙人口的古训：“由俭入奢易，由奢入俭难。”

文章的末尾，还举了寇凖由于喜好奢华，子孙跟着奢华，结果家道败落的例子，以此证明“俭能立名，侈必自败”的道理。

陆游在《示子聿》诗中，谆劝子孙要安于节俭的生活，“人生粗足耳，衣食不须宽”，还在《示诸孙》中说“朱门莫羡煮羊脚，粝食且安羹芋魁”，就是说，不要羡慕富贵人家煮羊脚吃，粗茶淡饭就已经很好了。

和勤俭一体两面的，就是不要多贪钱财。所以北宋诗人郑侠，在教诲其女的诗中写道：

治家在勤俭，临财戒多取。

诵经味其理，圣心良可究。

《示女子》

由于家中事物多由女主人掌握，而母亲是孩子的第一任老师，所以女性家长在一个家族的发展中，所起的作用不言而喻。郑侠就劝女儿持家要勤俭节约，不要贪财，并且要多读经书，玩味其理，以便能教育好后代子孙。

可是，贪图安逸也是人的天性。大约这些家长们也知道光靠劝诫“要勤俭”意义不大，因此除了讲述勤俭可以兴旺家族之外，还煞费苦心编纂其他理由，来增强自己观点的说服力。比如韩琦在其弟生日时，题诗“祖教双修日用间，芳醪不饮自朱颜”，就是说祖训让我们耕读并修、日用节俭，这样的好处之一是，不饮美酒就会让脸色好看，变得更漂亮！这个观点和今天的一些观点一样，认为不用化妆品，可以让皮肤保持天然本色，反倒比常年使用化妆品的皮肤更好。

具体落实到细节上，他们甚至为后代规定了取用的额度。相传苏洵所作的《安乐铭》就详细介绍了如何节俭，文中说，“衣食酌量时度，调养不饱不温”，“家中有银千两，每日止用三星”，“省使俭用过世，粗衣淡饭为主”。

正是整个社会都有这样的认识，所以很多士大夫富贵之后，居家生活仍俭朴如初。比如范仲淹。据《宋史》载，范仲淹“其后虽贵，非客宾不重肉，妻子衣食，仅能自充”。这也确实不得不让人感到敬佩了。

古人在儒家道德熏陶下，往往严于自律，慨于他人。过去村中常见的情况是，家中虽然很贫穷，但是如果来了乞讨者，往往愿意分自己的口粮给乞丐以活命。或者自己吃不饱，也要让家中客人吃饱。这种淳朴的民风，今天想来仍让人动容。明代的何伦，就把这种节俭自律、慷慨他人的道德，写入《何氏家规》：“凡家素清约，自奉宜薄，然待师友则不当薄也。”

随着社会的逐渐富足，人们的观念也开始慢慢变化。尽管不会提倡骄奢淫逸，但是开始理性分析节俭的内涵，不至于因为节俭而苛待自己、阻碍正常生活。清代庄受祺就说得很好，他在《维摩室遗训·训诫》中分析道：“俭之一字，须省多钱，不可省少钱；须省无益之钱，非省有益之钱。”

这样说，相对而言就客观理性多了，也给后人正常健康的生活以“祖训依据”，比起那些一味强调节俭，甚至有些苛刻的内容，更易于接受。

吾精力日衰，断不能久作此官，内人率儿妇辈久居乡间，将一切规模立定，以耕读二字为本，乃是长久之计。

《同治六年五月初五与澄弟书》

这段话，引自《曾国藩家书》。笔者完全相信，这确实是发自肺腑之言。曾国藩一生富于传奇，自幼勤奋好学，六岁读书，八岁能读四书、诵五经，十四岁读《周礼》《史记》文选，二十七岁中进士，入翰林院，为军机

曾国藩像

大臣穆彰阿门生，累迁内阁学士，礼部侍郎，署兵、工、刑、吏部侍郎。太平天国时，曾国藩组建湘军，镇压起义，力挽狂澜。后来又主办洋务，成为“晚清第一能臣”。

但是，越做大官，他就越深知官场斗争的险恶，“今朝紫宸客，明日阶下囚”的事儿太多了。所以无论官做多大，他都修身律己、以德求官、以忠谋政、战战兢兢。同时，不断强调族中子弟勤俭耕读，守住根本，以备万一之需。

中国古代智谋之术发达，官场生活显得更加险恶。所以历代士大夫，都把农耕勤俭的生活、清白的家风当作避祸之想，把乡下的田园、殷实的家族当作发生意外之后的避难所。曾国藩是把这个想法说得比较清楚、比较详细的一位。

白居易对此也深有体会：

书中见往事，历历知福祸。
多取终厚亡，疾驱必先坠。
劝君少干名，名为锢身锁。
劝君少求利，利是焚身火。

《闲坐看书贻诸少年》

从书中可以看到历朝历代的往事，都非祸即福。贪得无厌必然没有好下场，急功近利者往往最先倒霉。所以劝诫子弟们，不要热衷名利，因为名利是祸事的根源。白居易类似的诗句很多，还有“吾观器用中，剑锐锋多伤”（《遇物感兴因示子弟》）等，就是给子弟们传授深藏锋芒、忍辱避让的全身之术。

白居易的一生，也是仕宦起落，几经沉浮。他这首诗中，充满着委曲求全的避祸保身思想。生命无常，福祸变幻，他之所以如此谨慎自危，除了源于自身宦海的经历、缘于“书中见往事”之外，更得益于佛教对他的影响。

唐代禅宗兴盛，一时间高僧并起，大德丛生。白居易同佛光如满禅师、洛阳的神照禅师都交好，深昧佛理。佛家要破斥我执，求得超世俗解脱，而名利恰恰是我执的表现，是解脱路上最大的障碍之一。再加上佛教的无常、苦谛，让白居易对人生起伏有更透彻的理解。在诸多禅师中，他尤其与鸟窠禅师交往甚深。

鸟窠禅师，是径山道钦禅师的弟子，属于牛头法融思想一脉。他在杭州，住在一棵蜿蜒虬枝的老松树上。故而人称“鸟窠禅师”。鸟窠，就是鸟巢，形容他像鸟一样筑巢于树上。唐穆宗期间，中央政治斗争激烈，白居易主动要求外放，遂出任杭州。听闻当地有这么一位奇异行径的禅师之后，就前去登门拜访。

《景德传灯录》记载了两人会面的场景。白居易看到老禅师住在树上，抬头问：“您住在那么高的树上不下来，不怕危险吗？”

鸟窠禅师说：“太守比我更危险！”白居易听了奇怪地说：“我为宰一方，脚踏实地，何来危险？”禅师说：“你心神散乱，贪恋红尘，这难道不危险吗？”

佛教认为，人生的真谛就是苦，快乐只是苦受轻松一点的时候，对比出来的感觉。而苦的根源，就是生死流转。所以要解脱生死，逃离轮回。禅师说白居易危险，含义双关。一方面说他在生死轮回之中不能意识到自己的问题，是很危险的；另一方面暗指白居易身居官场，朝不保夕，是更危险的。

白居易听后，默不作声。于是问禅师：“佛法大义到底是什么？”

鸟窠禅师的回答，非常有名：“诸恶莫做，众善奉行！”

白居易听后就笑了：“这么简单的道理，三岁小孩都知道！”

鸟窠禅师说：“是啊，三岁小孩都知道，可惜人到了八十岁都未必做得到！”所谓“易知未必易行”，看起来人人都懂的道理，做到的又能有几人呢？白居易听后，心悦诚服，“作礼而去”。

佛教的无常思想，无疑让白居易对官场的争名夺利更加厌恶，反倒更加喜欢接近简朴的自然环境。在这样的影响下，他对族中子弟的劝诫，就是耕读生活，节欲知足。他有一首《狂言示诸侄》，其中说道：

一裘暖过冬，一饭饱终日。
勿言舍宅小，不过寝一室。
何用鞍马多，不能骑两匹。
如我优幸身，人中十有七。
如我知足心，人中百无一。

他告诉子弟们，一件衣服就可以过冬，一顿饭就可以管一天饱。同时，也别说宅子小，那么大屋子，晚上也只能睡一间。所以钻营那么多钱反倒引来灾祸，不是件可笑的事吗？还是回到屋里耕读传家吧！

远离官场的耕读生活，是避难的最佳选择。只要贪欲不旺，住在乡下耕读并举，生活也是非常有趣的。

卢肇就深明此种避祸安家之道。他是江西人，当年的科考状元，颇有文名。唐朝晚年，朝政动乱，出现了著名的“牛李党争”。牛，就是以牛僧孺、李宗闵等为领袖的“牛党”；李，就是以李德裕、郑覃等为领袖的“李党”。斗争从唐宪宗时期开始，到唐宣宗时期才结束，持续时间将近四十年，以至唐文宗都有“去河北贼易，去朝中朋党难”之叹。党争，使得朝中官员纷纷站队，不入“牛党”，就归“李党”。双方的斗争时有输赢，暂时失势的一方就祸患接连。而卢肇是李德裕的得意门生，按理绝对是要站在

“李党”这边的，但是他以田园耕读为盾牌，消极抵抗，并没有介入党争，最终安全终老，故一直为人们所称道。

所以，他在《送弟》一诗中，就劝弟弟不废耕读：

去日家无担石储，汝须勤苦事樵渔。
古人尽向尘中远，白日耕田夜读书。

过去我们家比较清贫，没有多余的粮食储存，你应该勤劳地向老渔夫、樵子学习。古代先贤们都极力避免尘世喧嚣，白天耕种、夜晚读书，言下之意，我们就应该向他们学习。其中深意，不言自表。

至于像宋代曾因揭露秦桧卖国专权而被罢官的吴芾等人，更是因为正直的性格，厌倦了官场奸权当道的局面，就留下“退处郊垧忍穷困，只教子孙为布衣”（《王若夫谓水晶蒲萄本出其家求诗》）的诗句。对他们来说，耕读的布衣何止是避祸官场，简直就是后代子孙合情合理的唯一出路了。

七

当一个家族既有良田千亩又有读书子弟，全族又依着伦理道德上下和睦之时，这个家族必然会兴旺发达。

尽管已经不是魏晋士族的特权时代，但是依然有许多家族，凭借着“耕读”二字，成为名震一方的新贵。有的家族读书效果明显些，就跃为“书香门第”；有的家族读书效果还没显露的，也称“耕读传家”。所以，家族的家训、诫子书中，无论怎么劝诫子孙节俭、少欲、做普通百姓，话里话外也总是透着一些得意和自信。

受课本选诗以及作者简介的影响，我们总以为杜甫是一个穷苦诗人。比如看到“朱门酒肉臭，路有冻死骨”（《自京赴奉先县咏怀五百字》），我们不自觉就把杜甫划为和“朱门”对立的“冻死骨”行列；再比如看《茅屋为秋风所破歌》里的诗人形象，感觉杜甫就是一个可怜的穷老头。

当然，杜甫晚年确实相对比较潦倒，但是也比一般百姓好很多。而且，杜甫出身北方大族京兆杜氏，乃名门之后，青年时期生活非常优裕。晋代大学者、名将杜预，就是杜甫的先祖。因为家庭条件优越，杜甫从小受的教育也很好，史称“七龄思即壮，开口咏凤凰”（《壮游》），并很早就立下了“致君尧舜上，再使风俗淳”（《奉赠韦左丞丈二十二韵》）之志。

可惜，现实并不是那么如意。杜甫一生仕途不顺，颠沛流离，尤其到了晚年，生活越来越穷困。在朋友的帮助下，他置了点薄田，做了耕读人家。即便如此，他在给儿子的训诫诗中，也颇为自得地说：“诗是吾家事，人传世上情。”（《宗武生日》）

就是说诗书传家是咱们的传统，千万不要断在你手里啊！

和杜甫同出京兆杜氏的晚唐大诗人杜牧，也以家族为荣。但是尤其让他觉得荣耀自豪的，是丰富的藏书——意味着自家是书香门第，与土财主截然不同：

我家公相家，剑佩尝丁当。

旧第开朱门，长安城中央。

第中无一物，万卷书满堂。

家集二百编，上下驰皇王。

《冬至日寄小侄阿宜诗》

诗是寄给自己侄子阿宜的。由于是写给族中亲人，对方又是晚辈，所以语气显得很亲切，但是劝勉之意隐藏其中。其中说，咱们家可是公卿宰相之家，曾经佩剑叮当，出入禁中。旧宅第就在长安城中央。可是咱们祖先什么都没给咱们留下，旧宅之中，一无所有，唯一剩下的，就是满屋藏书——矜傲之情，溢于言表。

陆游在《示子孙》其一一诗中，也以耕读传家的家风而自豪，并劝诫子孙要克制贪欲，千万不要坠毁家风，辱没先人：

为贫出仕退为农，二百年来世世同。

富贵苟求终近祸，汝曹切勿坠家风。

尽管劝子孙少追求富贵，但是最后一句“汝曹切勿坠家风”才是他心中的真正意图。

和陆游这句诗很像的，是元代耶律楚材的诗：“而今正好行仁义，勿学轻薄辱我门。”（《送房孙重奴行》）

耶律楚材是契丹人，辽太祖耶律阿保机的九世孙。在辽和北宋多年的征战、互市、交流中，耶律楚材慢慢也被汉文化同化，由原来的骑射游牧之民，变成精通儒家经学的大学者。蒙古人攻下辽国后，听闻耶律楚材有治世之才，遂加以重用。所以，耶律楚材诗中既有儒家文化的“正好行仁义”，又有耕读文明、宗法制下、家族门庭的深深烙印——“勿学轻薄辱我门”。

因耕读而起家、成为贵族豪门的例子很多，但是清代张英家族和曾国藩家族，则是最容易被后人举例提及的两大耕读典范。

张英是清朝名相。张氏家族自明代迁至安徽桐城，祖辈耕田读书。张英是其家族的第一个进士，并且官至文华殿大学士、南书房大臣。清朝不设丞相，六部尚书直接向皇帝负责。实际上，皇帝处理不了那么多政务，往往又临时增设一些机构，入选高官心腹入值。如康熙年间的南书房，雍正设立的军机处，等等。张英当值南书房，为文华殿大学士，其实就等于是宰相了。

说起“六尺巷”的故事，可谓妇孺皆知。这个故事的主人公就是张英。

相传张英族人与邻居吴氏在宅基地的问题上发生了争执，且双方互不相让。后来官司打到县衙，又因双方都官位显赫且是名门望族，县官也不敢轻易决断。于是张家人千里传书到京城求救。张英收书后复诗一首：

一纸书来只为墙，让他三尺又何妨？
长城万里今犹在，不见当年秦始皇。

张家人豁然开朗，退让了三尺。吴家见状深受感动，也让出三尺，于是形成了一个六尺宽的巷子。后人遂称之为“六尺巷”。

张英为人谦逊宽和，所写的家训《聪训斋语》深受曾国藩推崇，在清朝往往和《颜氏家训》并称。其家训思想十分丰富，不过核心即为“务本力田，随分知足”（《清史稿·张英列传》）。其中又有“四大纲领”，所谓“读书者不贱、守田者不饥、积德者不倾、择交者不败”。这四大纲领具体化为八教：“教之孝友，教之谦让，教之立品，教之读书，教之择友，教之养身，教之俭用，教之作家。”（《聪训斋语》卷一）

张英训诫子孙的家训，处处都体现着耕读传家、儒家道德教化的内容。

张英本人读书用功自不必说，其品行亦是节俭宽和。他六十大寿的时候，家人打算请戏班来唱堂会为他祝寿——这在清朝的官宦家庭，是非常正常的事，更别说宰相家了。但是张英坚决不同意这么浪费，他用这笔钱做了一百件棉衣裤，施舍给了穷人。

张氏勤俭家风对后人影响很大。张英的儿子张廷玉，一生更为显贵，康熙年间入值南书房，雍正年间入值军机处，乾隆时又加受太保衔，绝对位极人臣。但是他依旧遵循家风，沉默寡言。二月河小说《雍正皇帝》中，讲了一段故事，说张廷玉忙于政务顾不上吃饭，竟然在雍正面前饿昏了。张廷玉说：“我们张家遵从圣祖训示，要惜福少食摄养……”这段虽然是小说家的夸张手法，但是把故事安排在张廷玉身上，也是合乎情理的。

张廷玉三朝老臣，一生勤政清廉，尤其于康雍两朝，审阅大量案牍文书，参与处理军机要政，立下汗马功劳。乾隆御赐诗一首：

喉舌专司历有年，两朝望重志愈坚。

魏公令德光闾里，山甫柔嘉耀简编。
调鼎念常周庶务，劳谦事每效前贤。
古今政绩如悬鉴，时为苍生咨惠鲜。

《赐大学士张廷玉》

乾隆一生写诗四万多首，应该是历史上作诗最多的“诗人”。他的诗虽然水平一般，但是又喜欢用偏僻的典故，所以有时候不好理解。这首诗把张廷玉和历代贤臣相提并论，就用了不少典故。

其中的“魏公”，指的是宋代大臣韩琦，韩琦与范仲淹齐名，被封为魏国公，宽厚待人，性格大度。相传有人送给韩琦两个非常珍贵的玉杯，韩琦很是珍爱，但是被下人不小心失手打碎。换成其他主子，这个下人就该受到严厉责罚了，被打死都说不定，但是韩琦却说：“世间一切东西的存亡兴废，都有一定的时间和气数在那里。”又回过头对那下人说：“你是失误造成的，并不是故意的，有什么过错呢？”一时人称“魏公大度”。韩琦去世后，宋神宗为他“素服哭苑中”，并亲撰墓碑，其中有“两朝顾命，定策元勋”之语，并赐谥“忠献”，赠尚书令，配享英宗庙庭。而张廷玉也是两朝顾命大臣，被赐谥号，得享太庙。因此，乾隆诗中，用韩琦韩魏公来比喻张廷玉。

“山甫”，即仲山甫，指的是西周宣王时期的卿士，相当于宰相，位居百官之首，是周代中兴大臣。“调鼎”则指伊尹，伊尹是商朝的开国宰相，最早以厨师的身份对商汤讲了一番治国的大道理，被商汤拜为丞相，在灭夏建商的过程中，立下汗马功劳。

乾隆就用这些历史名相来赞美张廷玉历康雍乾三朝，为官五十载，掌词林二十七春秋，主揆席二十四年的莫大功劳。张廷玉死后，乾隆亲自为他赠谥号“文和”，并赐其配享太庙。清代汉族大臣，入皇室配享太庙殊荣者，只张廷玉一人。

张氏家族“父子宰相”“五朝金榜题名”“六代翰林”，一门七世十三个进士，几乎成为耕读兴家的绝佳典范。曾国藩对张英的家训推崇备至，还曾专门给儿子寄去两本《聪训斋语》，让两子“细心省览”。所以，经常和张氏家族并称为耕读典范的，非曾氏家族莫属。

曾氏家族，因曾国藩的大名，几乎成为家家户户崇拜的对象。曾氏也是从耕读起家，最后权倾朝野的典型。

据王定安所撰《曾国藩事略》记载，曾氏家族自明朝以来，迁居长沙湘乡荷叶塘白杨坪，世业耕田，一直过着半耕半读的农家生活，并未显达。

但是到了曾国藩的祖父星冈公曾玉屏时，情况开始发生变化。曾玉屏少时善任侠，常与浪荡少年相逐嬉戏，再就是呼朋引伴，酣醉高卧。后来被年长者讥讽，说他少年轻薄，一定会祸害家族，结果他像所有有志青年一样，“立起自责”，并把马卖了走回家，从此踏实务农，勤恳持家。

曾玉屏早岁失学，经过老者这么一教训，幡然悔悟，躬耕之余，深以为耻。遂礼敬宿儒君子，结交饱学之士，让孩子好好学习读书。

曾玉屏的努力没有白费，他的儿子曾麟书，在四十三岁时参加第十七次乡试，终成曾氏家族几百年来第一个秀才，曾氏家族自此科门大开。

祖父的治家理念，对曾国藩影响巨大。他在家书中多次提及祖父星冈公，褒赞祖父治家有方，并坚守耕读传家的治家理念。咸丰十年（1860）闰三月初四，曾国藩给次子曾纪泽写信说：

昔吾祖星冈公最讲求治家之法，第一起早，第二打扫洁净，第三诚修祭祀，第四善待亲族邻里……此四事之外，于读书、种菜等事尤为刻刻留心。故余近写家信，常常提及书、蔬、鱼、猪四端者，盖祖父相传之家法也。

晨起盥洗，洒扫门庭，平日诚修祭祀，善待乡邻，这是曾氏治家的根本原则。这四件事都属于道德修持层面，除此之外的经营谋事，就是“读书”“种菜”的耕读生活。曾国藩把“耕读”总结为四个字——“书、蔬、鱼、猪”，“书”就是读书，“蔬、鱼、猪”都是耕的内容。再加上前面的道德修持，就是曾国藩所说的治家八字诀——“书、蔬、鱼、猪、早、扫、考、宝”。

曾国藩谨慎遵守祖父家训，所以在《曾国藩家书》中，训诫兄弟子侄们“耕读勤勉”的内容比比皆是：

半耕半读，未明而起，同习劳苦，不习骄佚，则所以保家门而免劫数者，可以人力主之。望诸弟慎之又慎也。

吾家子侄半耕半读，以守先人之旧，慎无存半点官气。不许坐轿，不许唤人取水添茶等事。其拾柴收粪等事，须一一为之；插田莳禾等事，亦时时学之。

曾玉屏肯定想不到，他为曾家奠定的耕读传家之风，居然培养出一代中兴名臣曾国藩，更有无数曾家后人、门生亲戚，各居显要，各尽其能。

曾国藩的父亲曾麟书，曾撰写了一副对联，不仅可做曾氏家训，更可谓是对所有“耕读门第”所具有的家风特点的高度总结：

有子孙，有田园，家风半耕半读，但以箕裘承祖泽。

无官守，无言责，世事不闻不问，且将艰巨付儿曹。

独在异乡为异客，每逢佳节倍思亲

节日中的耕读

中国的传统节日，大致而言可以分两类。

第一类，严格来讲，叫节气——这和历法有关系，主要是为农耕生产服务的。

第二类，则是和文化习俗有关的日子。其中，有源于星象的，比如二月二、“龙抬头”；有源于历史典故的，比如寒食节；有源于宗教文化的，比如中元节。

不过，通常的情况是，一个节日往往两者兼备——首先，源于星象历法，却被人们附会以历史典故；又或者源于文化习俗，却将之固定于历法中某个特殊的日子。

中国古代以农业立国，农时与季节有密切关系，完善的历法为各类节日提供时间条件；而知识阶层把历史典故、文化习俗、情趣娱乐融入节日，寓教化于其中，为节日增加了丰富内涵，这使得节日成为传统农耕文化中必不可少的一部分。

一

古人“观象授时”，主要通过在黄昏或早晨，观测一些明显的星象特征，比如月相的变化，以及日影的长短等，来确定时间，颁布历法，以助农时。

在古代，人和所有的动物一样，日出而作，日落而息，太阳的升沉，就是他们最早的作息时间的依据。太阳光带来的明暗交替，必定给先民以极深的感受，所以“日”这个基本的时间单位就产生了。月亮也是非常明显的天象，所以，产生了以月亮盈亏为周期的“月”。

“一年”的周期很长，确立应该比较困难。但是身边草木荣枯，寒暑交替，一定会给先民以最直接的感受。当根据物候变化确定了“年”的周期后，基本的几个时间单位就有了。

再下来，就是对一些明显的星辰进行观测，比如在早晚时分，对鸟星（二十八星宿之南方朱雀七宿）、大火星（指的是星宿之一，是恒星，不是行星火星）、金星等的显、藏观测，从而逐渐确立历法。相传在颛顼的时候，已经设立“火正”，专门观测大火星的变化。那时候，人们以黄昏时分，大火星第一次从东方地平线上升起，作为一年的开始。

《诗经》中说“七月流火”，火指的就是大火星。七月流火的意思是，七月的时候，每天黄昏时期会看见大火星刚好在天中央；七月以后，火星开始西行，这就意味着天气越来越凉了。《诗经》是西周时的诗歌集，至少说明，在西周时期，大火星依旧是人们观测的主要对象之一。

同样，二十八星宿、北斗星、北极星、鸟星、金星、木星等，也是古人重点观测的对象。从甲骨卜辞中可以看出，殷商时期就已经确定了一年的长度为十二个或十三个阴历月左右，还有了平年和闰年的变化，历法已经初具规模。

同时，日影最长的冬至和日影最短的夏至，很容易被确立；接着，春分、秋分也被确立；再接着，以二十八星宿为坐标，根据太阳落山时所处的位置，重要的节气也慢慢被确立了。

历法逐渐完善，古代节日的文化，也在慢慢形成。

二

冰丝玉缕簇青红，已逗花梢一信风。

梦到谢池新雪尽，暖烟含雨绿匆匆。

秋崖《立春》

看到满树的青蕾红梅团簇盛放，我就知道春天快要到了。于是，夜里梦到了雪消冰融，暖烟升起，绿树葱茏。这是宋代诗人方岳的诗作。立春之时，虽然大部分地区还是寒冷的冰雪天，但是春天即将来临。《逸周书·时训》说："立春之日，东风解冻。"《群芳谱》解释道："立，始建也。春气始而建立也。"就是说，在黄河流域，立春以后，冬季结束，天气逐渐变暖，就要准备新一年的劳作了。

立春，是二十四节气之首。《史记·天官书》："立春日，四时之始也。"在夏历中，立春被作为一年的开端，所以也是一个重大的节日。但是在今天，我们一年的开端是正月初一，因此正月初一过年显得更为隆重热闹。

这里需要简单说一下"年"和"岁"的区别。"年"和"岁"，是近义词，但是严格区分起来，还是略有不同。所谓"中数曰岁，朔数曰年"，就是说，"岁"是以太阳运行一周天的时间为标准，"年"则是以月亮盈亏为依据，一年就是月亮盈亏十二次左右，即今天我们常说的阴历年。不过今天人们基本都混用了。

二十四节气，属于太阳历法范畴，是以太阳行走周天为依据进行划分的。以现代的天文学语言表述就是：当太阳到达黄经315°时，立春之节就到了，基本在每年公历的2月4日或5日。由于天干地支的起源和太阳历相关，所以，在干支纪年法中，干支的替换，应以节气为准。比如2014年是甲午年，立春之时还没有"过年"，但是立春以后，就应该算是乙未年了。

《左传》说"国之大事，唯祀与戎"。在远古时代，一个国家最重要的大事，无非祭祀和战争。作为以农耕为基础的国家，节日中的各种祭祀活动，都和农耕文化有千丝万缕的联系。立春作为节气之始，自然要有隆重的活动。在儒家礼制文化中，立春之日，需要"迎春"。《礼记·月令》篇记载："立春之日，天子亲帅三公、九卿、诸侯、大夫以迎春于东郊。"

立春之日，上至天子，下至百姓，都要去东郊举行"迎春"活动。

具体又如何迎春呢?

《管子·轻重己》描述了天子迎春祭祀的内容：

冬尽而春始。天子东出其国都四十六里而坛。服青而绕青，搢玉总，带玉监，朝诸侯卿大夫列士，循于百姓，号曰祭日，牺牲以鱼。

青色，象征着木，代表春天来临，所以这一天周天子要浑身穿戴青色礼服，去都城东门外四十六里地筑土坛祭祀春神，所用的祭品是鱼。

为什么是四十六里地呢？因为冬至是一年中黑夜最长的日子，这一天是阴气最盛、阳气逐渐回升的节点，而从冬至到立春，正好是固定的四十六天。至于祭品用鱼，是因为古人看到鱼有多产的特征，根据类感巫术[1]的原则，便用多产的鱼向春神祭祀祈祷，希望获得农业的大丰收。

迎春，当然是为了耕种。

地方官吏所主持的迎春祭祀，也和天子迎春差不多，不过活动更加热闹，也更贴近生活。《后汉书·礼仪志上》记载：

立春之日，夜漏未尽五刻，京师百官皆衣青衣，郡国县道官下至斗食令史皆服青帻，立青幡，施土牛耕人于门外，以示兆民，至立夏。

汉代官员迎春更有趣味，多了一项重要内容——“鞭土牛”，就是《后汉书》所载的“施土牛耕人于门外，以示兆民”。人们事先用土堆成一个牛的样子，然后在迎春之日，增加鞭打土牛的活动。这象征人们鞭牛耕种，用以教示百姓要趁着春日鞭牛耕田。白居易在诗中说：

1［日］加井真：《诗经的原意研究》，陆越译，江苏人民出版社2011年版，第145页。

布泽木龙催，迎春土牛助。

《和三月三十日四十韵》

写的就是鞭土牛迎春的祭祀场面。

到了明清以后，迎春的仪式变得更有娱乐性。如明朝万历年间的《温州府志》载：

迎春入城，舁土牛句芒神舆兴后，城村士庶，沿街拥观，以其色占岁时。

又，清代富察敦崇在《燕京岁时记·打春》记载：

谨按礼部则例载：立春前一日，顺天府尹率僚属朝服迎春于东直门外，隶役舁芒神土牛，导以鼓乐，至府署前，陈于彩棚。

府尹率领众僚属及衙役在东城门外迎春，一时间鼓乐齐鸣，万人围观。府衙前，把土牛放在专门搭好的彩棚内，就算把春天迎回来了。有的地方还会在仪式结束后，把土牛打碎成土块。老百姓抢土块回家，撒在地里，期望迎来一个五谷丰登、槽头兴旺之年。

其中提到了“句芒神”或“芒神”，其实，句芒是掌管春天的神灵。春天草木生发，所以句芒也是木之神。唐代诗人张碧曾在《游春引》中写道：

“句芒爱弄春风权，开萌发翠无党偏。”

后人还把句芒拟人化，说他掌管春令大权，使万物萌发生翠，一视同仁，公正无偏。明清时期盛行的《通胜》，即今天还能见到的《万年历》，往往会在扉页印有一幅《鞭牛图》，图上画着一个人牵着一头牛，这人就是句芒。

传统的《鞭牛图》大有玄机，用图画的形式告诉农民各种农事信息，也包括学者们对来年丰歉旱涝的预测，提醒大家早做准备。比如，如果句芒站在牛前，表示立春节气在过年之前；如果在牛后，则表示立春在年后。还有，如果句芒没有穿鞋、裤管束高，就代表来年雨水多，恐怕有涝灾；如果句芒双足穿草鞋，就代表来年干旱，大家要蓄水抗旱；假如句芒光一只脚，穿一只鞋，则代表雨量适中，告诉农民要辛勤耕作勿误农时；等等。

立春还要吃春饼。崔寔《四民月令》一书记载，汉代时“立春日食生菜，取迎新之意”。唐代安史之乱，杜甫避祸蜀中，在立春之日想起当年在长安、洛阳的太平盛世时，立春有咬春吃青菜的习俗，就感叹地写道：

春日春盘细生菜，忽忆两京梅发时。
盘出高门行白玉，菜传纤手送青丝。

《立春》

春盘，也叫五辛盘。晋代《风土记》中说：“五辛所以发五脏气，即蒜、小蒜、韭菜、芸苔、胡荽是也。”李时珍在《本草纲目》中也解释道：“五辛菜，乃元日、立春，以葱、蒜、韭、蓼、蒿、芥，辛嫩之菜杂和食之，取迎春之意。”五辛都是生发的食物，寓意春日生发，也有祛除一冬寒邪的意思。

宋代以后，吃的东西越来越丰富，立春的食俗就变成吃卷菜的春饼了。清代诗人蒋耀宗和范来宗二人，还合作过一首《咏春饼》的联句诗：

十月琼肌贵，吴侬制不同。
…………
匀平霜雪白，熨贴火炉红。
薄本裁圆月，柔还卷细筒。
纷藏丝缕缕，馋嚼味融融。

三

上文提到“年”和“岁”的区别。

立春是作为“一岁之始”而存在的。但是在现实中，由于正处农闲，人们有时间休养生息，娱乐享受，所以“一年之始”的过年以及相关的节日，就显得更加隆重和热闹。

上一年十月谷物丰收，经过一个月左右的忙碌，人们终于可以休闲下来。进入年终腊月，天气寒冷，人们就开始为辞旧迎新的过年做准备了。

进入腊月的第一个重要节日，是腊八节。腊八的渊源，和农耕活动、儒家文化有着极为密切的关系。

健夫结束执旌旗，晓度长江自合围。
野外狐狸搜得尽，天边鸿雁射来稀。
苍鹰落日饥唯急，白马平川走似飞。
蜡节畋游非为己，莫惊刺史夜深归。

年终腊日祭祀，人们便在腊祭之前田猎禽兽，用以献祭。本诗就是唐代诗人姚合的名作《腊日猎》，描写的是健夫腊日田猎的英姿。

腊日的祭祀，是儒家文化中非常重要的祭祀之一。典籍中经常出现“蜡宾”一词，指的就是腊日祭祀中，儒士作为主持祭祀的傧相之职。孔子就曾经在鲁国出仕，参与助祭。[2]

最初，腊日的祭祀还明确分为两种——蜡祭和腊祭。

“蜡”，读作“乍”，“蜡祭”是年末对八位农神的祭祀，目的是报答诸神的庇护，并祈愿来年丰产。《礼记·郊特牲》记载说：“蜡也者，索也。岁十二月，合聚万物，而索飨之也。”

八位农神，据孔颖达说，是先啬、司啬、农、邮表畷、猫和虎、坊、水庸和昆虫。

关于这八位农业神以及要祭祀他们的理由，《礼记·郊特牲》也说得很清楚。先啬即神农氏，司啬就是后稷，这两位是名正言顺的农神；第三个是农，即古之田畯，管理农事的官员；第四是邮表畷，邮为田间庐舍，表为田间道路，邮表畷就是在田土疆界处造的田畯的官舍；第五是猫和虎，

2 见《礼记·礼运》：“昔者仲尼与于蜡宾。”郑玄注：“时孔子仕鲁，在助祭之中。”

猫和虎代表的是瑞兽一类，祭祀它们是为了驱赶田鼠和野猪等；第六是坊，即堤坊；第七是水庸，也就是水沟，这些都是具体农事使用的设施；第八昆虫，可能是害怕它们来吃庄稼，所以年终“贿赂”。祭祀的时候，还有一首很有趣的带有咒语、命令和祈祷性质的“祝辞”：

土反其宅！水归其壑！

昆虫毋作！草木归其泽！

风沙不要作恶，让土好好地待在田里；水，都按沟渠流动；昆虫，不要繁殖那么多来伤害庄稼；野草丛木回到沼泽中去，不要生长在农田里！

蜡祭的祝辞非常古老，从中能看到古人生活得确实艰难。但是经过千百年的时间更迭，今人已少了些对先民苦难的感受，更多品味到的是这首蜡辞的趣味。

腊祭就是另一回事了。是岁终对祖先的祭祀，以及让“劳农休息之”。儒家强调孝道，“慎终追远，民德归厚矣”（《论语·学尔》），腊祭往往是教化百姓行孝的重要内容。

由于这两个祭祀活动都和农业息息相关，并且都在岁末，时间又都在这几天，后人就混为一谈，统称为“腊祭”了。腊日田猎，就是为了给腊祭准备祭品。

腊日祭祀的日子，最初定在冬至后的第三个戌日。可是随着佛教的传入，中国传统的腊日祭祀，就和佛教腊月初八释迦牟尼佛成道纪念日，混为一谈了。宋代僧人释师观写偈子道：

> **腊八是今朝，如来成道日。**
> **夜半见明星，从此生荆棘。**
> **荆棘生人间，天上错流传。**
>
> 《偈颂七十六首》

于是腊月初八这一天，就变成一个既有儒家宗法思想又有祭祀农神，还有宗教渊源的综合节日了。这一天的活动内容也变得异常丰富，既有田猎又有祭祀，也有供僧或者施粥的习俗。穷人们把一年剩下的各类余粮熬在一起，有条件的则用各种豆米综合在一起，熬成甜稠的“腊八粥”。

腊八之后，接着的节日，就是祭灶。灶神本来是腊祭所祭的主神之一，后来由于其特殊性——实在太贴近百姓日常生活了，便逐渐独立出来，成为腊月二十三前后的祭祀对象。

中国民间有多神信仰的传统，一家之中，门有门神、灶有灶神、厕有厕神，还有个高高在上的家神——奥。灶神虽然官小，但是属于直接监管一家善恶之神，所以人们重视灶神的程度比对家神还高。《论语》中记载，孔子到了卫国，卫君夫人南子想重用孔子，大臣王孙贾以为孔子意在做官，就故意跑来问孔子：“古人说，与其媚于奥，宁媚于灶，是什么意思啊？”言下之意，孔子类似家神奥，地位尊贵，但是凡事不能自己做主；自己是灶神——属于直接管事的。如果孔子想做官，应该亲近自己。结果孔子说：“关键在行为是否有罪，如果什么都没做错，就不用求神祷告！”从容不迫地拒绝了王孙贾的拉拢。

但是一般老百姓不能像圣人一样，还是会做不少坏事的，所以就努力“献媚于灶”。范成大写过一首很有趣的《祭灶词》：

古传腊月二十四，灶君朝天欲言事。
云车风马小留连，家有杯盘丰典祀。
猪头烂熟双鱼鲜，豆沙甘松粉饵团。
男儿酌献女儿避，酹酒烧钱灶君喜。
婢子斗争君莫闻，猫犬触秽君莫嗔。
送君醉饱登天门，杓长杓短勿复云，乞取利市归来分。

诗中说，到了腊月二十四这一天，灶君要汇报工作了。希望灶君先暂按云头，不要着急走，在家中多待片刻，让我们献上美味佳肴为您送行。家中女儿避开，男子献祭，为灶君敬酒送钱。为什么呢？您这上天是要给天帝讲一年来看到的事情，希望不要把家里做得不对的事讲出来，以免天帝降罪于家中。多说好话，天帝降福，回头咱们一起分红！

这首诗写得很有趣。诗中的灶神市井气很重，典型的基层小吏形象。这是中国民间百姓既可爱又狡狯之处，连神仙都要贿赂。灶君神位两边往往贴一副对联：“上天言好事，回宫降吉祥。”就把大家心中这种想法，说得直白又清楚。

四

大家从腊月开始盼，终于盼到了新年。万象更新，大地回春。这一天穿新衣，戴新帽，是最快乐的日子。关于大年三十、初一的诗，非常之多。诗人们所咏的民俗，大多和“挂桃符”“饮屠苏”相关。

比如陆游的《除夜雪》——这年大年三十晚上有雪：

北风吹雪四更初，嘉瑞天教及岁除。
半盏屠苏犹未举，灯前小草写桃符。

再如宋朝诗人胡仲弓的《元日》：

大书春帖当桃符，吟对窗前梅一株。
湖海相逢无老少，莫分先后饮屠苏。

还有王安石那首著名的《元日》：

爆竹声中一岁除，春风送暖入屠苏。
千门万户曈曈日，总把新桃换旧符。

迎新年，放鞭炮，挂桃符。桃符有辟邪之用，挂桃符后来就演变为贴春联，也就是胡仲弓诗中的“春帖”。无论男女老少，认识的不认识的，互相拜年，饮屠苏酒。相传屠苏酒是汉末名医华佗创制而成的，其配方有大黄、白术、桂枝、防风、花椒、乌头、附子等中药，入酒中浸制而成。这种药具有益气温阳、祛风散寒、避除疫疠之邪的功效，唐代孙思邈盛传此方，所以唐代以后屠苏酒很流行。苏辙《除日》诗云：“年年最后饮屠苏，不觉年来七十余。”看来，屠苏酒确实有延年益寿之功效。

除夕夜过，大年初一，就是新年的开始了。人们自然容易联想到“万物之始”的问题。于是，农耕生活中最重要的“六畜”和“人类”的起始，也被放在了年初这几天。《北史·魏收传》引董勋《答问礼俗》曰：

> **正月一日为鸡，二日为狗，三日为羊，四日为猪，五日为牛，六日为马，七日为人。**

这就是说，六畜分别在初一至初六被创造出来，人则是在第七天被创造出来。所以初七，就是人类的生日，即人日。由此可见古人与六畜关系的密切程度。

正月十五是一年中第一个月圆之夜。古人称夜为“宵”，而“元”是第一的意思，所以称正月十五为元宵节。加之道教、佛教都很重视正月十五，所以这一天就成为民间很隆重的节日，将从除夕开始延续的庆祝活动推向又一个高潮。元宵之夜，大街小巷张灯结彩，人们赏花灯，猜灯谜，吃元宵，僧寺道观也会在这一夜大做法事，整个夜晚好不热闹。这在隋炀帝的诗中就能全面地体现出来：

法轮天上转，梵声天上来。
灯树千光照，花焰七枝开。
月影疑流水，春风含夜梅。
燔动黄金地，钟发琉璃台。

《元夕于通衢建灯夜升南楼》

法轮、梵声，一看就是佛教用语——正是描写元宵夜佛教做法事的盛况。但是在隋炀帝眼中，不只有佛事，耀眼的灯光夜景、含春的红梅，黄金地、琉璃台，才是他真正得意和喜欢的东西。

还有许多专门描写元宵花灯的诗。如唐代诗人苏味道的《正月十五夜》，就透着一派升平气象，比隋炀帝的有过之而无不及：

火树银花合，星桥铁锁开。
暗尘随马去，明月逐人来。
游伎皆秾李，行歌尽落梅。
金吾不禁夜，玉漏莫相催。

唐人崔液的《上元夜》也非常精彩：

玉漏铜壶且莫催，铁关金锁彻明开。

谁家见月能闲坐，何处闻灯不看来。

由于很多平日不能出门的女子，在元宵节夜间的赏灯活动中也被允许出来赏灯游玩，所以这一天成了很多青年寻觅另一半的绝佳时机。故而，关于元宵节的爱情诗，也多不胜数。最著名的，自然要数辛弃疾的《青玉案·元夕》了：

东风夜放花千树。更吹落、星如雨。宝马雕车香满路。凤箫声动，玉壶光转，一夜鱼龙舞。　　蛾儿雪柳黄金缕。笑语盈盈暗香去。众里寻他千百度。蓦然回首，那人却在，灯火阑珊处。

词的上阕极力描写当夜的繁华热闹场景，下阕转而写人。这些游女，一个个雾鬓云鬟，盛妆出行，戴满了闹蛾儿、雪柳、金缕头饰。她们涂脂抹粉，说笑不停，即便走过去了，还能留下幽幽的香味。

可是这些佳丽，却没有一个是主人公所青睐的对象。他在人群中寻找，却总是踪影皆无。忽然，眼光一亮，在那一角残灯旁，分明看见了她，原来，在这被冷落的地方，她还未归去，似有所待。主人公已寻了“一夜”，已寻了“千百度”，终有所得，应该是快乐的。但是即便一夜千百回，心中佳人尚算易得，可是懂得自己政治抱负的国之知音呢？却恐怕没那么容易遇到了吧！

辛弃疾写这首词的时候，刚刚从北方投至南宋临安。当时大宋半壁江山都被辽人所占。但是南宋政府却不图收复失地，反而偏安一隅，沉湎享乐，粉饰太平，自我陶醉其中。这首词被人们颇为称道，特别是用众多佳丽衬托一个心中所渴慕的佳人殊为难得。而在中国传统诗歌中，佳人又往往代指政治中的知音，现实中中意的女子遇到了，可是，自己的政治抱负什么时候才能施展呢?

辛弃疾不知道，他的政治抱负已经没有机会实现了。本书前文说过，他很快就被排挤罢官，只好自号稼轩，半耕半读度过下半生。

五

正月处在农闲时节，大家可以找各种理由给自己放假。正月一结束，马上就要开始忙碌的春耕了。二月初二的“龙抬头”，就成了农闲收尾，农忙开始的标志。所以很多地方，二月二又直接被称为“农耕节”，其意不言自明。

二十八星宿，是中国特有的一套天文知识。类似于西方黄道十二宫，中国古人也把太阳运行的黄道附近的星星作为坐标，用以观测太阳的运行轨迹。这些坐标，被分为二十八个星座，就是我们常说的“二十八星宿”。人们又按照东南西北的区域对其进行划分，二十八宿就被形象地看成四个瑞兽——这就是东方苍龙、西方白虎、南方朱雀、北方玄武的来历。其中，东方苍龙七宿是角、亢、氐、房、心、尾、箕。角代表龙角，亢代表龙的咽喉，氐代表龙爪，房代表龙的胸，心代表龙的心脏，尾和箕代表龙尾。东汉许慎

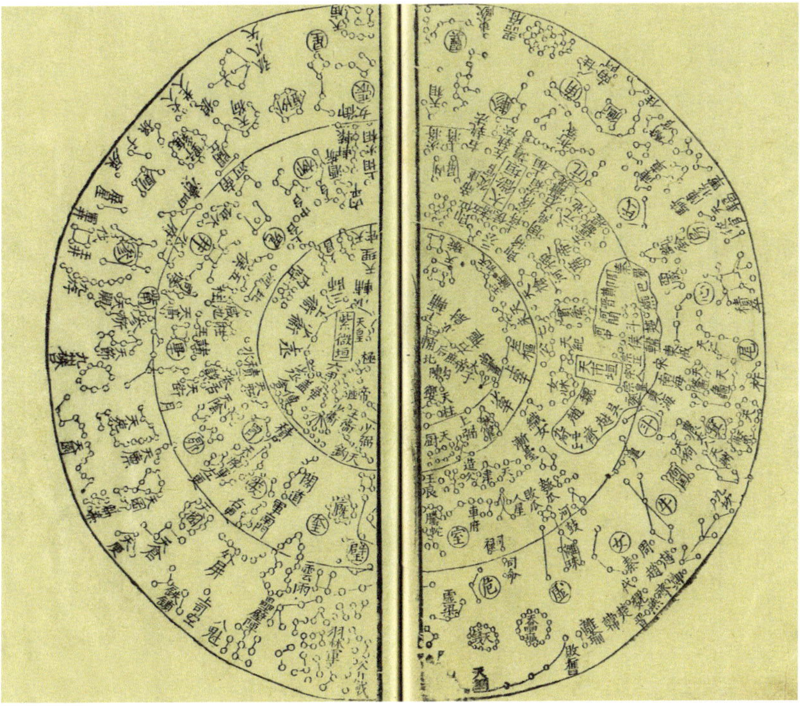

〔明〕王圻、王思义撰辑《三才图会·天文》

《说文解字》中有龙“能幽能明，能细能巨，能短能长，春分而登天，秋分而潜渊”的记载，实际上说的就是东方苍龙星象的变化！

每到阴历二月初二晚上，代表龙角的角宿开始从东方地平线上显现，大约一个小时后，龙的咽喉亢宿也升至地平线上，接近子夜时分，氐宿，即龙爪也出现了。于是，这一天就被称作“龙抬头”日。

农耕靠天吃饭，最怕的就是旱涝之灾，这都和水息息相关。在古人的观念里，龙掌管着行云布雨之责，和耕种关系极为密切。所以把龙抬头之日定为农耕节，还要举行祈雨活动，以及其他各种活动庆祝苍龙出现，所期望的还是本年风调雨顺。由于龙、雨、庄稼有如此密切的关系，所以在这一天夜里，还有个带点迷信意味的风俗——听雨占。南宋诗人洪咨夔就写过一首诗，提到了这个风俗：

葛根已尽麦方青，延颈东来米价平。
怕听三更三点雨，要占二月二朝晴。

《田家以二月二日晴雨占谷价枕上口占》

在中国，农人劳作最为辛苦，却往往也是最为穷困的群体。南宋贸易已经比较发达，人们的粮食作物在市场流通交易的现象早已普遍。可是，年景好，大丰收，农人的粮食却卖不出好价格；年景不好，受灾挨饿的，也一定是底层百姓。无论如何，古代中国封建统治下的市场贸易，都真正保障百姓的利益。但是即便在这样不利的环境下，农民还是心怀憧憬，希望能有好收成——起码不至于挨饿。所以，就在二月二子时，“龙头”完全抬起来的时候，观察天象，以预测来年的雨水多少。一般当夜无雨、万里晴空，就意味着来年风调雨顺、雨水均匀。

又因为龙是百虫之王，人们在这一天的祭祀中，对龙的期待又多了一些内容。虫子们经过一个冬天的蛰伏，也在这一日前后出来。而老房子的土墙里，爬出个蝎子蜈蚣什么的，太正常不过。但是这些有毒的东西，对人是很不好的。所以人们也会在这一天手举火把，把阴暗的角落照一照——虫子们害怕被苍龙看到，自然吓得四处逃跑，不敢藏匿。

二月二农耕节，人们祭祀苍龙使之愉悦，本质上是古人在农耕生活中，对“水”的恐惧和崇拜。可是人们生活离不开水，更一样离不开火啊！所以，紧接着，有一个节日，就和崇拜火有密切关系。

说来我们可能想不到，这个崇拜火、和火有密切关系的节日，居然是寒食节和清明节。

清明是中国传统的二十四节气之一，寒食节在清明的前一两天，由于日子非常近，所以人们往往把寒食和清明并在一起说。这时候草长莺飞，人们常常出去踏青，以解一冬沉闷。比如“清明寒食好，春园百卉开”（韦应物《寒食》），“清明寒食风烟地，判到今春不着家”（陈造《鹧鸪天·遍赏扬州百种花》），还有“青郊绿野无穷意，寒食清明三月时”（苏泂《金陵杂兴二百首》），等等。

提到寒食节的来历，很多人都会想到春秋战国时代的晋文公、介子推（也作介之推）的传说。

故事是这样的。晋文公重耳早年落魄流浪的时候，介子推不离不弃跟着他。有一次重耳饿晕了，介子推就把自己腿上的肉割下来煮了一碗肉汤，才救了重耳的命。后来重耳回国，登上国君之位，当年跟随他的人都得到了高官厚禄的赏赐，但是在百忙之中，他居然把介子推给忘了。等想起来再去寻找的时候，介子推已经和老母逃离都城，藏至绵山，拒不受仕。重耳无奈，就放火烧山，想把介子推逼出山来。但是没想到，倔强的介子推宁可被烧死也不愿意下山来。晋文公找到介子推的尸体以后，悲恸异常，就下令这一天全国不许生火，以纪念介子推。于是这一天就成了寒食节。

其实，把介子推和寒食节联系起来，这也是后世儒生丰富节日文化、寓教于乐的行为。比如从宋代诗人李复的《九日过介之推庙》就能看出，这种寓教化于节日的行为，确实起到了良好的教化功效。其中有两句写道：

论功嗟晋粟，流怨动汾波。
千岁遗灵在，乡民禁火多。

前两句是对介子推的事迹进行简要概括——介子推至忠至义，行忠义之事不求回报，在论功行赏的时候，保持了高洁的骨气，拒食晋粟；而介子推的死也引起天下人的不满和愤恨。后两句是说介子推的精神千岁之后，依旧影响着大家，至今这里的很多乡民，都会在寒食节禁火。

不管是乡民还是李复，他们都过寒食节，只不过可能乡民只知道禁火，而李复则明显缅怀介子推。我们可以想象，这种寓教于节的做法，会让后世每过一次寒食，就不禁会感叹一下介子推的事迹，潜移默化地学习一下先贤的精神。

唐代诗人韩翃有一首《寒食》，非常著名：

春城无处不飞花，寒食东风御柳斜。
日暮汉宫传蜡烛，轻烟散入五侯家。

前两句很好懂，是对当时长安城的景物描写。但是人们对后两句“日暮汉宫传蜡烛，轻烟散入五侯家”的理解，往往不够深入。多数人把关注点放在对“五侯”的解释上，认为韩翃借古喻今，用汉桓帝一日封五个宦官为侯的典故，比喻唐王朝的宦官专横。并进一步认为，寒食节禁火，然而受宠的宦官，却得到皇帝的特赐火烛，享有特权，清楚点出这首诗是讥讽宦官的得宠。甚至编选《唐诗三百首》的蘅塘退士也在诗后批注：“唐代宦者之盛，不减于桓灵。”

唐代中期以后，宦官确实专横，非要理解为讽刺宦官专权也能说得通。不过如果知道“汉宫传蜡烛”是怎么回事，或许对这首诗就会有新的认知了。其实，这首诗恰恰反映了寒食节的真正渊源。

我们常说，人和动物的区别之一，就是人类会使用火。对火的运用，绝对是人类文明史上最为重要的行为之一。许多民族和地区都有崇拜火的历史，中国古人对火一样崇拜，还特地把传说中的燧人氏列为三皇之一，以纪念他钻木取火的伟大功绩。

从今天考古的材料看，早在旧石器时代，人类就已经掌握了人工取火的方法，比如钻木取火、碰撞火石溅出火花等。但是人工取火非常费力，为了方便使用，人们往往保存火种，使其昼夜不熄。而且古人相信，火是有生命的神物。既然人随着时间的流逝会老去，那么一直燃烧的火也是会老去的；人会死亡，火也会熄灭。

所以古人就相信，火和人一样，越是新生的火，生命力就越旺盛。更为重要的是，古人还相信，火的生命力会影响人的生命力，比如用老火烧的饭，人吃了就容易老去。因此，就有了带有巫术性质的改火行为——定期让旧火熄灭，重新钻木取新火。用新火照明取暖，人就会和新火一样年轻健康了。

个人用旧火会影响身体，如果国家用旧火，就会使国运衰退。所以在《周礼》中，还记载有专门负责改火的职官，叫司爟氏，他"掌行火之政令，四时变国火，以救时疾"。那时候，改火是一件神圣又严肃的大事，国家会随着四时变化，而取不同的火种，以应天时。《周书·月令》记载：

春取榆柳之火，夏取枣杏之火，季夏取桑柘之火，秋取柞楢之火，冬取槐檀之火。一年之中，钻火各异，故曰改火也。

改火的习俗在汉代之前非常盛行。但是到了南北朝时期，一度中断。唐代国家大一统，为了彰显国家权力，延续国祚，以示自己是天命所归的王朝，唐朝皇室重新恢复这一古老的礼制。遂在寒食节禁令全国统一熄火，然后到清明时再重新取火，以示"改火"的目的。刘长卿《清明后登城眺望》

诗中“百花如旧日，万井出新烟”的句子，说的就是清明万户改新火的事。

而在皇宫，还有一个“赐火”的仪式。即在清明交节之时，有人将“柳榆新火”献上，然后皇帝下令，颁赐新火。于是，太监们将众多的蜡炬在新火上点燃，列队而出，将新火引至宫廷之外，递给在朝大臣官员。万炬齐明，万点灯光，这是一个相当壮观的场面。

由于唐朝可能不像原始人那样，相信火和人的命运同步，唐室赐火更多是强调权力以及和大臣友好交流的仪式，再加上阴、阳历法之间的细微误差（比如清明正式交节的时间有早有晚），故而具体赐火的时间也随之变化。

由此，可以知道韩翃诗中的“汉宫传蜡烛”讲的是皇室改火、赐火之事，也就知道为什么第二句要写“御柳斜”了，因为春天改火，是取火于柳树。这样，或许能看明白，无论此诗是否讽刺了宦官专权，但是所说的“寒食节大家都禁火，而皇宫耍特权，赐给宦官蜡烛”确属望文生义的解释。

寒食、清明前后相连，渐渐就混在一起，后世也慢慢不再有改火的习俗。清明遂成为专门修葺坟茔、祭奠先人的节日。杜牧的“清明时节雨纷纷，路上行人欲断魂。借问酒家何处有，牧童遥指杏花村”（《清明》）已成为清明节的特殊符号——随着纷纷细雨，潸然流泪怀念先人。

清明节还和上巳节（即三月三踏春节）逐渐混同。因为两个节日时间相去不远，并且都有出郊踏青的活动，所以后世也渐渐将其混为一谈了。

整个冬日，人们憋在家中足不出户，所以出冬之后的清明有打秋千之类的户外活动习俗，目的是“壮阳气，去邪祟”；与之类似，上巳节人们还有壮阳驱邪的仪式——去河边洗澡祈福，这就是“修禊”。《兰亭集序》就是写于上巳修褉之日。

春天草木萌动，万物生发，也是繁衍子孙的时间。古代农业社会，生儿育女、繁衍后代当然是大事。所以，修禊之后，人们会祭祀主管生育和婚姻的“高禖”神。“高禖”由于地处郊外，所以也叫“郊禖”，“禖”就是“媒”的意思。与之对应的寒食清明的踏春，多少也就保留了上古郊外野合的古风。

八月节，是传统节日中几乎可与春节媲美的另一个重大节日，其源于古代帝王秋天祭月的礼制。月亮给夜晚带来光亮，在古人心中的地位非常之高，阴历就是根据月亮的阴晴圆缺周期制定的。八月十五，月亮距离地球最近，也最圆、最亮，这一天自然是祭月的最佳时期。《礼记·祭法》中就有“夜明，祭月也”的记述。

到了唐代，八月十五正式成为一个民间节日，各种赏月、祭月活动也多了起来。刘禹锡就在中秋赏月的时候，写了一首诗遣兴：

天将今夜月，一遍洗寰瀛。
暑退九霄净，秋澄万景清。
星辰让光彩，风露发晶英。
能变人间世，翛然是玉京。

《八月十五夜玩月》

这首诗写得万里秋光，一片清凉，月亮在诗人的眼中晶莹剔透，可爱至极。这是士大夫逍遥于家中，和朋友饮酒相聚才能有的情致。尽管诗中最后一句，隐隐有联系现实的意思，但是那顶多算诗人笔下写景之后的升华之句。

刘禹锡是惬意地赏月。但是这个节日，还有一个更大的主题——思念和团圆。

农耕文明，把中国古人都固定在了自己耕种的土地上。

古人生活在宗法社会的背景中，日出而作，日落而息，坚守祖辈留下的田地，繁衍着后代生命。固定的生存方式培养了古人安土重迁、宁静平和、不事扩张的文化品格，更培养了他们对家乡亲人深深的眷恋之情。

出于徭役、读书、戍边、战争等各种原因，背井离乡，漂泊在外，对古人来说堪称灾难。思乡之情会与日俱增地折磨他们，读书人眼中所见的一草一木，都会引发他们对故乡亲人的思念。

尤其是月亮。月亮的阴晴圆缺，给人以变化无常的感觉。十五的圆月，很自然让人想到团圆的主题。静静的夜晚，也正是游子心灵最为脆弱的时刻，所以月亮就总和思念一起出现。而在中国古代文学作品中，对月思亲之作，比比皆是。李白的《静夜思》，短短二十个字，几乎家喻户晓。

那么一年之中，月亮最大、最亮、最圆的八月十五，自然也就成了团圆之节、思念之节了。八月正值金秋，果蔬丰盛，气候宜人，人们在月下品酒赏月，睹月思人。这方面最为精彩的佳作，就是苏东坡在中秋节喝醉之后，思念弟弟苏辙而作的名篇《水调歌头·明月几时有》：

明月几时有？把酒问青天。不知天上宫阙，今夕是何年。我欲乘风归去，又恐琼楼玉宇，高处不胜寒！起舞弄清影，何似在人间。　转朱阁，低绮户，照无眠。不应有恨，何事长向别时圆？人有悲欢离合，月有阴晴圆缺，此事古难全。但愿人长久，千里共婵娟。

赏月，自然离不开对月亮的描绘和想象。从汉代就开始流传的嫦娥奔月的故事，同样符合思念亲人的主题，于是就和中秋节紧密联系在一起，以至“婵娟”在文人笔下，都成为月亮的代称。

云母屏风烛影深，长河渐落晓星沉。
嫦娥应悔偷灵药，碧海青天夜夜心。

李商隐《嫦娥》

想来嫦娥孤身一人在广寒宫，抚摸着宠物玉兔，恐怕更多的是后悔吧。别说没有不死药，就算真的有了，让一个人孤单而长生不老地活着又有什么意义呢？

和嫦娥类似的，还有一个神仙女子织女，她也是一样地终日孤单，不能见自己的亲人。不过好一点的是，织女每年可以有一天的时间，和丈夫牛郎相会。

由于织女和牛郎，是被不讲道理的王母强行分开的，所以，人们对织女的同情显然大于偷吃灵药的嫦娥。

牛郎织女的完整传说，最早记载在《荆楚岁时记》之中：

七月七日，为牵牛织女聚会之夜。是夕，人家妇女结彩缕，穿七孔针，……或陈几筵酒、脯、瓜果、菜于庭中以乞巧。有喜子网于瓜果上。则以为符应。

喜子，就是小蜘蛛。不过，《荆楚岁时记》是南北朝的作品，这个风俗肯定更为古老。现在大家通常以为，银河会的传说在战国末期就有，而固定在七月七日，则是汉武帝时期的事。日本学者加井真认为，七夕的传说，综合了始于殷代的养蚕风俗，在河边为王者编织农耕祭祀时所穿的祭服，祭祀时的渡河仪式，以及和农耕关系密切的耕牛等要素，是一种杂合而成的文化现象：

迢迢牵牛星，皎皎河汉女。
纤纤擢素手，札札弄机杼。
终日不成章，泣涕零如雨。
河汉清且浅，相去复几许。
盈盈一水间，脉脉不得语。

佚名《古诗十九首·迢迢牵牛星》

自从牛郎织女的故事开始流传以来，人们就对织女寄以无限的同情，这首《迢迢牵牛星》便是其中最有代表性的作品之一。诗人用最质朴的语言，诉说牛郎织女隔河相望，却不能在一起的悲惨遭遇，而织女只能“终日不成章，泣涕零如雨”——连布也织不成，终日涕零如雨。

〔清〕丁观鹏 《乞巧图》

由于织女心灵手巧，连天上的云霞都是她的杰作，所以这一天就变为女子祭祀织女、乞巧的节日。唐代诗人权德舆的《七夕》，就描写了这个风俗：

今日云骈渡鹊桥，应非脉脉与迢迢。
家人竟喜开妆镜，月下穿针拜九霄。

相传每年七夕牛郎织女会相会，可是怎么过的银河呢？人们说，喜鹊在这一天纷纷飞上天，在银河上搭成“鹊桥”，以促良缘。所以权德舆说牛郎织女七夕鹊桥相会，不像往日只能脉脉相望。而人间家家户户，却忙着打开铜镜、化妆盒，在夜里穿针引线，遥拜九霄。

显然，牛郎织女的形象，正是中国几千年来，无数底层老百姓身份的凝华。大家都是男耕女织，组成最基本的家庭单位。牛郎织女的故事，当然是传说，他们即便隔河相望，却毕竟是神仙，不用真正遭受人间疾苦。而在历朝历代，中国真正的“牛郎织女”们，却担负着沉重的赋税徭役，不知道要比天上那两位辛苦多少。

孟郊有一首《织妇辞》，就是用乐府旧题去写真正的“牛郎织女”的疾苦生活：

夫是田中郎，妾是田中女。
当年嫁得君，为君秉机杼。
筋力日已疲，不息窗下机。

〔清〕冯箕《七夕怀远图》

如何织纨素，自著蓝缕衣。

官家榜村路，更索栽桑树。

孟郊用织妇的口吻，难过地说道："郎君您是田中郎，我是田中女，当年嫁给您，我就为您养蚕织布。我不知疲惫地辛勤劳作，从未停过纺车织机，却连一件干净的衣服都没有。官府还在村口张榜，要我们多栽桑树，多供丝布。"——牛郎织女无论再怎么努力，又怎能堵上官家的贪腐之口啊！

七

古代中国是农业社会，几乎所有的传统节日，都和农耕文明有或多或少的关系。不过，除了分析传统节日里的农耕文化之外，如果从人类学的角度去看，还能得出更有趣、更深入的认知。

远古人类在认识世界的同时，更多的是畏惧自然世界。出于对自身的保护和对实现愿望的希望，人们便采用了各种主动或被动的手段——弗雷泽称之为"积极巫术"和"消极巫术"。积极巫术是各种模仿行为，消极巫术就是各类禁忌。[4]在人类学看来，大多数传统节日被古人尊重的原因，除了祈祷丰收、答谢祖先和各种农神之外，更深层次的

4 关于"积极巫术""消极巫术"，见弗雷泽的《金枝》。中国的节日民俗，大多是这一现象的反映。由于中国是农业社会，这些节日内容便以农耕文明的形式出现。后来，巫术的色彩淡去，就以民俗的形式保留下来——这个时间，大约在唐代，所有的节日活动，无论是禁忌的带有巫术色彩的，还是祭祖祭神带有庄重典雅色彩的，通通开始向娱乐型礼仪转化。节日的情绪，就由畏惧，变为欢乐、喜庆了。

是人类天生的恐惧感——尽管这种文化心理极其古老，已经被各种欢乐的民俗所隐藏。

“节”，《说文解字》解释为“竹约也”，本意就是竹节。“节”音同“劫”，二者含义也可互通。过节，就是“过劫”。之所以称之为过节，是因为古人认为这些日子都是非常凶险的“劫日”。于是，节日中的各种活动或禁忌，都是他们趋吉避凶的手段。

最典型的，是端午节。今天我们提及端午节，大多数朋友第一时间想到的就是和屈原有关。诸如唐代诗人文秀的诗：

> **节分端午自谁言，万古传闻为屈原。**
> **堪笑楚江空渺渺，不能洗得直臣冤。**
>
> 《端午》

其实不然，屈原的死亡绝对不是过端午节的最早原因。

端午节是农历五月五日。“五”，在甲骨文中，写作上下两横，中间一个叉叉。两横代表天地，叉叉代表相交。有时候，还会写作上下两个三角，尖对尖的样子。“五”的本来含义，就是天地双方相战，尖锐对立。《说文解字》是东汉许慎所写，那时候已经流行阴阳五行观念，所以许慎将“五”解释为“阴阳在天地间交午也”，清代段玉裁也解释为“五行相克相生，阴阳交午”。尽管他们在解释“五”的时候，都援引了后代才有的阴阳五行观念，但是都提及了“交午”的含义。“交午”就是尖

甲骨文"五"字的写法

锐对立，直面冲突。

那么，可想而知，"月""日"的数序都是"五"，这么一个尖锐恐怖的天地相战之日，难道不应该躲避和祈祷，并通过各类巫术手段来保全自己吗？

恰好，这阵子正是夏木茂盛、虫蛇骤出的时间。蛇等毒虫，恐怕也是生活在草木丛生环境下的原始人最可畏的对象了。现代人见面问"你吃了吗"，那时候的人见面问"没见着蛇吧"。蛇的本字是"它"字，所以有时候看古文会有"无它"的记载，就是"无蛇"的意思。《后汉书·马援传》中有"望见吉，欲问百春无它否"之句，字面意思就是"别碰到蛇啊"，含义类似今天的各类祝福之语。

所以，"端午劫"天地交战，表现出来的最直接的灾害，就是各类虫蛇鼠蝎。于是，人们要以积极巫术（主动手段）和消极巫术（禁忌）来保护自己，避免这些灾害。

于是，可以看到端午节的民俗，除了吃粽子之外，大多数都和趋吉避凶有关。比如门上放艾草——可以驱蚊辟邪；喝雄黄酒——蛇最怕雄黄；绑五色绳——象征寿命的延续，被称作“续命缕”；佩戴香囊——也是为了驱虫。清代李静山有一首《端阳》，把这方面的意思都表达出来了：

> 樱桃桑椹与菖蒲，更买雄黄酒一壶。
> 门外高悬黄纸帖，却疑账主怕灵符。

尽管最后一句写得很调皮，调侃式地说黄符可以辟邪也可以辟债主，反映了底层穷困人家可怜无助却又达观的性格，不过整体而言，还是把端午节的禁忌意识写出来了。

到了后来，这些禁忌还被加以重新演绎。在一些地区，流传着铁拐李在端午节出来为民除害降服五毒（蛇、蝎、蜈蚣、蜘蛛、蛤蟆）的故事。所以，人们还会给小孩子穿一件绣有“宝葫芦收五毒”故事的红色肚兜。

这才是远古先民们过端午节，也就是“端午劫”的真正原因。陕西关中地区还会把端午节叫“五毒日”，在那里，除了上述各类民俗之外，还有一个禁忌——这一天是绝对不能在大中午往出跑的。显然，也是和“午时”“交午”的含义相关。

重阳节也一样。

重阳节，人们有登高远望、插茱萸的风俗。王维写道：

> 独在异乡为异客，每逢佳节倍思亲。

遥知兄弟登高处，遍插茱萸少一人。

《九月九日忆山东兄弟》

由于重阳正是菊花花期，所以理所当然的，赏菊也就成为重阳节的重要内容。比如孟浩然写“待到重阳日，还来就菊花”（《过故人庄》），还有杜牧在《九日齐山登高》中写的“江涵秋影雁初飞，与客携壶上翠微。尘世难逢开口笑，菊花须插满头归”。

不过，深入分析起来，重阳和端午一样，是由于人们认为重阳这一天也是个劫难，才会通过各种习俗，期望顺利“过劫”。

九月九日为劫难的观念，和前文提到的大火星有关。大火星和中国古人关系很密切，曾经应该有过以大火星为标志的历法，只是后来被太阳历、月亮历所代替。大火星作为时间的坐标，被先民崇拜可谓在情理之中。

每年农历三月，大火星在东方；农历五月出现在天中；农历九月隐于西方地平以下。所以到了九月九日前后，人们惊惧于神明一样的大火星的隐没——这意味着少了一个时间坐标。并且，大火星的离去意味着寒冷的严冬即将到来，于是大火星隐没之时也成为劫难之日。

之所以要登高，是因为登高才能望远，才有可能追望到大火星的踪影；之所以要插茱萸，因为茱萸也是可以辟邪挡灾的植物——茱萸俗称辟邪翁。

由大火星引申为火神，所以重阳也有祭灶的习俗。因为火灶是家中的“火神”。通过这些禁忌和手段，希望能顺利渡过“大火隐去之劫”。所以，“九月节”也是个凶日。

至于九为单数最大、老阳之数、象征长寿，故而把九月节固定在“九月初九”这一天，称之为重阳节、老人节云云，以及赏菊花、吃重阳糕等等，明显是依附于“九月劫”之后的民俗娱乐习惯了。

还有许多节日源自宗教，或者主要与宗教文化有密切关系。诸如二月初一中和节，是太阳的生日；二月十五真元节，是太上老君诞辰；四月初八浴佛节，是佛祖诞辰；七月十五中元节（道家称呼）、盂兰盆节（佛教称呼）；等等。这些节日也有很多有趣的文化现象，由于和“耕读”的主题关系不是很大，暂不赘述。

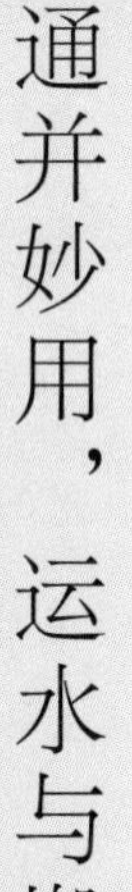

神通并妙用，运水与搬柴

修行于农田之中

人们常说，中国古代文化略而论之，可以分为儒、释、道三家。儒士、道士、僧侣，都是知识阶层的代表。很多僧道出家之前，都是满腹经纶的儒生——他们都是广义上的读书人。所以，同样是“半耕半读”，道教、佛教和儒家的耕读理念就有很大不同。

儒家的耕读，作为一种生活方式，其最终的价值取向是在世俗中，或博取功名，或暂避坎坷以待来时，总是离不开名利财权。而道教的隐逸求仙，佛教的农禅并举，第一价值却是出世的，宗教价值，就意味着超越世俗。无论是在道士还是僧侣看来，世俗的功名利禄都是烦恼和束缚心灵的枷锁，他们只是借着世俗的皮囊去参悟天地规律，体悟大道。之所以还要耕种，是因为道士和僧侣毕竟还是凡夫，还有饮食需要，对他们而言，农耕只是基础的生存手段，以及借以悟道的方式——尽管中国的宗教有世俗化的一面，但是他们的终极价值追求，仍是非世俗的。

一

按照佛教戒律，比丘是不应该耕田掘地的。“若比丘自手掘地、教人掘者，波逸提。”（《四分僧戒本》）

所谓“波逸提”，是梵语音译，指的是出家僧侣所犯的轻微的、没断灭善根的罪过。同时，在佛教其他典籍中，还赞叹了比丘不耕田掘地的三大好处：

> **多论（《萨婆多论》）不掘地坏生，三益：一、不恼害众生故，二、止诽谤故，三、为大护佛法故。若佛不制此二戒者，国王大臣役使比丘。由佛制故，王臣息心，不复役使，得令静缘修道，发智断惑，是名大护。**
>
> （《行事钞·随戒释相篇·掘地戒》）[1]

这段话的意思大致是说，作为比丘，如果掘地，会有伤害生命的可能。如果不掘地，则有三大好处：第一，不会伤害众生；第二，可以止息人们的诽谤；第三，可以保护佛法昌盛。为什么不掘地就能保护佛法呢？下面解释说，如果比丘可以耕地，国王大臣就会役使比丘，而作为佛法在世间的表征——比丘，就不能专心修持，获得解脱。而一旦有了这样的戒律，国王大臣就不会役使比丘，比丘就可以静心修道，断除烦恼，获得解脱了。这样不是光大昌明佛教了吗？所以称之为“大护”。

佛教诞生于古印度。古印度草木丰茂，获取

1 《四分律删繁补缺行事钞》卷中3，《大正藏》卷四十，76b。

饮食相对容易，并且那里宗教思想发达，人们有供养出家人的习惯。古印度人相信，生命并非只有这一世，通过布施可以结善缘、增长善心，有利于未来的利益。他们将布施的对象叫作“福田”——平常人耕种土地，是稻田；布施僧侣、长者乃至一切众生，等于播下善良的种子，长成福报，那么僧侣、长者、众生就都是“福田”。所以在印度，出家为僧的人有条件不事田产、专心修行以求解脱。

但是当佛教传入中国之后，情况就有了变化。

东汉时期，佛教传入中国，并很快被广为传播，还出现了道安、鸠摩罗什、僧肇、慧远等高僧。之后的魏晋也是佛经翻译的高峰期。鸠摩罗什译出《佛遗教经》，其中提到的比丘所禁止的诸种行为，就有“安置田宅、一切种植、斩伐草木、垦土掘地”（《佛遗教经》，《大正藏》卷12，1110c），所有在田野园林中进行生产的行为都是被禁止的。

不过，在中国农业为王，土地始终是最重要、最稳定的财富，所以王侯将相大士族们，会把良田提供给寺院。寺院僧人有戒律而不能直接耕田，所以必须有中间的役使人员。依附于寺院田产的劳动者，就被称为“僧祇户”“佛图户”或者“净人”。

逐渐地，寺院田产财富越来越多。大量底层穷苦百姓为了逃避徭役等，纷纷投靠寺院。而僧侣因为不用参与劳动，逐渐贵族化、特权化，就引起世俗的不满。据汤用彤先生的统计，在唐武宗时期，“僧尼多达206，000人，大寺4600座，兰若4000所”[2]，而依附于寺院经济的净人更是多不

2 罗宗涛：《唐人题壁诗初探》，《唐代文学研究》第3辑，1992年，第56—90页。

〔宋〕梁楷 《六祖斫竹图》

胜数。而历史上有“三武一宗灭佛”的法难，原因之一，就是寺院经济的膨胀，形成与国家财政相抗衡的局面，从而导致当政者废除寺院经济，将其收归国家所有。

与这种大经济体寺院不同的，还有大量的僧侣或栖居山林，或云水四方。南北朝至初唐，战乱频繁，大量流民无家可归。一些山林寺僧遂本着大乘菩萨精神，率众开垦荒地，安顿众生。由于他们有组织地亲自耕作，所以反倒在乱世中，能够开辟一片安乐园。这些僧众之中，以禅宗最具典型。

二

自达摩祖师东传禅法以来，禅宗以其独特的精神面貌很快风靡华夏，深深地影响着中国传统文化。起初，禅者们都是零星散居，一衣一钵，修头陀行，随遇而安。从四祖道信、五祖弘忍开始，他们广聚众徒，率众垦田。当时的实际情况，可能没有我们想象中的像大唐盛世般歌舞升平，底层生活还是非常艰苦的，一般的寺庙还没有能力聚集大量僧人。但由于五祖弘忍的东山道场能衣食自给，所以四方从学者众多。

学僧之中，就有后来誉满天下的高僧——六祖慧能。

慧能的故事，相信大家都已经耳熟能详。他初谒黄梅之后，就开始了长达数年的“舂米”职事。禅宗自四祖以后，禅风开始变化，主张寓禅于劳动、生活之中，把搬柴运水，都当作悟道法门。在几年的舂米生活中，慧能逐渐体悟本性，以那首著名的偈子为证，传承了五祖禅门衣钵：

菩提本无树，明镜亦非台。

本来无一物，何处惹尘埃？

六祖慧能以后，天下禅客不外其门。但是接下来的一段时间，禅僧们依旧云居岩穴，或者暂居律宗寺院。一直到了马祖道一和百丈怀海的时候，禅宗才开始真正建立自己的寺院，制定“丛林清规”。从此之后，农禅并举成为中国古代耕读文化中一道独特的风景线。

根据《传灯录》的说法，慧能座下优秀弟子众多，其中青原行思和南岳怀让两支最为杰出。而马祖道一就是南岳怀让的衣钵传人。

马祖道一，俗姓马，所以人称马祖道一。马祖道一对后世禅宗的影响非同寻常。胡适称赞其为“中国最伟大的禅宗高僧”，日本学者柳田圣山认为：“马祖以后，禅的特色是最具有强烈的生活意味。这是在辽宽广漠的中国大地上诞生的人文主义的宗教。”[3]

首先，是马祖开辟了丛林。天宝元年（742），马祖道一住建阳（今福建建阳）佛迹岭，开始聚徒教化，自创法堂——禅僧不再依附于律宗寺院，而是独自建立丛林。

其次，是他的禅法思想。马祖道一继承了慧能大师的思想，并将其进一步总结推广，用适于中国人思维特点的语言“平常心是道”，把大乘佛教的精义表达了出来。至今，都时常听人说 “平常心是道”。

不仅如此，他还根据“平常心是道”的思想，开创了丰富多样、独具特色的教学方法，比

3 [日]柳田圣山：《禅与中国》，毛丹青译，生活·读书·新知三联书店1988年版，第138页。

如喝、打、踏、竖拂、画圆相，说一些不可理解或无义味的话，等等——就是后世所谓的禅机。后代禅师接引学人喜欢机锋、话头，答非所问，马祖可谓滥觞。

马祖弟子众多，有三个最为杰出，分别是百丈怀海、南泉普愿和西堂智藏。有则公案很好地把三个人的特点表现了出来。

一天傍晚，师徒四人在一起看月亮。马祖问："这样的光景怎么样？"

西堂智藏答："正好供养。"

百丈怀海答："正好修行。"

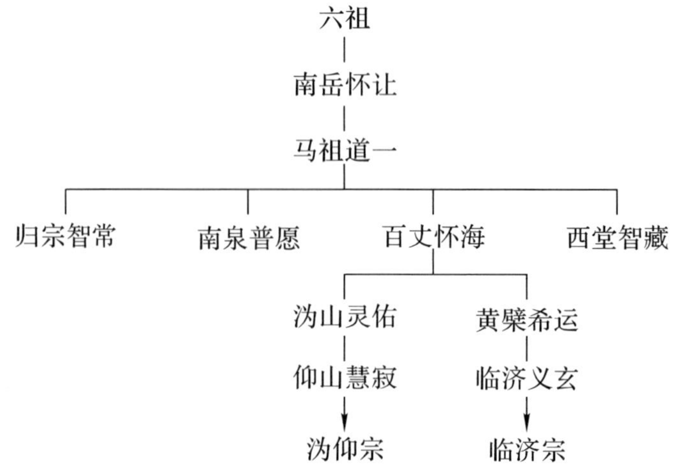

南岳怀让谱系图

南泉普愿则拂袖而去。

马祖说："智藏是参读经的主儿，怀海是位禅家，只有普愿，超然物外。"

三个弟子后来都成为一代宗主。而百丈怀海，更是在老师思想的影响下，制定"百丈清规"，把农禅并举这一独特宗风，变为中国古代寺院最重要的生存方式。

我们今天已经看不到百丈怀海禅师最初制定的清规原文了。虽然有元代《敕修百丈清规》存在，但是和唐代百丈禅师所定的必然有区别。不过完全可以肯定的是，百丈怀海禅师建立清规制度，从制度上规定僧众必须"普请"——上下均力，出山躬耕；而且他的名言"一日不做，一日不食"，成为中国丛林的千古名训。

从制度上要求僧众耕田种菜，就必须解决一个理论困境——文章一开始就提到的比丘为避免杀生而不能掘地的问题。在《古宿尊语录》中，对于违犯戒律的问题，百丈做了如下的说明：

> 问：斩草伐木，掘池垦土，为有罪报相否？
>
> 师云：不得定言有罪，亦不得定言无罪。有罪无罪，事在当人。若贪染一切有无等法，有取舍心在，透三句不过，此人定言有罪；若透三句外，心如虚空，亦莫作虚空想，此人定言无罪。

百丈禅师认为，"有罪无罪"，关键由"心"来决定。这是用大乘佛教的精神来阐释农耕作务与不杀生戒的矛盾。

佛教传入中国的时候，已经是大乘佛教。大乘佛教的精神是舍己为人，度化一切有情众生，所以相比原始佛教，僧人需要积极入世，救度世人。但是，中国的比丘们原来遵守的戒律，却以小乘部派的戒律为准。百丈怀海禅师就是打破这一矛盾局面的划时代智者。所以《宋高僧传》卷十《怀海传》中提到，怀海禅师住在百丈山时，很多学者前来从学，于是他说：

> **吾行大乘法，岂宜以诸部阿笈摩教为随行邪？或曰：《瑜伽论》《璎珞经》是大乘戒律，胡不依随乎？海曰：吾于大小乘中，博约折中，设规务归于善焉。乃创意不循律制，别立禅居。**

可见，怀海禅师创立清规，是折中大小乘戒律因地制宜的做法。所以，他用大乘佛教入世的精神，调和比丘不能掘地的戒律问题。如果比丘能够与空、中道相应，便无有罪过可言了。

看起来是行了“方便”，实际上是对僧人的要求更高了——僧人们在耕作中也要时刻警惕，处处参禅，使自己的心始终与“空性”相应。这样一来，耕作就不仅仅是耕作，而被提升到修行的高度，成为修行的一种方式，把俗世农民的耕作和僧侣的耕作划开了界限。

百丈清规一经建立，立刻风靡天下丛林。甚至许多非禅宗的寺院，也借鉴这个制度。由此，中国农禅并举时代，开启大幕。

三

马祖道一、百丈怀海能有这样伟大的做法，其实和禅宗思想的内在推动有密不可分的关系。禅宗，号称“教外别传，不立文字”，按说佛陀的思想是借助文字这个载体才得以流传的，但是禅宗为什么会有这样“极端”的言论呢?

佛教到了部派佛教阶段，为了解释佛陀的言论，高僧们互相辩驳分析，很快发展为烦琐的经院哲学。经院哲学看似缜密，有助于人们深入思辨佛教义理，但容易让学人陷入烦琐的名词概念推理中，丧失宗教的直观体验。禅宗的做法，可以说是对佛教经院哲学风气的反思。禅宗认为，文字是有局限性的，再怎么理解文字，也只是理论层面的分析，并不能探知佛陀的“第一义谛”，所以，禅宗有个形象的“指月”比喻——经卷文字好像手指，目的是指向月亮。但是世俗学人往往被指头迷惑，把指头当成了根本。这就完全颠倒了主次，有本末倒置之嫌。

所以，在这种风气下，禅宗才如此坚决地对文字进行批判。

唐末名僧贯休和尚，精通诗歌书法，并且画艺极高，其所作《十六罗汉图》，各个清奇古雅，是艺术创作中的极品。贯休聪明异常，记忆力超群，能日颂法华千言，过目不忘。这样的高僧，在世俗人看来就已经深不可测了，但是在禅宗看来，记忆力再好，能背诵再多经典，如果不识本心，耽著于此，反倒无益。贯休曾拜谒过当时的禅宗高僧石霜楚圆禅师，并写了一首诗赠上：

〔五代〕贯休《十六罗汉图》其一

赤旃檀塔六七级，白菡萏花三四枝。

禅客相逢唯弹指，此心能有几人知。

《书石壁禅居屋壁》

当时禅僧之间互相勘验，经常有弹指的动作，贯休就把这首诗送给石霜楚圆。可是石霜禅师见后问贯休："此心是何心啊？"

贯休一下被问住了，不知道怎么回答。石霜禅师于是说："你来问我。"

贯休就问："此心是何心？"结果石霜禅师道："能有几人知！"

这看来像是脑筋急转弯的精彩回答，其实涉及的是对佛法义理的勘验。贯休文字高妙，但是缺乏对佛法的直观体验，所以遇到石霜禅师的提问，就茫然不能应对。而石霜禅师面对贯休的提问，却又用贯休诗中的词句来回答，读来简直令人击掌叫绝。

禅宗不立文字，主张挣脱文字逻辑的束缚，但是不代表禅宗就反智不学习。之所以过分强调，是怕一般学人会沉迷其中，反得其害。可惜很多人不理解禅师这一层用心，用"不立文字"作为自己偷懒的依据，学禅在他们这里就变成了反智主义，既不深入经典思维，又不用功参学——假如这样也能证悟，那就太可笑了。

比如药山惟俨禅师就有读经学习的记载。

前面说过，六祖座下有青原行思一系和南岳怀让一系。马祖道一是南岳怀让的弟子。而药山禅师则是石头希迁的传人、青原行思的徒孙。药山禅师也曾经礼谒马祖道一，所以他兼具马祖道一和石头希迁两位高僧的禅法。药山惟俨禅师不仅在禅宗史上地位极其重要，在儒家哲学史上也有重要影响。

唐代韩愈提倡古文，并且也努力探求儒家思想的核心——道统所在。李翱曾从韩愈求学，是个纯正的儒家学者。他在出任朗州刺史、湖南观察史的时候，便听闻药山禅师的大名，曾前往拜访。

但是药山禅师“执经卷而不顾”，李翱看见禅师居然也读书，不禁脱口而出：“见面不似闻名！”于是药山禅师直呼李翱姓名，李翱答应，进而开始交流。

李翱劈头就问：“何谓道耶？”

药山禅师就用手指天、指净瓶说：“云在青天水在瓶。”

李翱当下大悟，如同“暗室已明，疑冰顿泮”，就作了两首诗赠药山禅师。其中一首非常有名：

炼得身形似鹤形，千株松下两函经。
我来问道无余说，云在青天水在瓶。

《赠药山高僧惟俨》其一

前两句是对药山禅师的直接夸赞，后两句描写了他“问道”的心得。而“云在青天水在瓶”一句则作为诗眼，道尽所悟禅理：云在天空水在瓶中，它们都在各自应该在的地方，没有特别之处。领会事物的本质，悟见自己的本来面目，也就明白什么是道了。

所以李翱虽然一直崇儒排佛，但是其思想，却不可避免地受到药山禅师的影响。其《复性书》三篇，探索 “性命之源”问题，讲复性的方法是“视听言行，循礼而动”，虽然都是儒家词语，但仔细分析，就会发现和药山禅师所说的有暗合之处。

药山禅师领众参禅，禁止学僧看经，但自己常常看《法华经》《华严经》《涅槃经》等经典。有一天他正在看佛经，弟子问：“和尚寻常不许人看经，为什么却自看？”

他回答：“我只图遮眼。”

弟子继续问：“我是否也可以学您看经啊？”

惟俨却说：“若是汝，牛皮也须看透。”

意思是怕弟子沉溺于文字，而忘记明心见性的宗旨，这才是禅宗不立文字的真正含义。如果学习禅宗者，把“不读经”“不学习”当成宗旨，也就只能哀叹“只见其指，不见其月”了。

文字是指月的手指，那么其他的表象呢？有些禅师就进一步认为，和文字一样，世间万事万物也是“指月亮的手指”，通过参悟万事万物，就都可以体悟佛陀的教法。无情有佛性，山水悉真如，百草树木作大狮子吼，演说摩诃般若，自然界的一切莫不呈现着活泼的自性。所谓“青青翠竹尽是法身，郁郁黄花无非般若”。

苏东坡生活的北宋，正是禅宗兴盛之时。尤其是在湖南、江西，高僧众多。禅宗高逸的审美和独立的精神，深深地吸引着传统士大夫。苏东坡也酷爱佛理，来往的禅僧非常之多，与他关系特别好的佛印禅师，就是云门高僧。

据《五灯会元》载，元丰七年（1084），时任汝州团练副使的苏东坡游览庐山、挂单东林寺时，夜晚与照觉禅师讨论“情与无情，同圆种智”问题，十分投机。第二天清晨，苏东坡体悟良多，就写了一首名传千古的禅诗：

溪声便是广长舌，山色岂非清净身。
夜来八万四千偈，他日如何举似人？

《赠东林总长老》

“广长舌”，是佛陀三十二相之一，表征语必真实，辩说无穷。苏东坡这首诗，说的就是“一切山河大地尽是如来法身”的观点。潺潺溪水，如同佛陀的广长舌，彻夜不停地宣说着微妙佛法；葱郁青山，明明白白地呈露着清净法身。溪水流珠溅玉，整夜宣说无数佛法偈子，不明白这个道理的人，又如何说给他听呢？

四

百丈禅师创立清规之后，“农禅并举”就成为丛林生活的规范。禅师们从劳作中体验大道，在平常中感悟神通，于是借农耕参禅悟道、在躬耕中论辩勘验、借农耕表法说禅就成为非常普遍的现象。

南泉普愿禅师，就是马祖的三位得意弟子之一。他在马祖座下开悟，后来挂锡池阳南泉山，填塞谷地，砍伐山木，建造佛寺。又披着蓑衣、戴着笠帽牧牛，除荆垦荒，烧草种粮，完全过着农禅并举的生活。普愿禅师不离开南泉山达三十年，后来开堂说法，门下弟子数百之多。

还有归宗智常禅师，也是马祖的得法弟子。智常禅师也一样农禅并举，辛勤劳作，并且经常在菜园子、田地里接引僧众。

有一次他正在除草，来了个学僧请教参禅。这时候恰好有一条蛇过去，智常禅师就挥锄做砍蛇的样子。学僧大为失望——佛教以慈悲为怀，想不到这么个大德高僧居然没有慈悲心，就说："仰慕归宗很久了，没想到居然是个粗行沙门！"

智常禅师问："你粗？我粗？"

学僧一听，知道是勘验自己，就机锋对应道："如何是粗？"智常禅师就把锄头竖起来。

问："如何是细？"智常禅师就挥锄做出斩蛇的样子。

学僧说："如此，就依心而行之。"

智常禅师就问："依心而行，不见到自己，却见到斩蛇做什么？"学僧无言以对。

在这里，智常禅师就是在农耕中随机说法，教学僧不要执着于外在现象，应时刻反求诸己，参悟空性。

南拳斩猫，智常斩蛇，都是禅师的极端行为，要最大程度破除弟子们对事相的执着。后来胡安国写诗《答药山寺僧》叹道：

手握乾坤杀活机，纵横设施在临时。
玉堂兔马非龙象，大用堂堂总不知。

后来的禅师，即便再有名气，也都是亲力亲为地耕耘劳作。比如黄檗希运禅师在南泉禅师座下学习的时候，南泉禅师还以择菜作为契机点化他：

黄檗希运禅师，在南泉普请择菜次，泉问什么处去。曰：择菜去。泉曰：将什么择？师竖起刀。泉曰：只解作宾，不解作主。师以刀点三下。泉曰：大家择菜去。

南泉禅师问用什么择菜，黄檗禅师举刀——当然用这个啊。可是南泉禅师要问的“择菜”是比喻，还是想告诉他应该时刻关照内心，保持内心清澈，应于平常事中看到参禅悟道的禅机。所以南泉说“你只懂得做宾，不懂得做主”。

后来黄檗禅师悟道，坦荡耿直，潇洒自在，成为棒喝的始祖。他曾经写道：

心如大海无边际，广植净莲养身心。
自有一双无事手，为作世间慈悲人。

自给自足的农禅生活，让他心中充满耿介的底气，不会像某些俗僧一样，因为贪图居士的供养而刻意逢迎。

黄檗禅师也一样秉承师门教诲，把农禅并举、平常心是道的思想，贯穿在教诲弟子的言行中。黄檗禅师最得意的弟子，就是临济义玄禅师，有一则“临济栽松”的公案比较有趣。

> 临济义玄禅师栽松回来，老师黄檗禅师问他："你到深山里栽那么多松树干吗？"临济禅师回答说："一与山门作境致，二与后人作标榜。"说完后，用镢头打地三下。黄檗云："虽然如是，子已吃吾三十棒了也。"师又以镢头打地三下，作嘘嘘声。黄檗云："吾宗到汝，大兴于世。"

这里的深山，比喻明心见性，栽松比喻修行。黄檗禅师其实是问，表面的修行可以明心见性吗？即心是佛，何必要修呢？临济禅师明白了老师的话，也跟着比喻说，虽然如此，但是总要接引学人，给个方法。镬头打地，表示坚固的信心，并用嘘嘘声，以表感谢之意。

沩山灵佑禅师亲自摘茶和酱、亲自涂抹墙壁，就连地方官来参拜的时候，也直接让对方接住抹墙用的泥。他在接引自己最得意的学生仰山慧寂之时，经常借题发挥，就田中耕作之事进行机锋问答。

> 师（仰山）在沩山为直岁。作务归。沩山问："甚么处去来？"师云："田中来。"沩山云："田中多少人？"师插锹叉手。沩山云："今日南山大有人刈茅。"师拔锹便行。

仰山禅师在田中干活回来，老师问他干吗去了，仰山说"地里去了"。老师又问"地里多少人啊？"这句话就有玄机了。结果仰山意识到了，于是用"插锹叉手"来作答。老师一看很满意，于是表面夸赞，却又进一步勘验问："今天南山有不少人除草啊！"仰山听了，直接拔起铁锹就走了。

仰山禅师一样注重日常耕种的机心道用，假如离开了日常耕种而坐禅，就等于溺在一潭死水里，只能是凡夫禅，所以禅者不能拘泥于持戒坐禅的形式。陆希声问仰山是否持戒、坐禅，仰山说既不持戒也不坐禅，并作一颂：

滔滔不持戒，兀兀不坐禅。
酽茶三两碗，意在镢头边。

《滔滔不持戒》

当代学者杜松柏对这段公案的解释是："禅人在求明心见性，持戒乃由戒得定之方法，若心念滔滔，不断尘念，则持戒犹不持戒；反之，则不持戒犹持戒。此谓天下滔滔，皆持戒者，然以仰山视之，则不持戒之人耳。兀兀如枯木，不起作用，则坐禅乃不坐禅之人，'酽茶三两碗'，以喻日常生活，'意在镢头边'，镢头，锄也，谓如锄之去草，去秽去净，谓日常生活中，饮茶起居，未尝不意在镢头旁，以去秽去净，断凡断圣，故不持戒而未尝不持戒，不坐禅而未尝不在坐禅也。"[1]

其余农禅并举的例子，不胜枚举。比如石霜筛米、云严做鞋、玄沙砍柴、洞山锄茶园、雪峰斫槽蒸饭、云门担米等等。甚至禅宗东渡，到

1 杜松柏：《禅学与唐宋诗学》，新文丰出版股份有限公司2008年版，第221页。

了日本，农禅并举也深深影响了日本禅宗宗风。

日本东平寺也有个禅师亲劳亲为、耕作不辍的公案。有一天大中午，一个八十多岁的老禅师忙着铺晒香菇，住持见了不忍心，便劝他："老和尚啊，太阳那么大，何必那么辛苦自己晒香菇呢？我可以找个人为您老人家代劳呀！"老禅师毫不犹豫地说："别人不是我！"住持又一番好意地说："哎，年纪大了，就不要晒啦！"

老禅师道："哦，那多大年纪才能晒香菇呢？"住持继续劝道："天气这么热，先别这个时候晒了。"

老禅师暗藏机锋地说："大太阳天不晒香菇，难道等阴天或下雨天再来晒吗？"

这一则公案，很能表达出丛林生活的农禅思想："别人不是我"，凡事不假手他人；"现在不做，要待何时"地把握当下，正是禅者对自己生命一刻千金的珍惜。

禅师们在耕作之余，还写出诗文表达自己亦农亦禅、自得其乐的心情：

掘地倦来眠一觉，锄头当枕胜珊瑚。
蛰处云深活计疏，从他得失与荣枯。
开畬垦地闲消遣，佛法身心半点无。
萝葡收来烂熟蒸，晒干香软胜黄精。

五

耕种在禅僧们的生活中如此常见，自然就成为他们生活中信手拈来的比喻了。

最常见的，是用花草树木做比喻。比如有两首非常精彩的和“桃花”有关的悟道诗。

第一首，是灵云志勤禅师的悟道诗：

三十年来寻剑客，几回落叶又抽枝。
自从一见桃花后，直至如今更不疑。

《三十年来寻剑客》

《祖堂集》卷19记载了灵云禅师的开悟经过。

灵云禅师初参沩山时，无法契入老师的言教，昼夜思索，如丧考妣，也不能深入。后来，偶然看到春天花蕊繁花，忽然发悟，喜不自胜，就作了以上这首悟诗。沩山禅师看后，知道弟子已经悟道，就说：“从缘悟达，永无退失。汝今既尔，善自护持。”

还有一首更为有名，相传是唐代一位比丘尼无尽藏所作：

尽日寻春不见春，芒鞋踏遍岭头云。
归来笑拈梅花嗅，春在枝头已十分。

《悟道诗》

前两句，比喻自己多年用功参禅，却没有结果。问题出在了一个“寻”字上，佛法不能从外求，如果不能反求诸己，不断被外缘牵扯来回，是根本不能明心见性的。所以探索一圈，归来的时候，拈梅闻香，突然意识到春在枝头已十分了。春天竟在自家的门庭内！正是“诸佛所证悟的真如法身原来人人具足、不假外求、本自无缺”的禅宗观点。

还有，就是农耕生产的种种意象比喻。

明末清初临济宗高僧颛愚观衡禅师，因每坐禅于大伞下，自署“伞居和尚”，世人咸赞之曰“古佛”。他于明崇祯年间应请住持云居山真如禅寺，重振宗风，恢复纲纪，法庭大开，中兴古道场。三年之内，率众砌起长达数百丈的“罗汉垣”。至此云居山真如寺农禅大兴，颛愚禅师为此写下了长达三百多句的《插田歌》。其中写道：

拽耙鞭牛真快活，拖泥滞水浑无顾。
拈起禾茎次第插，宽狭横竖须合中。

这几乎就是一个老农对插秧现场的还原。不过这首《插田歌》篇幅较长，远不如另外一首《插秧诗》影响广泛：

手把青秧插满田，低头便见水中天。
心地清净方为道，退步原来是向前。

这是著名的五代高僧布袋和尚契此的一首诗。相传布袋和尚为宁波奉化人，身体胖，眉皱而腹大，出语无定，随处寝卧。常用杖挑一布袋入市，见物就乞，别人供养的东西统统放进布袋，却从来没有人见他把东西倒出来，而那布袋又是空的。假如有人向他请问佛法，他就把布袋放下。如果还不懂他的意思，继续再问，他就立刻提起布袋，头也不回地离去。人家还是不理会他的意思，他就捧腹大笑。后来，他于坐化前念了一首偈子：

弥勒真弥勒，分身千百亿。
时时示时人，时人自不识。

大家遂认为他是弥勒菩萨的化身。此后汉地弥勒菩萨像，多以他为原型而塑造。

布袋和尚的这首《插秧诗》，写的是插秧的时候，低头看水，水倒映天影，由此而得到了一种和日常经验相反的现象。比喻参禅悟道之后，破除颠倒我执，了知空性本源的感受。

与此境界类似的，还有南朝傅大士的开悟诗：

空手把锄头，步行骑水牛。
人从桥上过，桥流水不流。

傅大士是南朝梁代禅宗著名的尊宿，中国维摩禅祖师，与达摩、志公禅师共称梁代三大士。

傅大士的开悟偈和布袋和尚的《插秧诗》，都体现了禅宗的圆融境界。由于现象都是同一个本体的呈现，所以即便是矛盾的事物，其背后所包含的本质也是一样的。

但是一般人却执现象为本质，不能深明其理。而禅师们直观体悟了这个状态之后，自然磊落光明，超越不群。一切世俗眼中的对立，在禅师那里都是圆融无碍的。而禅师们又借助这种世俗的对峙、矛盾的意象来写诗，就形成了充满禅趣、意味无穷的禅诗境界。

耕牛、牧童，也是禅师们经常用来比喻的内容。

常居物外度清时，牛上横将竹笛吹。
一曲自幽山自绿，此情不与白云知。

兜率从悦禅师《常居物外》

随缘任运，日用是道，行住坐卧都可以参禅妙悟，彻见本心，禅师们用牛背牧童、闲卧高人等意象来表达这种感悟。 牧童笛横牛背，逗弄晚风，曲意幽远，群山秀绿，闲境幽情，妙合无垠。禅师在牧牛和山居生活中，表达出无拘无束的意趣：

庭产芝兰皆显瑞，地饶苔藓尽成钱。

〔清〕任熊《十六应真图·布袋和尚》

自缘一榻无遮障，赢得长伸两脚眠。

宝觉祖心禅师《闲斋即事》

同样，农耕社会中重要的组成部分——渔父、樵子，也在禅师的诗中屡屡出现。最为有名的，是船子德诚和尚的诗。

船子德诚和尚，是药山惟俨禅师的得法弟子。他开悟后，没有住山开堂，却飘然一舟，泛于朱泾、松江之间，接送四方来者，纶钓舞棹，随缘度世。《五灯会元》中载有船子和尚的"钓鱼偈"六首（七言绝句和《渔歌子》词各三首），都是这位自称"三十年来坐钓台"的高僧自述其在垂钓中心专一境、妙悟禅理的，比如：

千尺丝纶直下垂，一波才动万波随。
夜静水寒鱼不食，满船空载月明归。

这首诗把禅理融于诗情画意之中，天衣无缝，境界高妙，让人眼前一亮，孤傲冷峻的禅者垂纶形象跃然纸面。前两句讲垂钓的情景——钓者稳坐钓台居高临下，垂纶入水，激起波纹四周层层荡开。这以动写静的手法，反衬万籁俱寂的长空，既是月夜垂钓的逼真写照，又写出佛家禅定的境界，实在妙不可言。后两句则写"垂钓"的结果，水寒而钓鱼无获，只好空载一船明月归！

这里有两层含义。一层是船子和尚自述悟禅境界，时刻观照明净，终以悟得空行而一片光明，所以“满船空载月明归”是对禅者禅定境界的描述。

不过，也可以理解为船子和尚对三十年来没有“钓”到一条金鳞的叹惋。

相传船子和尚同师兄道吾、云岩分别的时候，对师兄们说：“你们以后各立宗门，把师父禅法弘扬广大，而我就泛舟江上。如果师兄们以后见有好根器的学僧，指点一个过来，我将授平生所得，把师父交给我的传承下去，以报师恩。”

结果，船子和尚摆渡了三十年，也没有等到一个人可以做他的弟子。这不正是诗中“夜静水寒鱼不食，满船空载月明归”的写照吗？后来，夹山善会开坛讲法，道吾禅师觉得此人不错，就点化他寻找船子和尚。夹山遂放下当时的名誉、地位，找到了船子德诚。

两人见面对答，是最为精彩的公案之一，充满了丰富的诗歌趣味。白话文实在不好翻译机锋的精妙，遂录于此处，以飨读者：

> **船子才见，便问：“大德住甚么寺？”**
>
> **山曰：“寺即不住，住即不似。”**
>
> **师曰：“不似，似个甚么？”山曰：“不是目前法。”师曰：“甚处学得来？”山曰：“非耳目之所到。”师曰：“一句合头语，万劫系驴橛。”**

初见面，夹山善会仍旧用口头上学来的语言技巧，“对答如流”。船子和尚一听就知道对方只是口头禅的功夫，所以说“一句合头语，万劫系驴橛”。“合头语”，就是说得很对、很妥帖的话，但如果不是真正理解这句话，只是鹦鹉学舌，那么看起来对答如流，自以为是，却恰恰变成障碍，加深我执，成为轮回的根源。

师又问：“垂丝千尺，意在深潭。离钩三寸，子何不道？”山拟开口，被师一桡打落水中。山才上船，师又曰：“道！道！”山拟开口，师又打。山豁然大悟，乃点头三下。师曰：“竿头丝线从君弄，不犯清波意自殊。”山遂问：“抛纶掷钓，师意如何？”师曰：“丝悬渌水，浮定有无之意。”山曰：“语带玄而无路，舌头谈而不谈。”师曰：“钓尽江波，金鳞始遇。”山乃掩耳。

船子和尚继续点化学生，抛了个话题：“垂纶千尺为了钓鱼，现在鱼距离鱼钩就一点点距离了。你怎么不说了？”夹山还想用知识、口头禅来应对，结果被船子和尚一桨打入水中。夹山刚上船，船子说：“快说！快说！”夹山正准备说，船子又打，这下夹山有点明白了。船子和尚就是要逼得他来不及思考，来不及用学到的知识机械地应对，这时候，夹山才知道，在生死这个大问题上，自欺欺人是没用的。一切问题必须要亲自体验才能明白，而不能鹦鹉学舌般地耍聪明自欺欺人。这下，夹山懂了，点头三下。

后来，夹山在船子处学习得法。船子叫他离开，并告诫他不要去闹市，先去山中继续体悟修行，真有成就再出山弘法。夹山离开的时候有点舍不得，还不时回头望。船子和尚说：“你难道还疑惑我有别的东西没教给你吗？”为了坚定学生的道心，他挥桡打翻小船，自沉江中。

除了船子和尚的，还有不少禅诗中也写到了渔樵。

不过这些禅诗往往把渔樵作为垂丝弄斧、逞机弄巧的意象。如，“只知洪浪岩峦阔，不肯抛丝弄斧斤”（《禅宗颂古联珠通集》卷五），比喻世人向外寻求追逐，不肯当下无事，回光自照。“浪静风恬正好看，秋江澄澈碧天宽。渔人竞把丝纶掷，不见冰轮蘸水寒。”（福常庵崇禅师《风幡》）“高坡平顶上，尽是采樵翁，人人尽怀刀斧意，不见山花映水红。”（《五灯会元》卷六《陈道婆》）均是感叹渔人逞弄机巧，不能朴素真诚、日用平常、踏实用功。

被誉为达摩东来开立禅宗之后“白衣居士第一人”，素有“东土维摩”之称的唐代大居士庞蕴写道：

日用事无别，唯吾自偶偕。
头头非取舍，处处勿张乖。
朱紫谁为号，丘山绝点埃。
神通并妙用，运水与搬柴。

禅的神通妙用，就是运水搬柴这些看似微不足道的小事。只要运水时运水，搬柴时搬柴，就是莫大的神通妙用。日用无非道，安心即是禅。佛法存在于日用中，是“吃茶吃饭随时过，看水看山实畅情”式的“平常心是道”，能在日用中体现出高情远韵就是禅。所谓：

> **春有百花秋有月，夏有凉风冬有雪。**
> **若无闲事挂心头，便是人间好时节。**
>
> 无门慧开《无门关》第十九则

农禅并举的确立，将禅法和生产结合起来——得以把“平常心是道”“日用即道”的理念真正发挥广大；又使得禅师既从事生产（避免了中国儒家的指责），也从根本上解决了禅僧的生活问题（使得禅师们生活独立），不必仰人鼻息，磊落正直。

难怪自唐代丛林清规制定之后，禅宗迅速兴盛，一度几占中国佛教八九江山。

明末清初，禅宗逐渐没落。究其原因，和政治管制有很大关系，但是更重要的原因是丛林制度的僵化没落，导致把“平常心是道”这样的参禅境界过分庸俗化。

一事日久，流弊成疾。后世的禅宗僧人不能体悟老禅师们的辛苦用意：要么将禅宗耕种世俗化，变得和一般农夫无别；要么极力扩张田产，脱离劳动，成为新的地主贵族；更或者明目张胆地偷懒耍滑，流氓式地把禅宗“超越文字束缚”的独立精神变成了反智主义的借口。

这不能不说是一件让人感到非常遗憾的事。

六

道教秉承道家文化，讲究“参天地之化育”“自然之功”，可想而知与农耕的关系，是非常紧密的。

早在先秦，就有道家学派，但那时候道家只是基于治国处世、并列诸子的学术流派之一。汉朝独尊儒术，其他学派遭到打压，散落民间。汉末社会动乱，道教作为宗教组织，才开始正式出现。道教组织庞大，徒众来自社会各个阶层，所以，从一开始，道教就是个大熔炉——除了名义上崇尚老子之外，散落于民间的先秦道家、墨家、农家、阴阳家、五行家等，乃至方士、隐逸、巫术各派学说，都被道教容纳吸收。

此后，中国的本土文化，借由儒道，一显一隐两支并行。

道教文化十分庞杂，既有出世的部分又有入世的内容，既有求仙的宗旨也不排斥世俗的饮食男女。大多数信众，乃至道士，就以在家的生活方式信奉道教。在外人看来，他们和普通农民家庭没有两样。

道教的神灵崇拜也比较丰富。除了星宿、山川、树木等万物有灵之外，历史上的贤达名士，也往往被纳入仙师体系，接受后人供奉。比如关羽、诸葛亮、“竹林七贤”、孙思邈，甚至王羲之、李白、陆羽、苏轼……都是道教供奉的神灵。

这样一来，几乎对中国传统文化有重大影响的人物，都被纳入道教信仰体系，成为仙人或祖师。

所以，道教与农耕的关系更为密切，甚至水乳交融，难分彼此。鲁迅在

神农大帝像

1918年8月20日致许寿裳的信中说：“中国根柢全在道教。”道教对中国的影响是全方位的，无论生活、民间信仰、思维、劳作，都深深打上了道教文化的烙印。

在道教信仰的神灵谱系中，神农氏是非常重要的一位。和伏羲、黄帝一起，为三皇之一，是上古大神。在道教文化中，神农大帝教民稼穑，播种五谷，亲尝百草，所以被尊为五谷农神和医药神。一般神农大帝的雕塑，都会手拿一束麦穗，或者正在尝药，表示所司之职。

神农好长生，风俗久已成。
复闻紫阳客，早署丹台名。
喘息餐妙气，步虚吟真声。
道与古仙合，心将元化并。

这是李白《题随州紫阳先生壁》中的句子。李白很能代表中国古代读书人的特征，在中国多元文化影响下，“纯儒”或者“纯道”的人是很少见的，多数情况都是性格复杂，既有儒家气质，又有道家追求。就像大家常说的“中国人得意的时候是儒家，失意的时候是道家”。李白在官场上风光的时间并不长，所以一生和道士来往甚密。这首诗就是他送给当时著名高道随州紫阳先生的。

紫阳先生俗姓胡，道号紫阳。他八岁时经过仙城山，看见那里峰高峻峭、云雾缭绕，仿佛是神仙出没之地，就萌生了出家修道的想法。到了九岁就正式出家静修。据说十二岁时就能辟谷，后来拜天师李含光为师，潜心学习修炼，终成一代高道。胡紫阳学成回到随州后，在他居住的苦竹院里，栽了两株桂花树，修筑了餐霞楼，取饮露餐霞之意。他众多的弟子中，有一位名叫丹丘生，就是李白在《将进酒》中提到的“岑夫子，丹丘生，将进酒，杯莫停”的丹丘生。经丹丘生介绍，李白得以拜会胡紫阳。

这首送给紫阳先生的诗中，充满了道家玄妙之语：以神农大帝为长生的代表，借以比喻胡紫阳道法高明。

道教和耕读的关系实在太过紧密，以至于人们都意识不到其互为影响的关系。不过在今天的日常生活中，倒是有两种食物，常被人们提及，它们和道教的渊源颇深。

其中一种就是豆腐。

大约是因为古代男子不操劳家务，注意不到豆腐的妙处，所以在众多歌咏豆腐的诗篇中，元代女诗人郑允端的《豆腐赞》最为有名：

种豆南山下，霜风老荚鲜。
磨砻流玉乳，蒸煮结清泉。
色比土酥净，香逾石髓坚。
味之有余美，五食勿与传。

这首诗歌咏豆腐，把豆腐的制作过程以及豆腐的样子，都描写了出来。“磨砻流玉乳，蒸煮结清泉”，这是磨豆浆，煮豆浆，然后点豆腐，再过滤去水，凝结豆腐的制作过程。豆腐的样子，则是“色比土酥净，香逾石髓坚”，诗人如此喜欢这种美味，即便用猪羊肉等来换，她也不愿意。

道教有服食丹药可以长生不老的思想。晋人葛洪《抱朴子·金丹篇》说：“凡草木烧之即烬，而丹砂烧之成水银，积变又还成丹砂，其去凡草木亦远矣，故能令人长生。”可见道教认为草木见火为灰，只有丹砂这些东西，能烧而重生。因此依据类象原则，人吃五谷会死，吃丹药想必就会长生吧？丹药也分很多种类，有天然的神丹妙药，如芝草、玉髓、石晶等，也有人为炼就的金丹、银丹。汉代易学、天文学思想发达，炼丹术也得到飞跃提高。

延熹七年（164），刘安袭父爵封为淮南王以后，就远离政治斗争，广揽门客、编纂书籍、饮酒欢乐。由于刘安好道，常求长生不老之药，就招方士数千人。其中著名的有苏非等八人，号称“八公”。他们常聚在一起谈仙论道，导引炼丹。炼丹的材料千奇百怪，但是总不出铅汞、三黄、乒石等。

据说有一次炼丹失败，却意外发现黄豆与石膏相遇，能形成一种奇特的东西，虽不能长生，却也美味——这就是后来的豆腐。于是，刘安炼丹未成却发明了豆腐。后来，豆腐倒成为国人喜欢的佳肴之一了。

具体豆腐是不是刘安炼丹的意外产品，后人无法稽考。但是这个说法却流传甚广。朱熹就写过一首诗：

种豆豆苗稀，力竭心已腐。
早知淮南术，安坐获泉布。

《次刘秀野蔬食十三诗韵·豆腐》

并在后面注解说“世传豆腐本淮南王术”。不仅如此，就连李时珍在《本草纲目·谷部·豆腐》都记载：“豆腐之法，始于汉淮南王刘安。”所以，我们姑且把豆腐的发明，归之于道家炼丹的意外收获吧。

另外一种就是茶，这更与中国人的生活息息相关了。

饮茶的习俗，在中国可上溯至三代时期。据晋代常璩的《华阳国志·巴志》记载，武王伐纣之时，茶叶已成为贡品。但是从出土资料看，至少在战国末期，就已经有饮茶的记载了。在道教乃至道教的前身中，诸多祈祷、祭献、斋戒，以及“驱鬼捉妖”的活动，茶往往也是作为供品献祭的。

可是，最早、最全面的茶学专著，则一直到了唐代，才被“茶圣”陆羽所著。当然，陆羽也像其他历史名人一样，被纳入道教仙师谱系，成为道教一分子。

根据《新唐书》《唐才子传》等古籍所载，陆羽的幼年并不温馨。竟陵龙盖寺的高僧智积禅师路过石桥，听闻大雁哀鸣之声。循声而看，发现一名弃婴。老禅师慈悲为怀，将弃婴送于附近李公夫妇抚养。后来李氏夫妇还乡，此子遂回到寺中，智积禅师便为他取名“陆羽”。

智积禅师本人就非常喜欢喝茶，还是个中高手。陆羽在其身边常年侍奉，遂精于此道。

在陆羽成为“茶圣”的道路上，不得不提他的至交好友，那就是唐代著名的诗僧皎然。皎然俗姓谢，是南朝谢灵运的十世孙，长年隐居于湖州杼山妙喜寺，与当时的名僧高士、权贵显要有着广泛的联系，这便大大拓展了陆羽的交际范围。皎然对茶也颇有研究，他还有一首诗，提及饮茶可“三饮得道”：

一饮涤昏寐，情来朗爽满天地。
再饮清我神，忽如飞雨洒轻尘。
三饮便得道，何须苦心破烦恼。
此物清高世莫知，世人饮酒多自欺。

《饮茶歌诮崔石使君》

陆羽在妙喜寺内居住多年，收集整理茶事资料，后又在皎然的帮助下，“结庐苕溪之滨，闭门对书”，开始了《茶经》的写作。两人的交往，也成为一时佳话。

陆羽的《茶经》一经问世，即风行天下，为时人学习和珍藏。北宋陈师道在《茶经序》里这样写道：“夫茶之著书，自羽始；其用于世，亦自羽

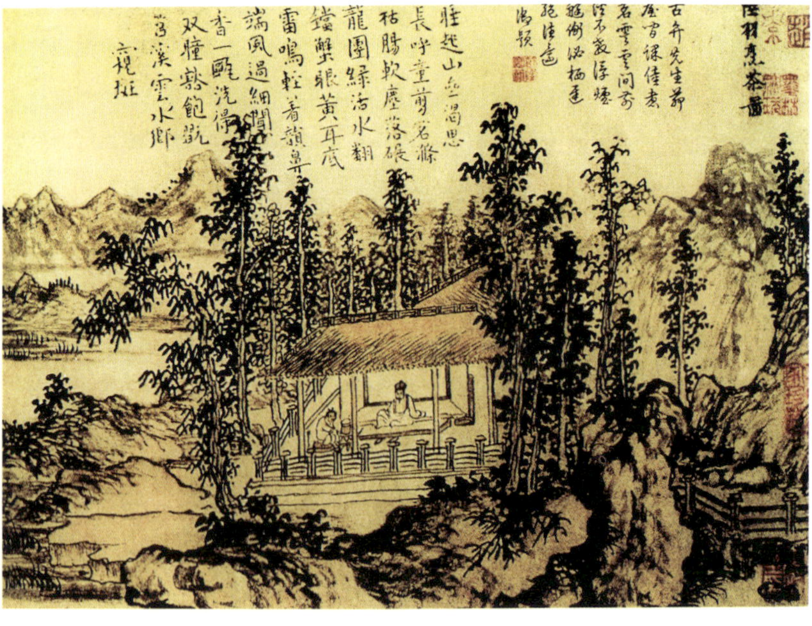

〔元〕赵原 《陆羽烹茶图》

始。羽诚有功于茶者也。上自宫省，下迨邑里，外及戎夷蛮狄，宾祀燕享，预陈于前。山泽以成市，商贾以起家，又有功于人者也。”也就是说，陆羽是天下第一个写茶书的人，对茶事人事功不可没。从此之后，陆羽就成为茶的代名词，被后代尊为“茶圣”，道教更尊之为“茶神”。

宋代姚勉写道：

文献风流想故家，玉川室迩已人遐。
何时细赏文清竹，与客同煎陆羽茶。

《寄题茶山》

道教崇尚“我自然”。“自然”，有多重含义，既有自然而然的不强求、不作为，也有崇尚山水自然的高逸情怀。茶是大自然的产物，同时又有药物作用——延年益寿，保持精力旺盛，茶的特征又是比较清纯淡雅，无论从哪一方面来看，茶都符合道家文化精神。所以在这一点上，茶与道教发生了原始的结合。

道士们不仅饮茶，也种茶、卖茶。明代施渐就写过一首关于卖茶道士的诗：

静守黄庭不炼丹，因贫却得一身闲。
自看火候蒸茶熟，野鹿衔筐送下山。

《赠欧道士卖茶》

风炉　漉水囊、绿油囊

罗、合、则　碾、拂末

《茶经》中的茶具图

一个逍遥自在，惬意享受林泉之乐，种茶卖茶，跨鹤友鹿的神仙形象，就活灵活现地出现在读者眼前。

唐代著名诗人卢仝，还写过一首著名的“七碗茶歌”，也是茶林千古佳作：

一碗喉吻润，二碗破孤闷。

三碗搜枯肠，唯有文字五千卷。四碗发轻汗，平生不平事，尽向毛孔散。

五碗肌骨清，六碗通仙灵。

七碗吃不得也，唯觉两腋习习清风生。

蓬莱山，在何处？

玉川子，乘此清风欲归去。

《走笔谢孟谏议寄新茶》

第一碗喉吻润；第二碗帮人赶走孤闷；第三碗就开始反复思索，心中只有道了； 第四碗，平生不平的事都能抛到九霄云外，表达了茶人超凡脱俗的宽大胸怀；喝到第七碗时，已两腋生风，欲乘清风归去，到人间仙境蓬莱山上去了。一杯清茶，让诗人润喉、除烦、泼墨挥毫，并生出羽化成仙的美境。

这首诗是唐代诗人卢仝品尝友人谏议大夫孟简所赠新茶之后的即兴作品。原诗比较长，这是其中第二部分，也是最精彩的一部分。自此，卢仝因字号玉川子，这首“七碗茶歌”，也就被称作“玉川茶歌”，名闻天下。

茶的属性，和道家文化契合如此自然，体悟饮茶之道，也是体悟自然之道。饮茶，也成了羽客们借以修行的手段。

但是我们可以发现，茶的这些属性也极其符合禅门精神。事实上，佛门道教都有饮茶之风。作为基本的生活用品，在农耕生活自给自足的理念下，种茶、制茶、饮茶在禅门之中，也屡见不鲜。刘禹锡曾有诗形容禅房制茶过程云：

斯须炒成满室香，便酌沏下金沙水。
骤雨松风入鼎来，白云满盏花徘徊。

《西山兰若试茶歌》

这是茶在禅门中普遍存在的真实写照。翻阅《五灯会元》等禅宗经典，随处可见 “打茶”“奠茶”“普茶”“茶头”等词语。禅僧坐禅，容易犯困，而茶是一种上佳的提神饮品，故而茶与禅客形影不离。

到了赵州禅师，更是一句“吃茶去”的话头，把吃茶和参禅，从理论上完美结合。“禅茶一味”也就成为今人耳熟能详的词了。